Let's
fall in
love

海男 / 著

让我们相爱吧

人民文学出版社

图书在版编目（CIP）数据

让我们相爱吧 / 海男著. -- 北京：人民文学出版社，2025. -- ISBN 978-7-02-019018-8

Ⅰ. Ⅰ247.5

中国国家版本馆 CIP 数据核字第 2024VH0600 号

责任编辑　欧阳婧怡
装帧设计　李思安
责任印制　王重艺

出版发行　人民文学出版社
社　　址　北京市朝内大街166号
邮政编码　100705

印　　刷　侨友印刷（河北）有限公司
经　　销　全国新华书店等

字　　数　174千字
开　　本　850毫米×1168毫米　1/32
印　　张　10.625　插页1
版　　次　2025年1月北京第1版
印　　次　2025年1月第1次印刷

书　　号　978-7-02-019018-8
定　　价　59.00元

如有印装质量问题，请与本社图书销售中心调换。电话：010-65233595

在这个杂芜丛生的广大世界,这一生最大的修行,就是爱自己,爱那个在人世变幻无常中的自我意识,生活常态,烟火之颜。

目 录

上部 火焰红
    那些年，我们还年轻　　003
    红尘路　　047
    手机　　074
    燃烧　　117

中部 鸢尾蓝
    灵与肉漫记　　133
    一个魔幻的宇宙来到了我身边　　155
    梦的故事　　176
    烟火璀璨　　210

下部 雪山白
    此情可待　　235
    让我们谈情说爱　　259
    奔向一个新宇宙　　282
    让我们相爱吧　　304

上部 火焰红

那些年，我们还年轻

母亲穿上旗袍是为了父亲的归来，这绝对是一场小仪典。我发现这个秘密时，初潮已经到来，那么多的红悄无声息地涌出身体，还伴着腹痛、乳房胀痛、心绪不宁。之前，母亲一次次地穿旗袍时，我并不在意。在两间已不在的老房子里穿行，我也许要上学去了，也许又从学校回来了。自从我来了初潮后，我发现了一个现象：我开始观测母亲的身体变化了。她也不在意我在场，就开始脱衣服，母亲的乳房很饱满，像我在树上看见的苹果般坚挺圆润。

我注意到了母亲将箱子打开的那个细节：当时，她还没脱衣服洗澡。小时候我们洗澡都是随便热一盆水，将手指插入水中永远是测验温度的唯一方式，只要是手指不感到凉的水，就可洗澡了。我们睁开双眼时，就看见了一只炉子，将一口黑的铝锅放在炉子架上，里面有柴块，用废纸和腐叶点燃了火。

风吹拂炉膛，火很快开始燃烧。冬天，我们围坐炉子旁，坐在几只高低不平的小矮凳子上，飘过煮包谷饭的香味还有凉拌野薄荷的佐料味，是从一侧母亲使用的砧板和菜刀下传来的。那野薄荷是从后窗的湿地上突然间就长出来的。母亲说，野薄荷就喜欢在有水的地方生长，要经常去采集嫩尖，如果没有人采摘很快就变老了……这是一个有趣的话题，于是，我们就经常跑到后窗下，伸出手去时才发现，凡是被经常采摘的枝叶长势都很疯狂，叶片肥硕油绿，沁入鼻子一大股提神的气息。而被忽略未来得及采集的叶尖也就枯萎了。母亲对这一现象总是叮嘱说：新长出的薄荷叶越采越长得旺盛哦，味道也会好吃的哦。我仿佛在这种声调的起伏中，看到了人世的某种趋势，于是，我们总是在母亲的声调中采回来一大把新叶，加上酱油味精和油渍白盐，那味道真是出奇地好吃。

好吃的东西都是新鲜的……然而，也有可能会从某条街景中飘来腐烂的味道。那是我们更大一点的时候，在放学路上，看到许多人围着一口水井，我是喝过那井水的。那条街上的所有人都习惯了饮用这口井里的水，每次上学或放学都能看见有人拎铝桶在井里打水，当水桶滑过水井底部时，会听见绳索顺着取水人的手心嗖嗖地往下溜下去。我分明感觉到了手掌心在控制着时间和力度，从手心滑下去的水桶很快就上来了，满满一桶水，甘甜润口。

小街上总有人坐街景深处，用手编织着绳索。我知道绳索可以挂在两棵树的中间作晾衣绳，母亲就是这样将绳子系在家门口的两棵石榴树上。我们的衣物从水里洗干净拎起来，朝空中抖抖后，就晒在了绳子上。有时候，胆子大的小鸟也会栖在绳索上，所以，晒干的衣服上经常会有灰色的鸟粪。每当这时，母亲就安慰我们说，鸟多的地方，水就很甜，空气就很新鲜。母亲说话时很年轻，高高挺立的胸脯，热情荡漾的眼睛，这世上好像没有苦难，时间仿佛不会流动，就停留在此刻，而此刻就是永远。

好了，又说远了，因为绳索就说到了小鸟，所以，人的思维和情绪都是跳跃的，就像小鸟寻找谷物时的跳跃。回到那口水井吧，因为每天放学时，远远看见水井边总有人取水，咽喉会自然生起饥渴感，我便走上前去。在水井边的一棵古老的大榕树下挂着一把铁瓢，它是留给路人使用的饮水器。总有人走上前，而且即使无人取水，水井边也有一只水桶。那只水桶每天都存在着，从不缺席，仿佛等待着需要它的人走上去。

水井的水很深。我们三五成群地都会跑上前，看见这口水井就会口渴，不想喝水的人也会奔向前：也许因为它是这条街上最为世俗和显赫的标志物，当有外来人问路时，指路的人会伸出手指告诉陌生人说，从水井那边往前拐，走几步再拐个弯就到了。这样的声音从风中吹来。风真有传播力啊，就像我此刻想起一句话就想记下来：所有身体上的伤疤，都有一个值得人回忆和珍藏的故事。

水井的故事并没有讲完。我们都有叙述和情绪的波动和跳跃感。那天我们放学回家，在晚霞深处，抬起头来看见了那从街景跃出的水井时，口腔顿时干燥起来。不过，那一天水井边好像有很多人，为什么会有那么多人像圆圈一样将水井围起来了？这让我们几个小学生很好奇，我们奔向前便往人群中挤进去。有人用手拍了拍我肩膀说：挤什么啊，快出去吧，有人跳井了，正在打捞……

有人跳井了，有人在低语，风听见了，水仿佛也听见了。围拢的人就像千层饼，我还是挤进去了，我们都挤进去了。因为跳井对于我们这个年龄的小孩来说，是一个未知的世界。无知者便无畏惧，这是真的吗？那时候我们都不知道人为什么好好的要跳井，更不知道跳井会让人致命。

但确实有人跳井了，周围围了里三层外三层的人，那是一个年轻的女子。有人对我说，看什么呀？小孩子家快回家吧！我就从人群中退了出来。母亲闻到了气味，她已经赶来了，她拉着我的手说，不看，不看，很晦气的，我们快回家去。母亲说，这口水井那么甜，为什么非要往井里跳啊！母亲紧紧地拉着我的手，往人群外太阳照着的地方大步走去。

人群外的街巷升起一抹紫色的光束，照在一个卖蜂蜜的山里人的篮子边缘。母亲拉我走过去，来到篮子面前，野蜂还在篮子里的蜂巢里嗡嗡地飞转。她伸出指头往一块蜂糖上抹了抹伸向我嘴角，我伸出舌头，感觉到了从未有过的甜蜜。母亲说，走吧走吧，今天没带钱，明天再来买。紫色的那束光慢慢移走了，我们走了很远，再回头往街上看过去时，卖蜂蜜的女人背起篮子，正往街头走去。母亲察觉到了我的视线，告诉我说，她还要回到山里的山寨，要走到月亮出来时才会到家的。我本能地往天空看去，太阳开始西斜而去，就像那个卖蜂蜜的女子所消失的那条路线。

那个跳井的女人死了，这是肯定的。小县城都在传说，那个跳井的女人是为男人而死的。这些事情，我听不明白，女人为什么会为一个男人跳井，而断送了生命？这些事情我真的听不明白的。不过，自从那个女人从井里打捞上来以后，那眼水井就封了，上面盖上了一块四方形的石板，再没有人去喝里边的水了，而从前那眼水井的水就像放了蜜一样的甜啊！甜蜜留在了水的记忆深处，越往时代的浪潮中行走，那井水涌出的甜蜜总是在舌尖上来来回回的，好像是在诱引我们，又像是让我们回味而思虑。

当天气热起来了，我们每天放学以后最快乐的事情就是奔向那口水井：这口水井成了附近人们必饮的水源，人们总穿过街巷来挑水，所以水井总有人打水。水桶从打水人手中顺着绳子滑入水井时，如果碰到干渴的人，嘴里顿时生起期待，还好，水井边长年累月都有水缸、木水瓢。那是一个还没有自来水的年代，人们都使用水缸存水，那也是一个没有电气化的年代，经常毫无规律地突然停电。白炽灯泡用一根毛线捆起来，有红毛线或绿毛线。当时用棒针织毛衣的人多，人们闲暇时间都在织毛衣，我说的是女性，她们经常绕着毛线，手中两三根尖而长的棒针，从第一针织到最后一针，一件毛衣也就织完了。

那口水井自从盖上石板后，就没有人去打井水了。不仅如此，人们途经水井边缘时就绕着走，尽量离那口水井远一些。有人还传说，每到半夜三更，总有一个女鬼在水井附近飘来飘去的，并传说，那女鬼脚跟不落地，身体在离地面几米的空间飘来飘去……我去问母亲，把听来的事告诉了她，她睁大了双眼说，别害怕啊，那都是别人乱说，世上哪儿有鬼啊，我就从来没有见过鬼。小孩子别相信这些事，不过，你放学后就不要走那条街了。这些事，时间长了都会忘记的，不过，那口水井的水慢慢地也就会枯干了吧！母亲好像是在自言自语地问自己，问门口的紫薇树，那正是紫薇树开花的时间。看满树的花儿，我转瞬就忘记了传说中的女鬼。

停电的时间，母亲去找火柴，父亲在外地工作，逢年过节才回家。母亲本身就是一束光芒。每当天顶的白炽灯泡突然间熄灭时，屋里黑漆漆的。母亲通常会将火柴放在灶台前，那是一个神圣的地方，堆着劈开的柴块，灶台上有盐、凝固的酱油、晒干的变得枯萎了的红辣椒，还有一只布袋装的大米和堆在屋角的几个土豆。屋里几乎没有任何油腥味道，如果说还有味道的话，就是煤油灯的味道。母亲去灶台摸火柴了。我们打着哈欠，每当停电时，为什么总想偷懒去睡觉呢，有时候，倒真希望母亲找不到火柴，这样我们就可以上床睡觉了。但更多的时候，母亲手里捏着火柴过来了。她从厨房到我们做作业的房间很近，我们能听见母亲穿着那件鹅蛋色的确良衣服，母亲好像永远都在重复地穿那件衣服。确实的，衣柜里的那件旗袍，是母亲最好看的衣服了——母亲曾骄傲地告诉我们，这件旗袍，是母亲结婚时，我的外婆送给母亲的新婚礼物。我的外婆不在这座县城，父母都不是本地县城人。父亲毕业后就来县城工作，后来遇见了母亲，就将母亲带到了县城工作。我们都是在这座小县城出生的，一个人的出生地本就是故乡。

县城对于我们的童年生活来说，已经很大很大。里边应有尽有的商店，凭票证可以买到大米，我曾经无数次跟随母亲穿过小巷，母亲总能找到去粮店最近的路。那些小巷外的竹竿上随意地晒着衣服，有些刚生过孩子的妇女，还把尿布晾在门外。这些味道，使小巷显示出生的活力。走着走着就到粮店里，母亲从的确良衬衣中掏出粮票时很庄严：她的眼睛不时地瞟一眼柜台后面的大米。之后，交了钱，站在里边的人就从母亲手中接过布袋。那是一只不舍得洗干净的米袋，每次都是这样，只有米袋里不剩一粒米时，母亲才会拎起袋子去买米。半袋大米从柜台那边移到了母亲的手上，母亲将大米装在肩上的背篮里。大米成了灶台前最重要的物质基础：母亲会掏出米放在掌心，看一看米粒。这一刻，母亲的眼睛里有光，她变得从容淡定。只要粮袋有米，太阳就会变得金光灿烂，那真是一段满足而欢喜的成长时光。

我也曾经无数次跟随母亲在鸡鸣前起床，那通常是星期天的早晨。母亲叫醒我时，就高兴地自语道，今天我们可以吃肉肉了，可以吃油炒饭了，可以拌上酱油吃香喷喷的饭了。诱惑啊，母亲的声音仿佛将我的饥荒之胃全部的功能都打开了。我还没来得及洗脸，却满脸都是期待和幸福：在那个饥荒年代，我们都要熬过时间，才能在鸡鸣前以匆匆忙忙的脚步来到肉食店外排队，才能买到猪肉。这是唯一散发出腥味的肉品。人为什么要吃肉？这个问题多么古老啊，我来不及追索。那时候，我的全部身心都在盯着割猪肉师傅的菜刀，那把刀不是一般人可以拿得动的，那把刀应该像我们在小河里摸鱼虾时抱起来的石头那么沉吧！

饥饿难耐，好久未吃肉了，身体好像都没力气奔跑了。那把割肉刀多锋利啊，转眼间就割下了一条肉装在了母亲手上的竹筐中。那条猪肉只占了竹筐一边的位置，所以母亲提起竹筐时，看上去竹筐显得有些不平衡。母亲已经心满意足了，她回到家的第一件事，就是拿起菜刀。相比肉食店里师傅手中的那一把大刀，母亲手中的菜刀变得那么单薄。母亲小心翼翼地切下了所有的肥肉，再将肥肉切成小块。我已经生起了火，当母亲将肥肉放在滚烫的铁锅中时，我知道炼猪油的时间到了。这似乎是一段等待了很漫长的时间，铁铸的锅里，白色的猪油散发出令舌头发麻的香味。

弟弟妹妹们醒来了，他们提着裤子，扣上纽扣，朝着灶台走来。他们的眼睛直盯着一个方向，就是炼猪油的铁锅。目的太明确了：因为太缺少油腥味儿了。一堆切成方块的肥肉早就变成了油渣，母亲将油渣从锅里掏出来，一边掏一边叮嘱，很烫嘴，凉会儿再吃啊！这样的叮嘱简直是多余的，弟弟妹妹已经将手伸向了油渣。我也忍不住了，在一个饥荒年代，能吃上烫嘴的油渣，不知道有多幸福！接下来，母亲将油盛在了一口缸里，凉下来以后就是白花花的猪油了。

将冷饭倒进锅里就是油炒饭了：我们每人获得了小半碗油炒饭，再将固体酱油用水稀释，用小勺子弄点酱油拌进油炒饭中，味道太好吃了，这真是一生中最好吃的饭了。不过，三下五下，就吃完了。弟弟妹妹吃完后还要伸出舌尖将饭碗舔得干干净净。那块剩下的瘦肉，母亲撒上了盐巴挂在了墙壁上。不过，已经产生了望梅止渴的感觉。

我的初潮来临后，母亲就给我亲自缝胸衣。她带上我去供销社买花布时，是我喜从天降的时刻。我喜欢伸手抚摸那一匹匹的土布，均是纯棉的，尽管花色单一，就那么七八种，但已经对我的身体产生了诱惑。我见过母亲穿过的胸罩，已经洗得很旧很旧了。每次用脸盆里的温水擦洗完身体后，母亲就会赤裸裸的。我说过，自我来了初潮后，面对我的目光，她就不介意了，从某种意义上讲，母亲是用她的身体给我讲生理知识。

果然是这样的，那一天下午很安静，弟弟妹妹都出去玩了。母亲擦洗完身体坐在我旁边，我当时已做完了作业。母亲用双手托起她的乳房告诉我说，这是女人的乳房，今后可以哺育孩子。你们生下来后，都是吃我的奶水长大的。所以，女孩子来了初潮后，慢慢地乳房会有胀痛感，也会大起来。母亲说着，就从床上取来胸罩戴上去。母亲看了我一眼说道，女孩子来了初潮后，也就可以怀孕了。所以，母亲指了指自己的私处，说，这个地方，你要保护好，不能让男人碰你。如果碰你了，你就会怀孕的。母亲的语气很直接，没有任何隐晦感，大约母亲也知道，只有说出简单明了的道理，我才能听明白。我的两只小耳朵似乎竖起来，我的面颊就像桃花般粉红，那样的日子里，我记住了母亲的声音。这声音告诉了我常识和陷阱，一个女孩子必须接受母亲的声音。

母亲的人体生理课让我产生了想戴胸罩的念头，我发现母亲的丰乳戴上了胸罩后就不会晃动了。从母亲身体中传来的是一种生理现象，而此刻，我的手抚过布匹，说实话，如果能用那匹紫色的布为我缝一件新衣服就太好了，但这个愿望已经超出了现实，我也只是随便想想而已。母亲做事不会超越规则的，她今天只会帮我买下缝两个胸罩的布，我还是选择了紫色。两周后，母亲为我亲手缝好了两个紫布胸罩，它们的降临意味着我的青春期也在悄无声息中降临了。母亲亲自为我戴上了胸罩。母亲好厉害啊，只是用手量过我的胸部尺寸，就缝好了适合我身体的胸罩。我的胸部束起来了，有些东西是必须束起来的，比如，头发也可以束成马尾巴。有些疼痛是要忍住的，就不要喊出声，有些笑声是要用手掩住嘴角的。

哥哥开着手扶拖拉机回来了，这真是一个奇迹啊！他是二十世纪七十年代末期最后一批上山下乡的知识青年。我放学回家时，看见他身穿补丁的衣裤刚停好车。我奔向前，才两个月时间啊！不过，哥哥只用一个晚上就独自学会了骑自行车，那还是他上高一的时候，不知他从哪里弄来了一辆自行车。总之，哥哥就爱琢磨这些东西。那辆充满了锈蚀味的自行车，没有人知道它是从哪里来的。母亲对于哥哥的事，向来都是睁只眼闭只眼。在她看来，男孩子可以粗糙些，让他们学会去探险这才是最重要的。哥哥赶上了最后一拨知识青年上山下乡的运动。

对于哥哥的事,母亲没有费过心的。哥哥是独自一个人骑着自行车去乡村的。我追着哥哥走的方向跑了很远,那是县城郊外的一条土路。我看见了胶轮下会扬起细细的尘灰,两边的农人在种田耕地。哥哥转眼就将手扶拖拉机开回了家,他像是我们那个年代的偶像,骑着生锈的自行车,独自奔往山脚下的乡村,做知识青年已经很了不起了,现在他的偶像价值在提升:因为哥哥竟然会开手扶拖拉机了。

知识青年们都是我的偶像,他们曾经在我们学校参加过一场篮球比赛:在球场上,我看见了那个时代正在乡村的知识青年们。他们都是二十岁左右的年纪,最引人注目的是他们青春期散发的动力。确实的,他们看上去就像在一辆动力火车中,带着梦想并要去实现梦想的人。那时候,我还在学校,不过,我也快毕业了。我毕业以后的梦想是想到乡村去做一个知识青年。看见男男女女的知识青年们奔跑在篮球场上时,我仿佛也在奔跑,朝着他们所去的方向奔跑而去。我想扎起她们的马尾巴,穿上他们的格子衬衣——那是从上海来的知青,他们中男的或女的都穿着红色或蓝色的格子衬衣。

篮球场上有从重庆和上海来的知青,他们的声音有地理版图的位置。我头次感觉到每一个区域说话的语音声调都不一样：天地仿佛又让我从窄小的缝隙中，找到了不同的光亮。我仿佛看见，每个知识青年身上都系着一把钥匙，这不是虚幻，而是真实的现象：每一个知青都有一个钥匙扣，系着两把钥匙，一大一小。女知青都把钥匙扣系在脖子上用毛线织出的带子上，男知青都把钥匙扣系在他们的皮带上。我下意识地摸了摸胸前的钥匙，确认它是否在胸前晃动。

从我们上学时，母亲第一件事就是用毛线织一条带子，母亲通常会使用红毛线。那个时代的女人都会用手来织毛衣，大多女人回到家，都会把一堆未织完的活计抱到胸前，她们的目光盯着棒针，绕着毛线团一针又一针地织下去。在还没有电视机的时代，这样的手工活计确实让女人消磨了很多时光。女人低下头织毛衣时，会忘记很多事情，时间也就过得很快。所以，那时候，很少有女人戴眼镜的，也很少有女人患抑郁症的。

我跟哥哥商议了很久后，他终于同意我乘他的手扶拖拉机去他插队的乡村看一下。我的理由很简单，因为快要毕业了，我们毕业了都要去做插队知青的。我终于在那天黄昏前乘上了手扶拖拉机，这已经是当时最大的梦想了。因为我们身边的交通工具除了自行车就是有四个橡胶轮胎的车子了。不过，有橡胶轮胎的车辆还是很少的。所以，一旦听见路上发出声音，空气中弥漫着柴油味道，那就可以看见机械车辆了。这时候一辆拖拉机过来了，仿佛就有了动力和速度。这真是一件新鲜的事情，突然间我坐在了开手扶拖拉机的哥哥的旁边，哥哥叮嘱我要抓好扶手。

那一刻，我有一种情不自禁的梦想成真的欢喜和骄傲。我没有想到，这么"宏大"的理想，哥哥竟然帮助我实现了。乘拖拉机出了县城，我就像突然长出了翅膀。过去看见小鸟时，我总羡慕它们因为身体上长出翅膀，可以飞翔在天地间。而那一刻，我觉得双臂暗藏着一些别人无法看见的羽毛，它不是白色的，也不是蓝色的，它更接近母亲帮我用凤仙花染指甲的那种颜色。

在那个温柔的良夜，母亲突然从外面采回来一把凤仙花。她的神态比以往要神秘些，她把我的手拉过去说，鸢尾花，你想染手指甲吗？我说，想染的，因为我见过邻居家的小姐姐手指甲上的红色。母亲就将凤仙花放在碗里，再撒上一些白盐。然后，用手指揉着，将花瓣和盐真正地融在一起。过了半个小时，母亲就帮我将凤仙花用剪成小块的旧布，包在了十指上。第二天早晨，母亲亲自过来将手指上的布解开，令我惊喜的事情发生了，我的十个指头都变红了。红色很耀眼，就像我身体中的血液。

而此刻，我看见了从双臂间悄悄长出来的羽毛，也是红色的。天蓝色的手扶拖拉机车身上携带着很多油污和泥巴，将我带到了山脚下的村庄。我们以往吃的蔬菜、水果和粮食，都在第二天早上呈现在我眼前，我首先就看见了麦田。头一天晚上到村庄时，天已经完全黑了，哥哥带我来到了田野上，让我坐到草垛上抬头看天空。哥哥告诉我，每天劳动完，吃完晚饭后，他们青春期的身体似乎还没有完全疲惫不堪，于是，他们就在乡村的小路上散步，最后都要走到高高的草垛前，爬上去。他们坐在草垛上或躺下去，往天空看去时，都会看见星星。

果然，坐在草垛上看星星，似乎离星空也并不遥远。之后，哥哥把我带到女知青所住的房子里。男知青住在另一幢老房子里，距离不太远。草垛是干枯的，如果在白天，就能看见稻草被阳光晒干的那种枯黄色。天黑以后坐在草垛上看星星时，身体仿佛飘了起来，手指似乎可以触到星辰。其实这只是感觉罢了，而我们的所有感觉都是幻想。人为什么不能像小鸟一样飞起来，因为人没有翅膀，但人还是渴望飞翔的，所以我们只能在幻想中去飞翔。哥哥将我送到了女知青所住的土坯房，进屋后，就嗅到了一阵阵野山菊花的味道。

那张快要坍塌的木柜，应该是熬过了很多时光吧。在快坍塌的那一边下面有石头撑着，这样木柜看上去就显得平坦了些。上面放着一个土陶罐。平常，应该是当地村民腌咸菜的罐子，野山菊花就插在罐子里。嫩黄色的野山菊花，哪怕是在一盏马灯的光照下面，也开得那么绚烂，从花束中散发出清香。土坯房的墙上都有钉子，一排排地成了女知青们挂衣服的地方。每一件衣服上面仿佛都盛开着花朵，就像姑娘们的青春期。一个女知青梳着大辫子，给我端来了一盆水，让我洗脸洗脚。她们入睡前都坐在土坯房外的台阶下面的长条凳子上，地上放着香皂盒，她们洗脸时，都会将毛巾伸进锁骨下的胸部。我知道，母亲也经常用这种方式，擦洗双乳沟附近的地方，因为这个位置特别容易出汗。

擦完了面颊、脖子，看上去，她们的疲惫感消失了。之后，她们将双脚放在木盆里泡脚。那时候的很多生活用具都是木制品，也许是森林太拥挤，伐木工锯下的圆木走出了原始森林，为人类的生活服务。

洗完脚后，每个人都回到了房间，上床后就灭了马灯开始睡觉，不到几分钟，我就听到了她们有节奏的呼吸声。她们白天干活一定很累吧，所以，回到房间也就是睡觉了。她们已经成为乡村的一员，像农夫一样，每天鸡鸣早起后，就带着农具奔向田野。当我第二天睁开双眼时，她们早已到田地里干活去了。我出了门，开门时，这道木头门发出吱吱的声音，像老迈衰竭的人从咽喉中发出的语调。阳光照着这幢有围墙的土坯房，墙上挂着晒干的红辣椒。院子里完全变成了女知青的花园，野蔷薇正在墙边攀伸到被风雨蚀刻的、显得高低不平的墙面上去。院子里的晾衣绳上，晒着女知青的胸罩、内裤、花衣服等等。

我应该回家了，不过已经看不见哥哥的影子，村里的老人告诉我他们都到山里去种地了，很远的。我决定步行回家，因为明天我是要上学的。从乡村闪现出唯一的一条小路，环顾下四野再没有另外的路了。在村头地里干活的是一位头顶三角红方巾的女人，她的脸很黑，只有牙齿是白色的，看见我站在路口徘徊，她就手指前面说，从这条路走到尽头，就会有一条大路。顺着妇女手指的方向看过去，我果然看见了有拖拉机奔驰而过，不过，我要走一段才会到达那条有拖拉机通过的大路。寂静的小路上除了我还有几只鸭子慢慢地走在我前面，它们应该是去找小河吧。我猜对了，快走到大路时，突然就有一条小河出现了。鸭子们欢叫着，边走边看，边走边叫：走到一条手臂这样宽的小河中游泳去了。我蹲在小河边，看鸭子们在小河中游动，鸭子、天鹅天生就习水性。我还是喜欢乡村，想象着用不了多长时间就可以卷起行李，到乡村来耕田种地，心情就灿烂起来。不过,我已经走到大路上来了,所谓的大路,也就是比刚才的那条鸭子们走过的路,更宽阔一些罢了。

这条路仍然是土路。那时候根本就看不见柏油路,也看不见水泥路,但在我昨晚住过的乡村里,能看见青石铺成的小路:哥哥带我在乡村的青石板路上还走了一段。哥哥让我看脚底下的马蹄印,并告诉我,很久很久以前,这里是马帮走过的路,这座村庄当时还有驿站,供赶马人加粮草和水。他一边说一边指着路上的一座老屋说,那就是当时的客栈,里边还有戏台,村里的很多老人当时都会唱戏,赶马人也会跟村里的女人谈恋爱。哥哥说着这些时,很有一种自豪感,他认为自己插队的乡村是有历史渊源和背景的。他还说,村里有很多男人后来都跟着马帮走了。我感觉到脚下的青石板比县城老街巷的青石板更有沧桑感,正想着,一群牛羊走过了这条古老的青石板路。

我好像有些明白了:因为乡村的青石板路,除了人走之外,还有牛、羊、马,以及家禽们都会途经这条路,还有过去的马帮也走过这条古道。城里古巷道的青石板路大都是人在行走,所以不像这条古道一样有马蹄踩下去的凹陷处。哥哥还告诉我,很久很久以前,村里的很多漂亮的姑娘,被来到村里的马锅头喜欢上了,马锅头留在客栈休整时，就会跟喜欢的姑娘约会。几天后，马锅头走了。被马锅头喜欢上的姑娘一旦怀上了马锅头的孩子，就不会再嫁人了，她们会一直等到马锅头重新回来的那一天。有些姑娘从一头青丝等到了头发花白，也没有等到马锅头回来。哥哥一边说一边就带我去看住在村头的一个老人。他今天似乎忘记了我的年纪，而且我发现自从哥哥来乡村插队落户以后，虽然时间不长，他突然变成了另外一个青年人，他跟我讲的这些事，是我在城里无法听到的。哥哥已经带我到了村口，在一座土坯房外，我看见了炊烟，那时太阳早就已经落山了。哥哥带我朝着敞开的大门走进去，门上还有雕花，可以想象出在很久以前，能住上这房子的人也都是村里的大户人家。果然，我们走进屋时，还看见了屋檐上的雕花。

　　一个老人听见了我们说话，便撑着拐杖从楼下那间飘出炊烟的老屋中走出来。她看上去，仿佛已经活了好几个世纪，她是我在这个世界看见过的最老的妇女。我就像在看一棵老树的存在。她已经掉光了口腔中的全部牙齿，但她的衣服洗得发白发旧了，仍然很干净。她撑着手中那根拐杖，看着大门敞开的方向，她好像一直在看着门外的光，那束光已经在慢慢地暗淡下去。哥哥小声说，每次来只要她在屋里总是看着门外的光，如果白天来，她总是坐在门口的石凳上。村里的人说，自从马锅头走后，她就在等待。马锅头走后不久，她生下了一个孩子，是一个女儿，后来女儿嫁到村外去了，就剩下了她自己。而在很久很久以前，这座土坯宅院中住着很多人，但随同时光流逝，这老宅中的人，都一个一个地走了，就像村里的旧人一个一个也都走了，又来了新人。

老人的指甲凹下去了，却很干净。她的手腕、脸上有很多像梅花样大的小斑点，额上有像蜘蛛织出的网线。她的下巴颏尖尖的，因为牙床早已萎缩。她的眼眶也在萎缩，仿佛只剩下了两口干枯的井水。她一生除了劳作，送走家族里的人之外，剩下的就是等待。许多像她一样命运的妇女熬不住时光，早已仙逝，只有她留下来了，正在熬着最后的一滴灯油。

哥哥带我离开了那座老宅，后来就带我去看星空了……此刻，我边走边想着这些事，一辆拖拉机从后面奔驰而来。我回过头一看，竟然是哥哥。他说，我如果步行的话要走到半夜的，他在山头干活时，看见了我走在这条路上。因为路太寂寞了，就我一个人走，而且我穿着红上衣。哥哥来了真好，他的身边还坐了一个姑娘，哥哥说，这是他的女朋友。看上去，这姑娘不像城里来的知青，她的穿着完全是村里人的衣饰。我坐在他们中间，我当时也不知道哥哥所说的女朋友，对于他来说意味着什么。哥哥送我到家门口，又返回去了。

半年后，哥哥又开着手扶拖拉机回家来了，他还带来了那个姑娘。哥哥满身的泥浆，那个姑娘身上也是泥浆。哥哥看着我们有些诧异的目光，高兴地解释道，在田头干活时，邮递员骑着自行车来到了他插队的乡村，将好几份大学录取通知书递到了他们手上。我们才想起来了，哥哥参加了那年刚恢复的第一届高考，他竟然考上了北方的一所工业大学。这对于母亲和我们来说是一个天大的欢喜。看见我们如此欢喜，哥哥便伸出手抱起那个姑娘在院子里旋转了三圈，母亲完全蒙住了，仿佛刚回过神来发现了那个姑娘。

哥哥将姑娘放下地，对母亲说，这是他所插队的村里的姑娘，现在是他的女朋友。女朋友睁大了双眼，自语道，女朋友，便再没说什么。哥哥只是回家报喜讯，马上又开拖拉机回村庄了，说是要回村里办离村手续，马上去北方上大学了。母亲很高兴，在母亲看来，哥哥考上了大学，就是她最大的希望了。不过，那时候的大学真难考啊，很多人都在考，但录取的名额太有限了。所以，哥哥成了当时很多人的偶像。但更多人无法上大学，就进了当时县城各地招工的单位，哥哥他们那一代是最后一届插队知青。在短时间内，知识青年都返回了他们过去生活的城市。我的那个知青梦破灭了。等待我的是什么？很快，就轮到我们考大学了。

哥哥去的城市很远，在北方的版图上。哥哥的女朋友从乡村赶来送别。那天晚上，母亲比往常多做了几个菜，但她一看见哥哥的女朋友来了，神态就有些变了。我能感觉到母亲尽力地保持住自己的情绪，因为哥哥要离家求学，去几千公里外的地方。坐在餐桌前吃饭，这是一个看上去庄严的时刻。家里似乎都是母亲做主，因为父亲常年在外地工作，只是过中秋和春节才回家。哥哥要上大学了，成为那个时间段内的一件大事，因为能够上大学的人太少了。左邻右舍都来了，还带来了他们的孩子。哥哥仿佛是一个楷模，大人们都让孩子们向哥哥学习。母亲也告诉我说，一定要考上大学才能有前途。

前途是什么？我真的不知道，我们那一代人实在太朦胧了，我们每一个人看上去无论心智和身体都是朦胧的。当我们正在像一棵树成长时，我们对前途这个词所延伸的事，确实持朦胧的态度：我们不需要从朦胧的光影中看清楚什么，我们的人生仿佛才刚刚开始，我们不需要像我们的父辈那样活得沉重和小心翼翼的。也许，这就是我们的青春，就像脚尖上往上翻升的鸡毛毽子，上升跌下都在脚尖上旋转。每天饭后玩这个小游戏已经足够让我们开心，我们发出的笑声就像风铃铛的响声，传到很远又被风吹散了。

哥哥走了，又轮到我考大学了。从一开始我就知道我不可能是哥哥，到了我们毕业时，已经没有插队知识青年了。所有过去在村里干活的知识青年，少数人去上大学了，多数人被招工到了城里。我做知青的那个梦想，是真正地破灭了。我也不可能像哥哥一样考上大学，对于我以后的事……我在朦胧的意象中看不到任何方向。不久，班上该录取的就录取了，之后，农村的回到农村去，城里的就等待招工了。这一年，我们看上去是幸运的，我被录取了。等待分配单位时，我却被一辆自行车带到了郊外，那是一个骑自行车旅行的外地人，当然是青年人。我坐在他车的后座上。我是怎么认识他的已经不重要，好像是我正走在路上，他骑车过来了，铃声响，我便回过头，他叫我小姑娘，问，能告诉我这城里去麦田的路吗？我听说你们县城外的麦田很漂亮，我想去拍照片。

我是听说过这片麦田，也有人邀约我去麦田上走一走，但我还没有去过。麦田于我而言只是一片庄稼地而已。城里那些去麦田里的人，都是吃过晚饭后去散步的，我还没有进入想散步的年纪，我的一切都不确定。然而，在梦乡，我应该是曾经迷失在这片麦浪中，我走了很久，感受到芬芳都会枯萎，凡是饱满的东西也都会失去弹性。

他的江南口音好像下过雨的空气般清新温柔。我说，我带你去吧！其实我没去过，但我知道去麦田的那条路。在很久以前，轰轰烈烈的房地产开发还没有到来，无论是大城和小城，只要往外走几步就是郊外了。

我坐上了他自行车的后座，就想起了哥哥，他已经到北方求学去了。我想起了他那部生锈的自行车，后来我才发现那辆自行车藏在门外的柴棚里。那只是一座几平方米的柴棚，在那个时代，厨房用品还没有电气化。不过，我已经看见有人拎着录音机了。有人曾问过我，有没有听过邓丽君的歌？邓丽君是谁啊？我摇摇头，那个人就笑了。问我这话的人看着我笑，她是在笑我的无知吧，不过，我是真实的，我真的不知道邓丽君是谁。那个人说到邓丽君这个名字时，很神秘也很激动。我并不在意邓丽君是谁，因为我的生活跟邓丽君没有多少关系。

过去哥哥也曾经用自行车带过我，所以我坐在这辆自行车后座上时，如果车龙头摆动我也不害怕了。几十分钟以后，就看到了一片金色的光，那光束仿佛在慢慢燃烧着。骑自行车的青年人有些激动地说，太美了，而且这个时间段是拍照片最好的时间。他加快了速度，自行车朝着那大片大片的金黄色麦地奔驰而去。他停下车子，从挎包中取出一只海鸥照相机，他的眼神充满了激情。他开始拍照时，我就独自向着麦田中的那条小路走去，好像我也是第一次看见这么金黄的麦地，身体中那些潜在的触须正在往外伸展，犹如枝条抖动着。不远处，是那个青年人在拍照，对于他的出现，我感到好奇：一个人孤独地骑着一辆自行车，难道就是为了拍照吗？他看见了在麦田小路上行走的我，便让我回头，那一时刻，他把我拍进了他的照片中。他说，你就自己往前走，想回头就回头，想从哪里走就往哪里走吧，随意地走。好，真是太好了！这片麦田因为你的身影，会出好照片的。你不知道，你有多漂亮……

我漂亮吗？这个手扶照相机的青年男子给予了我想象力。他突然发现麦田中有割麦的妇女，他走上前去了，他去拍摄那些弯腰的妇女了。我远远地站在后面，我问自己，那些弯下腰正在割麦子的妇女漂亮吗？他将镜头对准一个正拾穗子的老人，那个老人仿佛是我的老祖母，她头上裹着一条鲜艳的三角围巾，有红有绿。即使隔着几十米远，我也能看见那个老人干枯的嘴唇、布满了皱褶的面孔。这个老人漂亮吗？我的青春期出现了这些从一架海鸥照相机镜头下出现的考问。我站在麦子起伏的中央，我看见了割麦子的一群中年妇女不时地直起腰来又弯下去。那一把把锃亮的镰刀如果扬起来，看上去就像弯弓和半月。还有那个拾穗的老人，她的年龄和模样看上去就像我的老祖母。虽然我从未见过我的老祖母，可看上去，她就是我传说中的老祖母。我没有走上前，这一切都在无形之间改变了我的生活。那个肩背海鸥照相机的男子，正沉迷在这个农耕年代的场景中。他的自行车停在他身后。我突然想起了哥哥放在柴房中的那辆生锈的自行车。我转身朝来时的小路走了出去，离开了麦田。我朝着回家的路快速地走去，此刻，我就想进柴房将哥哥骑过的那辆生锈的自行车搬出来。我的青春出了问题，这一刻，我就想找到那辆自行车，只要它还存在，就意味着我想象中的那个梦想会实现。

哦，这仿佛是一场赌博，如果那辆自行车在柴房中，那么我就一定要用最短的时间学会自行车，之后，骑着自行车去寻找我自己的人生；如果那辆自行车不在柴房了，我就听天由命吧，像所有人那样在县城找一份职业先生活着。天啊，往常，柴门都是开着的，今天为什么要上锁啊？！母亲跑回来了，她在四处找我们，她说今天东大街小巷一座老房子起火了。一个小孩子玩火柴点燃了灶台前堆着的干柴松明，小孩子被困在里边，被烧死了。她的母亲快疯了，在小巷里快把嗓子叫哑了。火已经灭了，但孩子没有了，那是一个刚离婚的女人，她男人早就走了，将孩子留给了她。我看着母亲，她发现我站在了柴房外面，掉转话头问我站在柴房外干什么？我问，我哥哥骑过的那辆自行车还在吧？母亲恍惚中想了想说道，那辆自行车早就坏了，你父亲早就将它卖给了废品回收店。我有些崩溃，便往废品回收店跑去，路上我经过了老宅失火的那条小巷道。

我愣住了，再无法往前走。小巷子站满了人，火已经完全扑灭了，很多人围观着。我发现了哪怕是毁灭性的灾难，也在吸引观望者的目光，因为人们都想看个究竟，到底发生了什么事，想看到最悲催的现状，所以，不断赶来看灾难的人都在往前挤。我也挤了进去，天啊，我看到了那个被烧死的孩子，就像一团黑炭躺在那里。看到这一幕，我自己也快疯了，便往后撤离。孩子的母亲三十岁左右，听说已经昏迷了，送到医院去了。

我朝后撤离，终于走完了那条小巷道，离开了一个灾难的现场。我想喝口水，又走到了那口水井所在的街上。这条街是县城的菜街子，正值中午，街两边都是摆摊的人。那些花花绿绿的蔬菜仿佛又让我活了过来。

那眼水井看来是永远废弃了。一个女人跳井后，一口甜蜜的水井也就消失了。这个事件之后，街上依然如故，世俗化的众生相又日复一日，创造生活的乐趣。不远处就是废品回收店。我想，如果那辆自行车还在的话，我就想办法将自行车赎回来。换言之，如果那辆自行车还在，赎回来后我就会骑着这辆自行车，去追索我的青春之梦。

这个梦想在那一天使我目击的灾难开始淡化了，我终于站在了废品回收店门口：小时候，母亲总是带着我将积攒已久的牙膏皮、鸡毛、旧书报纸、剪下的头发等等分门别类地装好，送到店里。我喜欢跟着母亲的脚步从街那边走过来，中间会喝一口井里的凉水润润嗓子，心情顿时会好起来。那个时代如此的简单，喝一口井水也会让身体飘起来。走到店门口，母亲将分门别类的袋子交给店员。从柜台前往里看，可以看到旧闹钟、旧箱子、旧家具，还有各种动物的皮毛，都是风干了的，还看见了长辫子，下面用红毛线紧紧地捆绑着。如果说世间真有魔幻世界的话，这就是我所看到的最奇妙的场景。

我站在店门口往里边看去时，目光在搜寻着是否有那辆自行车的影子。然而我看见了长辫子和各种兽皮挂在墙上，孔雀羽毛插在一只水桶里，还有用过的牙膏皮装在麻袋里，还有留声机、闹钟等等，就是没有看见那辆哥哥骑过的自行车。我问店员，不久之前我父亲将一辆自行车作为废品卖给了店里，现在我想赎回那辆自行车。店里的人说，有这回事，不过店里的回收品隔一段时间就被拖走了。我问，拖到哪里去了？我还能有机会赎回来吗？店员笑了说，小姑娘，不可能再赎回来了，而且那辆自行车已经坏了，成了废品，你还是好好挣钱，考虑一下去买一辆新自行车吧！

我还是遵循这命运的安排吧，自行车的梦破灭了。我也就放弃了那个梦。那个骑自行车的青年男子应该离开了，自我离开那片麦田后，就再没有见过他了。很多事，就像一首流行歌，唱过了以后，就消失了。那个昏迷的年轻母亲活过来以后，又开始在人们的帮助下修建新宅，很快，那座坍塌的老宅变成一座二层楼的水泥房。她活过来了，听说，一个男人因为喜欢她，出了资金还出了力，帮她把这座房重又在原地立了起来。之后，他们就住在一起，低调地领了结婚证，但没有举办婚礼。这是在县里开服装店的外地男人，从此以后，她和他就守着服装店维持生活。过了些日子，女人怀上了男人的孩子，她坐在店里，穿着宽大的孕妇装，眼睛里又充满了生活的希望。

哦，希望，它是什么？那么大的一场毁灭性的灾难后，她醒过来了，爱的力量帮她立起了水泥钢筋房。那时盖水泥房的还不多，开服装店的男人几乎拿出了全部的积蓄，才帮她盖起了新房。人都是在新的希望中活下来的。

不再想自行车的梦以后，我碰到了开大货车的县客运站的同学。我在客运站门口无意中看见了他。之前，我几乎忽略了客运站的存在，似乎我的视线中就只有自行车的轮子，现在我突然间发现了除了自行车车轮可以旋转外，还有客运站的长途车，还有大货车。我的同学李点身穿蓝色工作服，看见了我说，你要去客运站买票吗？哦，客运站大厅排队买票的人竟然排到了大街上。李点说，自从有了开到省城的夜班车，去省城的人还真多，如果你想去省城可以搭乘我的货车去。我现在才知道李点开上货车了，这可是一个让人羡慕的职业呀！县城里当时有三种人最值得人仰慕：第一，就是穿军装当兵的；第二，就是大学生；第三，就是驾驶员了。

汽车的驾驶员是一个神圣的职业。当我们以脚代步时，一个人可以驾驶几个轮子的车，确实是一件无法形容的事情，也找不到形容词去说清楚车轮为什么会跑起来这件事。所以，开车的青年驾驶员身边走着的都是当时最漂亮的女孩子。还有当兵的、大学生都能在城里找到漂亮的女朋友。李点看我的眼神仍然像高中时代一样纯真，那是一种同学的眼神，你不用抵御什么。同学就是同学，坐在邻桌的同学是不会伤害你的。我的眼神那时候很亮堂，母亲将我的眼睛比喻成一碗水，说我的眼睛就像一碗水那样开始平静了。这是因为我不需要对抗母亲了，我慢慢地开始独立自主了。一个人的独立当然是从青春期开始的。然而，就在这时候，却出现了开大货车的李点，他说，你没去过省城吧，搭我车去省城烫个头吧，还可以去省城买衣服……李点漫不经心的话对我却是一种深深的诱惑。我答应了，说周末不上课就跟他去省城。

　　起了个大早，母亲却出现了。她看到了我身上的包，问我去哪里。我想，还是说实话吧，去省城也不是犯罪，也用不着隐瞒，便说，要搭同学的车去省城。母亲点点头说，哦，去玩几天吧！这算同意了，没有想到母亲同意得这么快。在出发前，母亲又穿上了她的旗袍，我意识到父亲要回家了。我又想起来这几天母亲总是在洗床单被套，从小到现在，只要母亲做这两件事，就意味着父亲要回家来了。母亲沉浸在父亲将回家的期待和喜悦中，她敞开了大门，给予了我宽容和自由度时，我已经乘着李点开的那辆大货车出发了。母亲站在门口，我想起了很多次在无意识中，突然转过身来或者是放学回家时，看见父亲用手搂母亲时的场景。那时候，他们是幸福的，哪怕是刚从厨房的烟雾中出来，他们的神态也是一对夫妻间幸福的状态。

青春期的第一次出远门，真的很新鲜又激动。我的呼吸急促起来时，李点已经发动了车。那呜呜的声音越来越大时，大货车已经开出客运站的停车场。哦，停车场上那么多客车，通往邻县和省城，除外就是大货车了。看见车轮朝前移动时，我的青春期仿佛奔赴一片看不见的、波涛起伏的海洋，而我们的地理位置离海洋是多么遥远啊！正因为如此，我的心跳加速时，也正是大货车朝县城郊外奔驰而去的时间。

车子又途经了那片麦地，不过，那片麦地已经消失了。就像那个骑自行车的青年人也消失了。无论他如何在麦地里赞美我有多漂亮，他终究还是要消失的：一个青春期的青年人，当他美好的时间奔驰在路上时，他一路走都会遇到不一样的风景，但他决不会为某一个风景留下来。我突然想清楚了这件事，就像车窗外面那片金色的麦地消失了，因为麦子已经成熟了，就必然要收割，这是节令也是必然。那时候，我还不知道因果这件事。那时候，我是漂亮的，每一个青春期的女孩子都是漂亮的，我们还不需要化妆，也不知道化妆会改变我们的颜值。很久以后的时间里，人们开始谈论颜值，那是另一个价值时代的到来。

李点的大货车将我载到省城时，天已黑。只有出远门后，你的青春期才会开始迷茫起来。当天色越来越黑,那些年的黑色中飘逸着流行歌的歌声,仿佛刚刚睡醒的人们,面对青草上未消散的露珠……在我迷茫的目光下,城里人有穿喇叭裤的,有穿牛仔衣裤的,有穿高跟鞋的。那么细的高跟鞋,就像钉子,为什么可以支撑起女人们的丰乳肥臀?这些被称为摩登的时尚的流行的元素,让我有些害怕和迷乱。

李点让我跟他到旅馆中先住下来,然后再去吃饭。他问我是不是饿坏了,他好像听见了我的味蕾在发出叽咕的叫声。于是,我竟然想起来一些完全不相关的事情:有一天我站在一个池塘边看见了数不尽的小蝌蚪。有年轻的母亲正带着孩子捕捉蝌蚪,母亲手里拎着一个瓶子,想捕一些小蝌蚪让孩子带回家去……我想,那些被孩子带回家去的小蝌蚪,离开了这个有水的池塘后,它们会不会离奇般地死亡?

哦,旅馆,李点带我走入的小巷中到处都是小旅馆。整条小巷道都弥漫着烧蜂窝煤的味道。确实,这正是晚饭后的时间,那些燃尽的蜂窝煤块已经慢慢地化成了灰,但燃烧时的味道仍然残留在城市的空气中。这时,我才知道这是一座烧蜂窝煤的省城,人们用它做饭、烧工厂锅炉里的水,简言之,蜂窝煤是这座城市的唯一燃料。在弥漫着黑色蜂窝煤味道的小巷里，李点带我走进了东风旅馆。这是一座二十世纪八十年代的城市小旅馆，我永远忘不了我跟在货车司机李点走进旅馆的时刻，大城市的人们都吃过晚饭收拾干净碗筷了。李点显然很熟悉这家小旅馆，走进门后几个穿白大褂的中年服务员就向他点头。这是一座庭院式的旧旅馆，消毒水的味道取替了刚才小巷道中飘过的蜂窝煤块燃烧过后的味道。

这是我第一次住下的旅馆，里边刚刚能放下一张单人床、一个床头柜。我们来得巧，刚好有人退了两间房，所以我们各自一间就住进去了。之后，李点带我去吃东西。那个时代开货车的李点，因为经常往返于城市间，所以熟练地掌握了旅馆周围的路线，他仿佛有一张地图，跟在他身后就可以从小巷走进来，再走出去。我永远记得十八岁的我，胆怯而又想冒险的眼神，轻盈的身体都在寻找着陌生的气息。

所有一切都是陌生的，从身边走过的人带着陌生的面孔转眼就消失了；走出小巷后看见的城市公交车站越来越多，那些靠站又走出来的陌生人手里还捏着车票……李点带我走到一家米线店门口，他说请我吃米线吧，本来要请我好好吃餐晚饭的，但现在卖饭的餐馆都关门了，就只能吃米线了。

在一座你感到陌生的大城市，能住进旅馆，就有了安全感，再走进小店，要上一大碗热气腾腾的米线，身体就开始饥饿起来了。吃或住是人安身立命的所在吗？应该是的。我很喜欢这样的从未有过的新鲜感觉，它使我兴奋，几口就把一大碗米线吃完了。李点也吃完了说，今晚就早点休息吧，明天他去进货，让我自己在附近的街道上走一走，明天晚上他带我去看电影。李点把明天都安排好了，所以我在东风旅馆进了公用厕所、公用浴池，最后回到窄小的单人床上好好睡了一觉。

只有在异乡睡觉醒来后，才知道灵魂是游走的一只动物。我就是那只小动物，有点像兔子，我正在跑向前方，为了寻找到青草。青春期的我为什么对陌生的生活如此期待？我洗过了脸，往脸上抹了一层雪花膏，我母亲她们那代人都擦雪花膏，我生活的县城百货店里也只有雪花膏，除此以外，我就看不到另外的化妆品了。淡淡的香味从我脸上拂开了一座城市的屏障，我出门了，挎上我的包。我出门了，有一种未知的生活在召唤我。

未知的生活让我越过了旅馆外门。那条飘忽着蜂窝煤味道的小巷道里，除了几家旅馆外，更多的是两层楼的居民楼。他们的家门口都支着火炉，多是中年男女在管理炉子，他们使用火钳夹着黑乎乎的蜂窝煤放进架着柴火的炉子。烟熏着他们的脸，有人被烟熏出了泪水，有人被烟熏着用手揉着眼眶。不过，总是要面对炉火的，因为只有依靠蜂窝煤炉子的燃烧，才能烧饭做菜。走出了小巷道就是主街了，真正的东风路在小巷外的一条宽阔笔直的长街上，站在这条街上你看不到东风路的尽头和开端……也许这就是省城，我欣喜地走到东风路旁边的人行道上。我想唱歌了，我走进了路边的一家磁带店。哦，里边有那么多磁带，录音机里正放着那个时代的人最喜欢的邓丽君的歌曲……我走进这家磁带店，其实就是想听完这首歌曲。

听完邓丽君的歌曲我就想走出店门。守店的小伙子问我，喜欢邓丽君的歌声吗？他一边说一边将邓丽君的磁带递给了我，小伙子说，如果喜欢邓丽君的歌就该买一盘磁带回家去听，这是刚到的新磁带，很流行的，卖完就没有了。小伙子的眼睛火辣辣地盯着我。我看出来了，他的目的就是让我掏钱买一盘邓丽君的磁带。好了，别盯着我了，你不就是想推销你的磁带吗？正好我又喜欢邓丽君，我就买一盘吧，虽然我现在还没有录音机放磁带，不过先买回去再说，说不定我很快也会配上录音机的。

磁带是谁发明的？录音机又是谁发明的？接下来我面对看不到尽头的东风路，它的前方是东风东路，而它的后方是东风西路，我正走在它们的中段。这时候我看见了一家服装店的门口支起一块牌子，上面写着"招服务员，包吃包住，保底工资加营销提成"。我久久地站在牌子前，我就像是一个迷路的孩子，想寻找到方向感。店里走出来一个三十多岁的女子，她穿着的衣服很好看，她的脸上有很多没有彻底抹均匀的胭脂粉，她的嘴唇上有热烈的唇膏。

她从头到脚地打量我片刻后说，小姑娘，进来呀，来看看店里的衣服吧！我就进去了，店里的塑料模特身上穿着店里最有特色的衣装。女人说，小姑娘，想买什么就告诉我啊，像你这么年轻穿什么都漂亮，别枉废青春啊！我只是在看并没有想买衣服的意思。其实我走进来，是对门口牌子上的招聘信息产生了幻想。她似乎猜测到了我的小心思，便问我，想不想来她店里卖衣服？她这么一问，确实击中了我的兴趣点。没等我回答，她就说，如果愿意的话今天就可以留下来上班的，晚上就住在店里。你看见梯子了吗？从梯子上去就是你睡觉的地方，每天补贴你晚饭……卖衣服是最轻松的活计了，很多小地方来的人都是到小餐馆去洗碗洗菜，从早到晚累得要死，还没有多少钱。

我点点头，这工作还不错的。我不就是想出来转转吗？只要我能养活自己，家里人也不会阻拦我的。事情就这样定下来了吧！女人很高兴，嘱咐我上午几点上班，下午几点关门，还问了我是从哪里来的，叫什么名字，等等。这就算在服装店里安置下来了，这对于我来说不免来得太快了。女人将店里的钥匙交给我，同时将店里的服装作了登记，并告诉我可打折、最低折扣是多少等等营销方式……那时候，一切交接手续还算简单。女人说，她还有其他的事要做，服装店就交给我管理了，并告诉我过马路对面有公厕，服装店门外有一个水龙头，打开锁就可以用水了，拐过弯有一家公用澡堂……女人终于吐露了，她说她怀孕了，所以想休息一段时间，这个孩子对于她来说最重要了……她没再说下去。看上去，初次见面，她似乎就很信赖我。

我有一种无法言喻的意外的欣喜，刚来到省城，没想到如此快就找到工作了。当然，也有一种恍惚感，女人走了，确实，我现在才看出来她是真的怀孕了。当一个女人怀上孩子后，首先腰部会变粗，腹部向外凸起，犹如微微隆起的山坡。她走了，我握着钥匙链，看了看立起来的那把梯子，它对我有一种挑战感，从小到大我还没有爬过这样的梯子。之后，我突然在夕阳开始西下时想起来了与李点的约定，今晚他要带我去看电影的。我有些不知所措，时间这么快就改变了我的命运，昨晚上李点还带着我穿过弥漫着蜂窝煤气味的小巷道,走出去吃米线;昨天晚上我怎么也没有想过会走到东风西路与东风东路的中间;我怎么也没有想到走进了一家磁带店,买了一盒邓丽君的磁带走了出来;然后走进了不远处的一家服装店后,命运就被改变了。

如果我没有来到省城,我永远不会有这样的感觉:人,就像一个梦,在梦里和现实中来回穿行。仅有梦,你就只会在黑暗中飞行,只有在梦中醒来后,你才会知道世上的所有人或事,都是梦中见过的。因为与李点有约,我决定回旅馆一趟,而且现在夕阳已落下了,我就关门吧。只要见到李点以后,我就会把今晚看电影的事辞了,告诉他我找到了工作,就这样定了吧!

绕来绕去终于找到了进入那条小巷道的路,正像我所想的那样,李点正坐在旅馆院子里的旧藤椅上等我。看见我,他兴奋地站起来说,你终于回来了,我正担心你会不会迷路呢,你就回来了。好吧,回来就好了,我现在带你去吃饭,然后我们再去看电影。我有些忐忑不安的神态已经让李点看出来了,他说,你没事吧?我说,没事没事,不过,今晚我不能陪你吃饭也不能陪你去看电影了……李点不解地说,昨晚就约好要一块看电影的。我不得不将今天选择的事告诉了李点。

他惊讶地摇摇头说，这不行，是我把你带出来的，我得负责你的安全问题。我说，我写一封信请你带给母亲，我好不容易走出来了，你应该为我高兴呀，而且我又找到了工作。好了，我要走了。在那一时刻，我也不知道自己会那么任性。李点走上来拽住我手臂说，你别走，我们去吃饭吧，电影不看也就不看了，但饭总得吃啊！一个服务员走过来看了我们一眼说，别吵嘴，有事好好说，年轻人谈恋爱要耐心点，别急躁。她这一说把李点和我都惹笑了。我的情绪也突然松弛下来了。李点趁机说，我们去吃饭吧，她们以为我们是在谈恋爱吧……李点的目光在看着我，探究我在想什么。走到小巷外了，一个女人背着一只花篮，叫卖着让人们买玫瑰花。我下意识地往她篮子里看了看，全是红色的玫瑰花。一个男子牵着一个女孩的手，走到篮子前，从里边挑选出三枝红玫瑰，温情脉脉地递给女孩。李点看了他们一眼，也走到篮子前，从里边挑了三枝红色玫瑰花递给我说，我愿意成为第一个送你玫瑰花的男人！

　　李点从包里掏出钱夹子，将几张零钱递给了卖花的女人。确实，这是我第一次收到男人送的玫瑰花。在小县城里我还没有看到过男人送女人玫瑰花，男人和女人约会，是从看电影开始的，好像也没有卖玫瑰花的女人。当然，早春时节，也有山里的女人背着山茶花，步行几十里山路，背着挂满了露水的野生山茶花,走到县城里放在菜街子一角,不露声色地就将山茶花卖完了。买花的都是母亲辈的女人,只有她们会去赶清晨的菜街子。少女们是不进菜街子的。我的母亲在上班之前也会赶早去菜街子。

我喜欢菜街子这个名字,它比现在的农贸市场、超市等名字更接地气。现代人都在寻找接地气的地方喝茶、睡觉、出游,地气已经成了一个现代人的追求。因为人们离地气越来越远,住在云空深处的钢筋水泥大厦以后,离尘土就越来越远了。

我喜欢的那条菜街子走过几条小巷就到了,只要凌晨出门,总会看见手拎竹筐的妇女心满意足地买着早菜回来了。一天中的菜街子,早菜是最新鲜的了。如果女人不赶早去菜街子,就无法买回来自大山深处的野生山茶花。母亲是第一个让我看见的插花的女人,尤其在父亲缺席的日子里,她的房间总有一束花。待我初潮以后,母亲也会在我房间里插一束花。母亲采来了芍药、牡丹花,它们都是从菜市场买回来的,也有从院子里采摘的月季花,等等。母亲天生就是一个爱花的女人,这种爱使母亲充满了生命的活力。也正是这种爱的魔力延伸到了我身上,使我乘李点的大货车走了出来。

手里有三枝红玫瑰。李点带我去了一家环境较好的餐馆吃饭。他要了几瓶啤酒。我说我不会喝酒的,这是真话,长这么大我真的还没有喝过酒。李点说,他开夜车歇下来时,经常会喝杯小酒,并说喝酒能解疲乏,等等。他问我的父亲会不会喝酒,他这一问,我还真是想起来了,父亲同样是一个非常有趣的男人,只要过年过节他就会抱着一小坛高粱或者是包谷酒回家来。

母亲会炒一桌菜,我记得当票据废弃之后的时光里,母亲烧制的饭菜越来越好吃了。尤其是父亲回家的日子里,我们都会坐在像月亮般圆的餐桌前,父亲会从柜里抱出一坛酒来,哥哥会陪同父亲喝一杯,母亲只能喝半杯。我就默默地看着他们喝,酒对于我来说,还没有诱惑力。相比杯中酒,餐桌上那些被母亲用各种佐料烧制出的美味,要更吸引我。

李点说,来一杯吧,啤酒没多少度数,是年轻人喝的酒,是用麦芽酿出的。在那个飘忽不定的黄昏,我将三枝红玫瑰花放在四方桌前,李点要的啤酒瓶放在一侧,我仰起头来看见天花板上被油烟熏过的痕迹。从门口走进来又一对青年男女,坐在我们旁边,仿佛是想证实李点刚说出的话,男子站起来,很快就到柜台前拎来了几瓶啤酒。李点说,看到了吧,省城里的青年人都喝麦芽酿的啤酒。

这一次,我是真的想试试啤酒的味道了,想尝尝麦芽酿的啤酒到底是什么样的味道。

啤酒倒在了两个玻璃杯中，李点和我各一杯，接着几道菜端上来了。就这样，我开始品了第一杯啤酒。李点问我，有没有麦芽味道？啤酒里的麦芽味道又让我想起那个骑自行车的青年男子，如果没有去过那片县城郊外的麦地，我就感觉不到麦地上吹来的风。有时候，不需要狂风暴雨，在温柔的风吹拂下。生命中那抑制的幻觉，突然间破壳而出，这就是命运的安排，之后，我就离家出走了。如果没有李点的大货车载我来到省城，我就感觉不到小巷中飘过的蜂窝煤味、小旅馆消毒水的味道……也不会坐在这餐馆里第一次品尝到啤酒里的麦芽味道。

世界是由各种味道组成的世界，我们也是从品尝各种味道开始了人生。我和李点喝光了几瓶啤酒，我喝了三分之一，他喝了三分之二。他送我到了服装店门口，因为已经错过了看电影的时间，所以他不再提电影这件事，明天一早他就要开车回县城了。我请他给母亲带去口信，说我在省城找到工作了，就暂不回家了。我站在服装店门口，手里握住三枝红玫瑰，目送着李点的背影消失在夜灯下。从此以后，我的青春开始在东风西路和东风东路之间来回游荡，我的青春守着那间几十平方米的服装店，开始了另一种生活。

红 尘 路

  人们走着走着就走到了服装店。这是一家女装店，进服装店的多是年轻女子，她们挎着包，有的女子手里还夹着香烟，也有的女子走进来，后面跟着的是青年男子。总之，这是一家时尚的非常年轻的女装店，所服务的必然是那些年轻的女子。年轻的脸，包括我自己的脸，也同时在穿衣镜前呈现。这是我第一次看见这么大的穿衣镜，也是我第一次看见的一面可以移动的镜子。女人们面对它而试衣，有些女子试衣后，感觉好就开始讨价还价。我发现没有一个人不讨价还价的，一旦女人将衣服拎在手中，就意味着她对这件衣服已经有了美意和欲望。
  多年以后，我像一朵花开始凋谢和重生时，我有了新的体会：视觉下能看到尘土的人，也能看到溪水、河川、盆地，那些神秘的阡陌红尘，那些掌握秘诀者。美的实质，是自身在时间往返中呈现的身影，命运的周转，与世界的锁链和自由。

　　而当时，透过那些走进来又走出去的女人——她们有的人像我一样素颜，有些女子脸上扑着肉色的粉，勾过眉毛，还染过睫毛油，最显眼的还是口红——我发现了，一个女子只要染上唇膏，脸上一下子就有了绚丽的地方。唇膏很重要，因此，我也想试着改变自己。我的隔壁就是卖化妆品的小店，虽然店小，来往的人却很多。人越多就越有人气，就能吸引人再走进去。我看到了大城市的人气，这是小县城无法相比的。大城市就像一个海洋，汇集了大江大河，而一座小县城，看上去就像汇入江河的一条支流。化妆店另一边是一家小书店，开书店的是一个男孩……我偶尔也会走进这个长方形的小书店，每次进去都会看见那个男孩在读书。我也会拿起书来翻一翻，崭新的纸质书有一种纸浆的原始香味。我问男孩为什么要开书店，他说他就喜欢读书，而且新书很好卖，书刚到就卖完了。他笑了笑，有些诡秘地说，人有两种饥饿，一种是身体的饥饿，另一种就是精神的饥饿。

　　在旁边开店的所有人中，开书店的男孩说出来的话跟任何人都不一样。没人来时，他就看书。有一次，来了新书，在小书店门口竟然有人排着队买书，排队的人群在东风西路和东风东路之间晃动。哦，买书也会排队，这说明人们精神的饥饿有多严重啊！我也走过去排队，暂时请一个很爱来店里买衣服的女孩帮我守会儿店。这是我头一次置身在人群中排队买书，今天到了司汤达的《红与黑》、雨果的《悲惨世界》、大仲马的《基督山伯爵》等书。之后，卖书的男孩知道我喜欢书，凡是来了新书，都会帮我留下来。

在东风西路和东风东路之间，这是我为生存而遇到的一个地段，台阶上全都是店铺。我很感谢那个女子因怀孕聘用了我，自我留下以后，她就再没出现过。有一天，来了一对夫妇，说是来收房租的。我说，我只是被聘用的一个小店员。夫妇两人轮流说话，让我通知老板娘尽快交房租，否则就要收回店铺了。我说，我也不知道要去哪里找老板娘，她走时根本就没有留下联系地址。夫妇俩说，先把租金付了吧。我这一听感觉到很悬，我说，我一个被聘用守店的人，从哪里筹备租金啊！夫妇俩说给我半个月时间去筹资金，或者去找老板娘……他们走了，半个多月时间，真荒谬啊！付租金要一年一年地付，还是需要一笔很大的资金。我思忖了好几天，在这座城市人生地不熟，除了旁边开店的人，都是陌生人。就我个人的力量来说，根本就无法筹备到资金。第二个方案，给我带来的只是一场雾障而已，在这座看不到边缘的城市，我到哪里去找老板娘啊？而且老板娘应该是生孩子了，所以无法抽身来交租金。不过，已经好长时间了啊，自我来以后，就从来没有再见老板娘出现过。旁边开店的人也感到费解。反正，还有半个月时间，也许老板娘就会出现的吧！

这一段时间，在一座城市，幸好有了这家服装店，白天我可以卖服装，卖过的服装我都记在一个本子上，夜里，我顺着梯子而上住在阁楼，这已经足够让我满足了。所以，我对这个给予我机遇的女老板充满了感恩之心。有了住处算安了心，其间，我还跑到附近的邮电所给母亲发过电报：我在服装店卖衣，有住处，母放心。发了电报以后，好像对母亲就有了交代。是的，有住处，而且服装店老板娘原来交代过我，有保底工资，卖了衣服可提成百分之五，晚上补贴吃饭的费用，让我先从卖服装的钱中自行提成，等等。

自我来后，店里的衣服已经卖了三分之二了，旁边开店的人都说我有人缘，早上打开门，就会有人走进来，并把这一切归于长相漂亮。我漂亮吗？换言之，漂亮有标准吗？我每天都要打开门外面的水龙头洗脸，我蹲在路边洗漱，上班骑自行车的人都会看见我。那时候，常态都一样，住在店里的人都到马路对面的公厕方便，到公共浴室洗澡，店门口有一个上锁的水龙头。

那一天，来了一个背着婴儿的女人。我刚洗漱完，太阳升起来了。我将店门打开，抬起头来，竟然是老板娘，我很惊喜，因为离交房租的时间只有三天了。老板娘虽然生了孩子，看上去却很有力量，她走进店铺说，不错啊，你真是营销高手，衣服都快卖完了。好吧，我们就到此为止吧，算一算费用，你把该属于你的那部分带走，我把属于我的那部分收下。这个服装店我不会再租下去了，以后的日子我就只管带好孩子，然后再生几个孩子……

我蒙了，但她刚才说的话我还是听明白了。她说，她男人是搞工程的，男人喜欢男孩，但她头胎却生了女孩。她的目光看了看周围说道。妹妹，你听明白了吧！我是明白了，于是，我翻出来那个笔记本。我毕竟是高中毕业的，我们那个时代考大学太难了，但我喜欢在笔记本上记东西，重要的事情用笔记下来，要更准确些。就这样，我上小阁楼从枕头下取出了钱包，每天所卖服装的钱，无论纸币还是硬币，我都会在晚上关门后，小心地藏起来。钱，我开始知道了钱就是这么挣来的。旁边所有人开店，都不容易。白天，每个人身上都挂着一个包，里边最重要的是要有零钱，而零钱又有角票、分票之分。我发现了，人们无论奔向何处，只要包里有钱了，胆量就大了，这胆量让人能谋略未来的生活的方向。从这间服装店里，我同时也发现，钱是被别人所窥探的东西，适合藏于别人肉眼看不到的位置。

起初，我也根本无法想象自己能将衣服卖出去。说实话，我只是不想再搭李点的大货车回县城去，自从我进入这座城市以后，我是又胆怯又惊喜，世上竟然有这么多的走不完的斑马线，有看不尽的陌生人，有如此多的商店……我真希望留下来啊，就这样上苍帮我找到了能提供住宿的服装店，一个愿望就实现了。而且我发现自己竟然也能卖衣服，没有发出任何叫卖声就把衣服卖出去了。

而且我善于向别人学习。当我发现旁边店里的人在身上挎一个包，才知道那个包是用来装钱的。当店里的东西被人买去以后，东西就变成了钱。于是，我身上也就多了一个包。晚上掩上门后，我会躬身小心地开始上楼。我从未想到过此生会顺着这样一把笔直的、没有扶手的简易楼梯上去，我初涉城市的梦想就是这样开始的。

那笔直的简易楼梯将我带到几平方米的阁楼，里面只有一张床。对于那时候的我来说，有一张床已经足够了。我取下挎包，将钱掏出来铺在楼板上，我第一次发现钱很脏，而且从钱发出腥鼻的异味。然而，仍然有那么多人喜欢钱，无法离开钱。是的，我数着卖了衣服的钱，将它们理得整整齐齐的。说实话，如果我没有离开家，首先，我不会卖衣服，也不会这么认认真真地管理这家服装店。我也不会在夜深人静以后，还坐在木地板上清理这些钱币。

现在，她来了，在我正发愁到哪里去寻找店主人时，她就来了。她背着婴儿，告诉我她今后的选择，这对于很多女人来说，确实也是一个伟大的梦想。因为生孩子，就是繁衍后代，就像树，如果没有植树人和园丁，树就会腐朽老去，大地上的庄稼果实都是依赖于一代又一代的劳动者，依靠伟大的梦想所造出来的。那一天，我们按照当初的约定，各自拿到了约定的分成。之后，她就走了，换言之，这座服装店跟她再没有关系了，她背上背着一个女孩，她还要为生男孩的梦想去奋斗。

我数了数手里的钱，突然间滋生了一个想法：她走了，我可以租下这间服装店啊，我手里的钱可以租半年的，还要留一部分钱去进服装。就这样吧，我开始为我的青春做主了。时间很快就到了他们来收房租的那一天。我已经做好了准备等待他们的到来，如果他们能同意半年一付租金，那么这件事就搞定了。是的，他们来了，收租金让这对中年夫妇很高兴。也许他们从我脸上看到了希望，尽管我只能半年半年地付房租，然而，看到我又进了很多新服装，而且他们也看到了不断有人来来往往，就破了规矩，收了我半年的租金。这件事以后，我就感觉到已经真正进入了这座城市。我的小服装店经营得还不错，不过，多了一种变化，我突然爱上了读书。从旁边小书店买回的书似乎给予了我另外的灵魂。

灵魂，这个词语，是我从书里面读到的。当时，有一个女孩正在试衣服，她站在试衣镜前，这是一套盛夏的服装，所以穿上去，会露出她的脖颈和锁骨。我每次看见有人试衣，都应该高兴的，因为当人试穿衣服时，说明试衣人已经对衣服感兴趣了。灵魂这个词语，突然间从我膝头上的书中跳了出来，这个词并不僵硬，它是鲜活的。就像那个女孩喜欢上了那件红色的连衣裙，她没有再脱下来，付了钱后，穿着连衣裙就走了。我看见她的身后有一阵红色的光焰，这就是灵魂吧！

在东风西路和东风东路之间，我有了一间服装店。李点又来省城进货了，他找到了我要请我吃饭看电影。这两件事做完后，李点说如没有意见，他回家后让家里人去我家提亲。那是在电影散场的时候，应该是晚上十点半钟左右。听他这么说，我后退一步说，李点，你怎么会有这样的想法？李点走近我，我感觉到了他的呼吸有些急促，他说，我喜欢你已经很长时间了。我说，你喜欢我并不意味着我也会喜欢你。如果他的呼吸不这么急促，我不会用这样的语调说话。我用这样的语调说话，只是想让他趁早停止胡思乱想。

他送我到店门口说，他明天要回县城了，让我好好想一想这件事，他过半个月还来省城载货，到时再来请我吃饭看电影。我明白他的意思，不过，从他走后，这件事就一直干扰我的情绪。我突然想了一个两全其美的办法：逃离服装店。这样既不需要面对面地拒绝他，也不会让自己难堪。可我能到哪里去呢？后来又想，为什么要逃离？我可以直接告诉他我的想法啊！这就是生活，我感受到了想逃离又无法逃离的境遇，毕竟我还那么年轻。然而，我真的还无法逃离出去，就守着吧，那些日子，服装店是我的避难所，是我的青春期所激荡的地方。我想通了，如果李点再来找我，我就告诉他：我还年轻，不想谈恋爱，也不想结婚。是的，这才是真实的我，就这样，我想清楚了自己的事。

早晨，真好，穿过寂静中露水未消散的小径。好像很久以前，母亲叫醒我去上学路上，我遇见了一个背着山茶花的女人，她边走边卖着篮子里还未绽放的花骨朵。我往她篮子里看了一眼，她看了看我说：丫头，送你一朵山茶花吧，于是，我带着那枝山茶花骨朵，带到书桌上，带到我未绽放的启蒙时代。回首这一切，人的一生都是春夏秋冬。

后来，他来了，我把想清楚了的话告诉他，那是黄昏，他刚抵达这座城市。他将大货车停在郊外，因为货车进不了城。他在郊外乘公交车来到了东风小旅馆。其实这座旅馆离我很近，如果步行就是十分钟的距离。他来了，我把想好了的话告诉他，他说可以先订婚，过几年时机成熟了以后再结婚。他告诉我的这一切都太缥缈了，结婚这件事离我真的太遥远了。他看到了我眼睛里的无所谓。这无所谓其实是对人生的迷茫或追索。他走了，我目送他的背影有些伤感，是他的大货车将我带到了省城，也是他带我住进了东风小旅馆——当我从那条弥漫着蜂窝煤味道的小巷道走出来时，就意味着我在寻找我的人生故事。

我变了——只有变才能知道我到底将变成什么。首先，我化了妆，涂上了唇膏，这对于我来说是迟早都要开始的事情。人的行为习惯开始时是模仿。我身边走过的女子，她们的言行衣饰都是我在城市所看见的风景，因为我看见她们涂很好看的唇膏、睫毛油，就想试一试。在那个春天，我站在隔壁的化妆品店，开店的女子为我第一次上妆。我坐在镜前，她耐心地为我的皮肤上化妆品，足足一个多小时的时间，我变成了另一个女子。我是第一次面对镜子审视自己的模样，粉底液覆盖了我原有的肤色，那些被太阳晒黑的皮肤，逐渐变得白皙红润，睫毛突然间变得更浓密了,眼神看上去更明亮和深邃了,唇膏使我的嘴唇更饱满了。

自我学会化妆以后,我再也回不到过去的素颜时代了。潮流改变了我,BP机,也叫传呼机的时代突然就降临了。一个男子约我吃饭,我的少女时代就像进入了一幅幅漫画中。不知道为什么,有那么一天,我会接受一个男子的邀约。他开车来到了我服装店的台阶下。又一个开车的男子,李点开的是大货车,而这个男子开的是轿车……故事就开始这样讲下去,每个人都有故事。我记不清楚了是在哪里与他相遇的。总之,他来到了服装店,他说,他从这里经过看见了我,每一次看见我,就感觉到我是东风西路和东风东路之间的一道风景线。他说话的声调不高不低,他的年龄在三十岁左右。

好像我很容易就接受了他的邀约,也许是因为他说话的声音很好听。女人,在任何年龄都喜欢聆听到好听的声音。来到这新城市,意味着我要融入其中,包括人与人之间的交往。我的青春期开始了赴约,我关上门,那一时间正好是下午人们下班回家的时间。迎向那辆灰蓝色的小轿车,这是我看见的除了哥哥开的手扶拖拉机、李点开的大货车之外,可以乘坐的第三种款式的车。我的某种兴奋点得到了满足,那应该是女子少不了的虚荣吧:我抵御不了这辆灰蓝色小轿车的诱惑，也抵御不了这个会驾驶灰蓝色小轿车的男人的邀约。我钻进了他的车厢，好像感觉到旁边店里的人都在看我，走在路上的人也在看我——那辆车太炫目耀眼了。我是虚荣的，一个从小县城进城的女孩，从某种意义上讲心理上得到了满足。好吧，让我以这种方式获得一辆轿车给我带来的速度吧。那时候，我还没有在城市体会过轿车的速度。当然，我坐公交车时也体会过很多人随同车厢摇晃的速度。另外，我去城郊区服装批发市场时，也体验过三轮车的速度，这件事让我体验到了做什么事情都不容易啊，世上真的没有从天上掉下来的热馅饼！

乘他的车让我感觉到车轮摩擦城市地面的速度。其实，我倒很希望他能开慢些。虽然我来到这座城市已经很久了，但我的路线仅限于搭上去城郊区的公交车，到服装批发市场，选好服装后我会乘一辆三轮车进城。除此之外，我对这座城市真的还很陌生。越是陌生感越能触碰我的青春期，我发现了很多人为什么奔向大城市，是因为在大城市谋生的机会要更多一些。那天下午，夕阳照着我的裙子，那应该是店里最时尚的镂空的白裙。有时候，刚进的货，我就自己试穿，往往是选择最吸引眼球的那身裙装。我突然间发现过去的喇叭裤、港裤已不再流行了。是啊，流行是多么短暂啊！转眼间，新的流行又开始了！

城市奔跑着私车这个现象带来了速度，我带着好奇心和隐藏的虚荣——这虚荣是女性化的，是青春期的。在巨大的城市中心开私车的人并不多。我上了车，身穿镂空的白色裙子。我钻进车厢，感觉到旁边开店的人都站在门口在看我，似乎也在议论我羡慕我。那个开书店的男生站在门口，他用手扶了扶黑色的眼镜，他是近视眼，最近以来我发现他在暗恋我。这暗恋我感觉到了，但是属于他自己的，跟我没关系。恋情本来就是双向的，暗恋者是孤独的。

我上了一辆对于我来说是代表财富和梦幻，同时也代表时尚和流行的灰蓝色轿车——那个时刻，我的灵魂是混沌的，分离的，矛盾和迷茫的。最近，开书店的青年经常给我送新到的书，他同时也跟我谈论灵魂的问题。

我的灵魂被这座城市所分离着。他带我来到了一家意大利西餐厅。他要了那些我叫不出名的食物饮品。他问我，牛排要几分熟？我恍惚地睁大双眼，我真的不知道他问的到底是什么。他笑了，说道，我帮你选择吧，还是七分熟最好吃。他一边说一边瞟了一眼我的乳沟。我低下头看见了那乳沟，它是我身体中的峡谷，因为夏季很热，女性的衣服也比较开放。这是设计师的美学，最近我一边卖衣服一边读书，卖衣服让我可以养活自己，读书让我对生活有了信念。哪怕坐在对面的男人瞟了一眼我的乳沟,我也不再惊慌失措,这也许就是灵魂在我身体中的游荡。青春期嘛,就是在陌生世界行走,带着炫舞般的青春,等待我们的是陷阱也是天堂。

七分熟的牛排上来了。我说过,这是我第一次走进意大利餐厅,虽然来城市很久了,但我的足迹都是在服装店的周边。意大利七分熟的牛排发出一种异域的香味。意大利离我们很遥远,我们却能在这座城市走进意大利西餐厅,并且品尝到意大利牛排,还有意大利比萨,等等。我有些怯懦地看着对面的男人是怎么使用刀叉的。我掩饰着自己的无知和小狡黠,看着他正在熟练地使用刀叉……当我使用刀叉时,已经慢慢地会切分并享用这块七分熟的意大利牛排了。

意大利牛排的味道很香,但也有一种怪怪的味道。我在慢慢地接受这些新鲜的味道,包括美食和男女。对面的男人从他随身带的包里取出一台黑色的器物,他说这是传呼机,是送给你的礼物。什么是传呼机?他告诉我,比如,今后他要联系我,就可以传呼我,现在传呼台有传呼员,你只要找到一台电话机就可以传呼对方,传呼者的话就会留在传呼机上。他将传呼机递给我,里边已经安上了电池。这个掌心中的器物,就像是什么玩具。他说,传呼机才刚进入这座城市，不过，很快就会流行起来，因为它方便了人与人之间的联系。

后来，传呼机真的就开始流行起来了。首先传呼我的人就是请我吃西餐的男人，他在传呼机上留言：你很漂亮，下周我请你去旋转餐厅吃饭。传呼机都有数字号码，它看上去就像特工电影中的秘密武器。不错，传呼机几乎是在一个梦醒来以后就开始流行起来了。我观看流行首先是从小小的服装店开始的。进来的女孩们都有传呼机，有些女孩将黑色的传呼机别在牛仔裤上，像是一种装饰品。更多女孩将传呼机装在挂包里，当有人传呼时，从那块黑色的器物中会传来各种各样的铃声，而且传呼铃声可以自己选择。男子更多地将传呼机别在裤子的皮带上。是啊，因为传呼机的到来，如果有事要联系别人，就可以传呼那个人的号码了。在我们的店门口下面就有一家报刊亭。我第一次走向了报刊亭，它是一座城市的小窗口：里边有每天刚从印刷厂出来的早报晚报，还有文学刊物和时装杂志，凡是在当时流行的文化杂志都会在小小的报刊亭出现。更重要的是每一个报刊亭都有一台转盘电话机，每拨一个号码都会形成一个圆圈，然后电话就通了。不知不觉地，电报这种传统古老的通信方式消失了，也许是传呼机的到来，使电报消失了。是的，我有很长时间都没有给母亲发电报了,也同样有很长时间没有收到母亲的电报了。

传呼机响了。正在试衣的一个女孩在帘布后面露出了上半身,她竟然不戴胸罩,我看见了她青春期的很饱满的双乳。她感觉到了我的诧异,掀开帘布告诉我,她母亲建议她不要戴胸罩,因为她的母亲患上了乳腺癌,医生告诉母亲说,戴过紧的胸罩会让胸部的血液循环受阻,所以近些年患上乳腺癌的女性越来越多了。所以,母亲劝女儿说,为了不患上乳腺癌,最好不要戴胸罩。女子问我哪里有报刊亭,有人传呼她……我指了指台阶下的那座绿色报刊亭。

绿色报刊亭成了城市的一部分。这个没有穿胸罩的女子二十多岁,她跑向了台阶下的报刊亭。好像我刚进城时还看不见报刊亭,许多新鲜事物都是在我们梦醒后突然间升起的。我的传呼机也在响,是开轿车的男人留下的传呼留言。他说,很想念我,不知道为什么想念我。这种含混不清的留言,仿佛街面上正铺开的一层层混凝土。我的青春期有一个像鱼在手里扭动的腰身。我的包里有传呼机,我会跑下台阶站在报刊亭前回电话和传呼留言。

那个送我传呼机的男人,还是将我带到了城市中最高的大楼,最高一层就是旋转餐厅。这应该是当时最高的餐厅了吧?对于我这样一个来自小县城的人,顺着电梯上去本就是新鲜事，这是我第一次乘电梯。是的，一个比盒子大的空间竟然能上升，这是人们关于飞翔的某种念想吧！我几乎没有眨眼，电梯就上到了二十六层，那时候城市几乎都没有高楼大厦，除银行和五星级酒店外，多数是三四层的红砖房。再就是庭院式的老房子，不过这些老房子都隐身在城市的小巷道深处，当你无意间闯入一条镶嵌着青石板路的小巷时，你会不知不觉中感觉到光线暗淡下来。小巷道深处还有盲人按摩师，这世界真的很小啊。三五个盲人按摩师坐在斑驳的墙壁下，看他们身后的墙壁裂纹可以猜测出它们历经的光年。每一个盲人都坐在一只矮小的凳子上，在他们膝盖骨前方还有一个稍高的椅子。他们好像很少有闲下来的时间，每次从这条小巷道经过，我都会看见他们前面的椅子上，坐满了人，大都是三四十岁的中年人。有一次，我也想尝尝盲人按摩的滋味，便坐了下来。盲人按摩师站在我肩膀后面，我能感觉到他们眼眶里的黑暗。一个睁开眼睛能看见光亮的人，是难以想象盲人是靠什么来生活的。所以，我坐下来，想感受感受。盲人按摩师的手从我肩膀和颈椎滑过，他们全凭着手指在摸索，而且他们的注意力非常集中，因为不会被外界干扰，他们手指下的力量不重不轻。半个小时很快过去了，我付了按摩师的费用也就离开了。

往里走就能看见许多庭院式的老房子，看上去住在老房子里的都是本市的市民。有一次，我看见一个老人撑着拐杖从老屋的台阶上走下来，微风吹拂着她的银发……她就像是这条古巷道深处的传奇，从她走路弯曲的背影中我看到了她所经历过的苍茫时光。小巷深处还有叫卖着棉花糖的人，很多小孩都喜欢去买棉花糖。还有炸爆米花的男人女人守着一只小小的炉子，只要将大米和玉米粒放进去，炉子里发出轰隆隆的一声，就惊现出香喷喷的爆米花了。

然而，这座正在我脚下旋转的餐厅却是年轻的，环形的空间全都以落地玻璃为主要装饰体，它仿佛告诉我玻璃人的时代降临了。虽然是旋转餐厅，却不会让人有眩晕感，但你又能舒服地感觉到脚下在悄无声息地旋转。

我们已经进入旋转的时代了吗？我坐下来第一次品尝美食中的自助餐，只要你的胃是饥饿的，在这里就能寻找到取悦你味蕾的食物……然而，我的味蕾最为饥饿的那个时代似乎已经过去了，我永远不会忘记母亲从铝饭盒中取出粮票和肉票的年代，那时候我们每个人的身体上似乎都只有骨架支撑着身体，我记得自己纤细的骨架支持着我成长，而我陪同母亲一早穿过湿雾去肉铺店门口排队，成了我最为期待的事。那时整个肉身都处于饥饿状态……时间过得那么快，眼下的旋转餐厅里有如此多的美食。人类是肉食动物，所以，在自助餐厅有由海鲜和各种其他肉品制作成的让你胃口大开的食物，还有各种酒水碳酸饮料等等。

他在取悦我，我不想了解他的历史。他三十岁左右，他应该是比我更多地经历了人间的故事。然而，他不想告诉我的事情，我从来也不过问。青春期的我还很迷茫，不知道明天对于我来说意味着什么。他给我端来美食，他真心希望我能多吃些东西。我尽我所能也想品尝更多的食物，因为我知道能上城市最高的建筑，品尝旋转餐厅美食的人并不多。往日，我们在店里所吃的东西都很简单，有时候一块烧饵块、一杯豆浆就过了一天。

我也知道来这里吃自助餐是很贵的，所以我尽可能地在品尝着。一个饥荒的时代结束了，等待我们的是什么？那天晚上他送我回服装店的路上，他将我的一只手拉到方向盘下面，他吻了我的手背。还好，我的那只手后来又回到了我膝头。我沉默着，我想我是在用沉默告诉他我的态度。不过，我根本就说不清楚在我的沉默中体现了我的什么态度。我还处在世界观最为混沌的时期，我的灵魂是苍白的。

三天后，城建的人来到店里告诉我，一周内迁出服装店，因为我们这一排商铺很快就要拆迁了。我说，我已经交了下一年的房租费用，怎么办？城建的人让我们去找房东！我开始急了，所有铺子里的人都开始急了。我现在才发现寻找房东是一件多么困难的事情，因为在一纸协议上根本就没有留下房东的联系方式。一周内撤离，我撤到哪里去呢？这城市那么大，却没有我的立足之地，于是，我们只能将店里的物品低价出售……我开始学会了叫卖，让物品流通出去，再想其他生存办法。只有这一刻，我感觉到人生是不易的，我左右手都拎着衣服在叫卖，我必须将损失减少到最低程度。如果能将店里的衣服都能卖出去，当然是最好的了，我就一身轻了。店里的人都在叫卖，无论是卖书的、卖磁带的、卖吉他的、卖药的、卖皮具的、卖菜刀的、卖内衣的……我们都在为自己的商品，认真地用尽力气地叫唤着。

到了第三天，我店里的衣服已经卖了一半了。多好的事情啊，我的沮丧开始减轻了。剩下的几天时间里我依然叫唤着，想尽力地将所有衣服都在沙哑的叫卖声中出售。总有女人走上台阶来，因为最后的衣服只用付一半价格就可以买走。女人爱衣服就像爱自己的脸面，我看出来了，而我开的正是一家女装店。就在我进入最后倒计时的那个下午，他来了，他的轿车停在台阶下。那时候交通管制还不严格，只有在一些核心区街口，可以看到穿白制服系黄色皮带的交警。他上来了。眼下这个开轿车的男人，是请我到五星级大饭店的旋转餐厅吃过自助餐的男人，对了，他也是送我传呼机的男人，在这样的时刻，他从台阶下正往上走。他很快就站到我身边了，并轻声说道，好了，别叫卖了，跟我走吧！我诧异地看着他，平常我好像没看见过他戴墨镜，今天的他鼻梁上架上了一副茶色的眼镜。

那个卖书的青年人突然跑了过来，欣喜地告诉我，他店里的库存书都以六折卖完了，终于自由了。他看上去确实自由了，他说，他先走了。他说，终于摆脱这条街了，他要走了，想北漂去，想到更远更远的地方去。他眨着眼睛走了，他眨眼睛的时候就像突然间从太空消失了。开轿车的男人对我说，今后我们不卖衣服了，去干别的事⋯⋯他说我们？他把我和他联系在一起，这是为什么？他将最后剩下的几件衣服从我手中接过去，让我跟他走。我问他，去哪里？他说到了目的地后再告诉我！我也就跟他走了，就像前两次一样，跟在他身后。很奇怪，直到如今我都不知道他姓什么，却已经在使用着他送我的传呼机，而且还跟他去旋转餐厅吃过自助餐⋯⋯好像他在车里还吻过我的手背。

他会带我去哪里啊？这是一个问题。我的胆子也真大，接受了他送我的传呼机，还跟他去旋转餐厅吃自助餐，现在又上了他的轿车。在上轿车之前——我还剩下最后两天时间，所以我想着会回来的。他将那几件没卖完的衣服放在后备厢里，一声不吭就将车开走了。我坐在他旁边，他说，今后不卖衣服了，他会养我的。我笑了，我真的感觉他说的话很好笑。我母亲在我第一次初潮来时，一边给我上生理课一边就告诫我说，一个女人，无论在任何艰难的情况下，首先要保护好自己的生殖器官，另外，一定要学会独立自主的生活，不要依赖于别人的翅膀下。这些话我记住了，尽管我的青春期让我对这个时尚潮流的大城市，充满了梦想和虚荣，然而，我会经常想起母亲的嘱咐。轿车停在一座老式小区，几幢红砖房中有一座共享的院子。他说到了，便开门让我下车。我说，这是哪里？他不言语，带我朝着一座红砖房子的楼梯往上走。到了五楼，他从包里掏出了钥匙，将钥匙插进去。门开了，他让我先进屋。

我很感激他，在那一时刻，他好像是缓解了我在这座城市的孤单和无助。我说，我可以先租下你的房子吗？我将肩上的挎包拉到胸前。他的目光一直在环绕着我，他在想什么？我开始掏钱了，他突然说道，不急，这事不急的，这房子我不是用来出租的。我感觉到他的神态有些异常，跟以往不一样。但他却掏出了钥匙交给了我，并说这房子也空着，让我先住下来再说吧！他开门走了，事情难道就如此简单吗？

不过，我太累了，就先住下来吧。我回了趟服装店做最后的收尾工作，租了一辆三轮车，将铺盖行李、简单的生活用具放三轮车上，我自己也坐了上去。三轮车将我送到了有红砖房子的院子——虽然服装店没有了，但有一个暂时的避难处也好啊！我便产生了感恩之情。

那一夜，我住下来了，突然发现生活变换得那么快。服装店突然间就没有了，那个维系我生存的空间，虽然小，但顺梯子上去就可以容得下我的身心。现在，我探出头，红砖外有一个闹市街景，卡拉OK的时代降临了。几天前，到店里试衣的一位小姐姐告诉我说，现在好了，她今晚就穿上我店里的这条小黑皮裙，到广场上去唱卡拉OK……她所说的这一切，对我来说太陌生了。

陌生会带来新奇，我所置身的这个世界有越来越多的陌生感，正扑面而来，我将怎样去面对它，这对于我来说是一个考验。我已经到了用自己的青春去迎接这个世界的时刻，但我还是无法接受一个男人突如其来的拥抱。他帮助过我，在最艰难的时刻，缓解了我失去服装店以后的慌乱。是的，那一时刻，我确实显得像一只失去了方向的小鸟，不知道该飞往哪一片云絮，对于万千云絮来说，我只是一点雾水，需要融入蓝色的天空中去。

他来了，他敲了门，我没有听见，他敲门时，我正站在阳台上听那片小广场上的歌声。人们捏着话筒，点一首歌，随着音箱中的旋律就能跟着歌唱，这就是卡拉OK。每个人都可以唱歌，每个人的歌声都接近歌手的声音。只要稍大的地方都有音箱、话筒和屏幕。人们可以追星，跟着屏幕上的歌手一块唱，这是一种刚刚从大城市升起的流行。每一个流行到来之前，都没有任何预兆，在醒来后，总意味着一个流行消失了，另一个流行又降临了。

我突然间感觉到身后有一个影子，吓了一跳，便转过身，看见了他。他看见了我的慌张便解释说之前已经敲过门，以为我没在便开门进来了。我感觉到了一种侵犯，因为他有钥匙，就可以随时进门吗？还因为这是他的房子，就可以随时进门吗？他说，请我去咖啡馆坐一坐。哦，又是一种流行话语。服装店虽然是一个小世界，却总是听人说酒吧和咖啡馆，这些为现代人所服务的地方，是我未去过的陌生之地。

因为对话中出现了咖啡馆这个地点，我刚才的不愉快感消失了。就像不久以前他带着我去到了城市中央最高的旋转餐厅一样炫幻，此刻，我又一次被陌生的咖啡馆吸引着。所谓流行，就是让我们即刻想去的地方。他竟然又一次用流行牵引了我的行为，让我跟上他的节奏。天已经完全黑下来了，人们开始了夜幕下的活动。

他带着我第一次喝咖啡。哦，人为什么要喝咖啡、喝酒？咖啡跟酒有什么区别？他说，跟我在一起心会变得年轻。他问我咖啡好喝吗，我说，咖啡有些苦，他说可以再放些糖就不苦了。我说，放糖就失去咖啡原有的味道了。我们交流着，我告诉他，眼下我最重要的事就是尽快找一份新工作。他用手推了推眼镜说道，不急，慢慢来吧！进入咖啡馆的人坐在铺着亚麻布的桌前，都在喝咖啡。第一次喝咖啡，我就品尝到了咖啡的那种苦涩味道。

他送我回去的路上突然对我说，别去找工作了，他可以养着我，前提是为他生几个孩子。他说他的妻子不会生育，已经结婚很多年了，用了很多民间的偏方也难以怀上孩子。他说，他一见到我就感觉到了我身体很健康，就幻想着我有一天会为他生几个孩子……他说，这是他父母的最大愿望了，如果我能答应，他会给前妻一套房子、一份供她生活的财产，并办好离婚手续。在他完成了这些事后，会跟我举办一场公开的婚礼，再生育孩子的。

我的头晕了，而且晕得很厉害。我被他刚才说的话吓住了，是的，他的声音在那一刻让我心悸不安。虽然喝咖啡让我越来越清醒，但我确实晕了，这是青春期的我第一次陷入头晕症状，它使我开始用另一种目光发现了男人的另一面。他送我回去时，我以为他很快会开车离开的——确实，那时候开车的人不多，女人开车的就更少了。他下车送我上楼，院内光线很暗淡，我以为他送我到楼下就止步了，是啊，我早就希望他能止步了。然而，他却又开始上楼了，他看上去要送我到住所了。

我站在门口掏出钥匙开了门，我以为他现在会说再见了，然而他却跟我走进了屋，并且关上了门。我看着他，我的头晕了，比刚才更晕了。他突然间就抱住了我，要亲吻我。我低声说，你不能这样的，你再这样我就喊叫了。

他终于松开了手，后退着说道，对不起，我太心急了，我身体中好像有一团火，我太急了，我们慢慢来吧！你快休息吧！就这样，他终于走了，门关上的那一刹那，我的头突然间不晕了。也许是刚喝过咖啡的原因吧，一种从未有过的清醒使我开始谋划我的人生，我想尽快离开这房子，本来可以明天再走的，但我必须马上就离开。我的清醒给予了我勇气和力量，尽管我不知道我要到哪里去。已经是半夜了，我却想尽快地、一分钟也不耽误地逃离这座红砖房。

是的，我收拾好行装放在箱子里。青春期很简约，哪怕在夜幕降临下的城市逃离而去，除了身体外身边就有一只箱子而已。这是一次清醒的逃离之路，因为我留下来就意味着更深的头晕。为了头晕目眩不再降临，我就这样逃离了红砖房，临走前，我留下了纸条，感谢他对我的关照，并告诉他，我不可能留下来，我有另一种人生。纸条上面是钥匙，这一切多像梦啊，梦醒时分，人是那么清醒。我终于知道清醒的力量了，我同时也知道了为什么城市里有那么多的酒吧和咖啡馆了。

如果没有走进咖啡馆喝了那杯咖啡，我就不会如此清醒。借着城市的夜色往前走，已经是半夜了，城里仍然有那么多的人骑着自行车。自我走出红砖房楼梯走出大门时，仿佛又呼吸到了自由自在的清风。原来的我，是如此清醒啊，还会乘着清风明月逃跑，这就是我青春期的故事。我边走边看，竟然看到了一家花店出租的消息，一张白纸贴在铝合金的卷帘门上，上面有传呼机号码。我站在城市边缘外的一条小街上，已经做好了准备，明天早晨我就去报刊亭传呼这个号码，我要租下这家花店开始新的生活。哦，我想着明天早晨，而现在已经是后半夜了。我好像并不困，喝了那杯咖啡以后，我变得越来越清醒了。

手　机

　　自从那个夜晚我发现了那家贴着白纸出租的花店以后，我仿佛就在夜幕下的城市街景中，嗅到了鲜花的味道：这正是我最想做的事，在逃离了那座红砖房以后，寻找到我生存的方向感。我不喜欢那个男人拥抱我的手臂，我也不愿意接受那个男人坐在咖啡馆里，对我诉说的那个让我为他生孩子的梦想，所以我开始了夜幕下的逃离，这是我第一次抓住城市的夜色，为了未知的命运而逃跑。从那一刻开始，我知道我开始融入了这座城市的迷茫和诗意。

　　第二天早晨我拉着箱子站在了报刊亭外面，我传呼了那个号码后，开始了等待。几十分钟后电话终于回过来了，报刊亭的电话使用率很高。旁边很多人站着等电话……报刊亭置身在热闹的街景区域，传呼机的时代，人们的传呼机响了都会在周围寻找报刊亭，因为每一家报刊亭都配有电话，这期间电报已经悄无声息地消失了。很多东西都在悄无声息之中就从你身边离开了吧，包括人与人之间的关系……

电话打过来了，是找我的，打电话的女人告诉我，花店是她出租的，因为她怀孕了，丈夫对她很好，她想一心一意地护胎，因为之前她曾流产过。我接受了这个可以承担的转让费用，因为女人怀上孩子后希望尽快将花店转让出去，所以转让费用也不是太高 —— 在我可以承担的情况下，我才能接手这家花店。而所有这一切，基于我原来开了服装店后，所产生的利润。现在，我知道新的生活已经开始了。

我才发现自己拖着箱子已经走了很远，那个开花店的女人，她在电话中告诉过我，她就住在附近，几十分钟后就可以在花店等我了。我拦住了一辆三轮车带着我往记忆中的那条转租花店的街道走去。人的记忆是一根根有粗有细的线条，就像我身体中的血液循环往复环绕，正是记忆将我带到了那条街道，女人已经站在门口等我。

她不高也不矮的身材，看得出来已经前腹挺起。二十七岁左右的年龄，确实是一个应该生育的年龄了。我从三轮车上下来时，她看见了我。看得出来，她非常期待将花店转让给我。我也不知道自己是否能将花店开下去。她仿佛看出了我的担心，就安慰我说：妹妹，我开花店已经三年了，生意还可以，除去房租之外，养活自己是没有问题的。她说的话让我安下了心，对于我这个从小县城闯入省城的人来说，只要能养活自己已足够了。女人挺着小腹。这是夏天最炎热的日子，由于怀孕了，她没有戴胸罩，穿一件很宽大的印花孕妇袍衣，看得出来，贴心的丈夫和身体中正在成长的孩子给予了她希望和梦想。她带来了手写的协议，上面就是几句话。两份协议她留一份，我留一份，就办理好了转让手续了。她将花店门的钥匙交给了我，临走前，她还带我看了看花店，她说，几十天前她就关了店门，如果是从前，她的店里都摆满了鲜花和盆景。我问她进货的渠道，她说，如果你想多攒点钱，就亲自去进货，如果你不想那么疲惫，就请批发市场的送货车给你送来。因为，亲自去进货的话，下半夜四点半钟就要去了，而且还要有交通工具。她是亲自进货的，为了进货她学会了骑三轮车，她第一次怀孕时，就因为早早地骑三轮车进货，孩子流产了。因此，她劝我最好还是让送货车早上八点钟给我送花，这样就能睡一个好觉了。

真是一个温暖的女人，她絮絮叨叨地给我讲了很多经验，我将转让费给了她。

所有事情都搞定后,我已经很累很放松了。这时候,我独自一人将花店巡视了一番后才发现,花店看上去很高,我可以搭一个小阁楼,解决睡觉的问题。无论如何,人是要睡觉的啊,而且昨夜忙于逃离,所以一夜动荡不安的行走已经让我很疲惫了。

人是要睡觉的,也是要吃饭的,这两件事对于生命来说,一件都不能少的。这时候已经是十点多钟了,我才发现旁边街道上所有的店门都已经打开了。太饿了,昨晚不停止的逃离让我的身体一直没有停下行走,这样,我的胃才会如此饥饿。还好,我旁边走几步就是一家米线店。在我右侧是一家发廊,左侧是一家卖磁带的店。我的生命仿佛又被激活了。我来到飘着骨头汤和葱油味道的米线店先坐了下来。在这座省城,人们都喜欢到外面店里吃早点,而在小县城,更多的人都习惯了在家里吃完早点再去上学上班。这就是差异。米线端来了,我看见了米线上面的小葱花焖肉,心里就有了喜悦的力量。所以,人首先要解决了饥饿的问题,才能去解决精神的走向——我隐约中感受到某种生命的意义在召唤我,尽管我说不清楚它是什么。

之后,我想去发廊店洗一个头,让自己清醒起来,也顺便休息片刻。从发廊中飘出来一阵阵化学剂的味道。发廊里传来的是温州人的声音,那个时代,来自江南的中青年人几乎遍及大中小城镇，所以，我似乎也很熟悉他们的声音。从声音来判断一个人从哪里来，也是一种流行中的常识，包括从发廊里飘出来的化学染发剂味道也是另一种流行。开发廊的青年人帮我洗头发时，手指在不经意间就已经帮我按摩了头和颈部。他边按摩边说服我，可以将我的长发稍剪短些，烫一个现在正流行的大波浪卷发。我竟然同意了，也许是我太想休息了，而且他的手按摩了我的头颈部后，让我身心得到了一种松弛感。就这样，我坐在了发廊的镜子前，我闭着双眼。发廊帅哥说，你尽可以闭上眼睛养神，要好几个小时的。他的温州话很温情，这样我更松弛了，闭着眼睛就真的睡着了。

　　这一觉醒来时，我的头发中散发出来了化学剂的味道，毫无疑问，这是从一间发廊中散发出来的流行。我的肩头正披着一头像从大海波涛汹涌中涌来的潮流。我站在镜子前，经过几个小时的休整后，我的身体又有了活力。现在，我走了出去，我要尽快为花店搭一个小阁楼。除此之外，我要尽快联系上送花的人，让他们明早八点就给店里送花。我也不知道花店是否能像服装店一样开下去，虽然转租花店的女人告诉我能养活她自己。是啊，活着，首先要养活自己，才能获得尊严，所谓的尊严，就是当你付出劳动以后的结果。城里人做什么都快，两天时间，我亲爱的小阁楼就已经搭好了，我从批发市场订下的一车花由三轮车送来了。我现在开始了来到省城的第二份职业，开一家花店。上苍总是爱我的，旁边开店的人也来帮助我。开磁带店的小伙子用一双热情的眼睛看着我，说如果想听歌，就到他的店里去。送我传呼机的男人正在传呼我，他一定没有想到我如此快地逃离了他的红砖房。我关闭了传呼机……因为，传呼机总在响个不停，它简直变成了噪声。还好，我抬起头来时，突然间就发现了几十米之外有一家黄绿色的报刊亭。

发现了报刊亭就像发现了离我最近的新大陆。亲爱的读者，你们更多的是年轻人，你们将带着你们带电的身体走向未来的星际，你们的手中有带电的手机和智能时代的游戏。而在我的青春时代，寻找一个人，一个从你身边消失的人是如此艰难。所以，我深信在我关闭传呼机的时候，青春期的我又开始了叛逆。我不会让那个男人再联系上我的，自从他拥抱我，产生了让我为他生孩子的想法的刹那，我就开始叛逆了。这就是我为什么在列车还没有加速，千山暮雪中还没有高速公路的时候就开始了我的逃离。我简直就像是一只鸟的速度，没有耽误一分钟就逃离了红砖房。那时候我似乎明白了，一个男人绝不会没事用轿车载你去旋转餐厅，也绝不会那么慷慨悲悯地将你带到红砖房，并把钥匙交到你手上。所有这一切都是有目的的。我不会在他操纵的困局中陷下来。关于男人，我还从未产生过心跳加速的感觉。换言之，到目前为止，我还没有对任何男人产生过初恋的感觉。我关闭了传呼机，就是要从那个男人面前消失，只有这样我才会走出那个困境。

于是，我的眼前出现了黄绿色天顶的电话亭，它仿佛就是我的新大陆：它的出现让我不会跟这个世界的朋友们失去联系，因为我有一个小本子，上面抄着传呼机号，还有家里的电话，等等。实际上，我知道也没有多少事要联系别人。当我告别过去的生活时，也意味着新的生活降临了。

正像我从未想到过我的头发在几个小时后，就变成了波浪式的卷发，我也从未想到过我要开始经营一家花店了。我一边开花店，一边看纸质书。我也不知道为什么箱子里有几十本纸质书，这些书都是从那个开书店的男子那里买的，他应该是去北漂了吧！我每天都会到报刊亭去买当天的早报和晚报。买报的人很多，去晚了，当天的报纸很快就会卖完了。买花的人开始进入我的花店，他们好像在寻找原来开花店的女人。我对他们微笑着，他们似乎明白了，这家花店现在是我在开。进花店的大多数是女人，这让我想起了开服装店时，因为是女装店，走进店里的也基本上是女人。而且我发现，很多女人走着走着就走到花店来了。这就是商业。那时候，人们空闲时就开始逛街，如果在周末，逛街的人会更多。年轻女孩子们经常是手牵手逛街，夫妻逛街要么手挽住手臂，要么就一前一后或并列前行……社会的影像在一座大城市闪现，如同电影镜头，以交叉的联系相互变幻无穷。

突然有一天，手机降临了。最早时，手机称为"大哥大"，因为价位高只有老板们使用。那些做生意的人统称为老板，这也是一个新词。大哥大看上去很笨重，像一只握在手里的黑色的铁块。老板们将大哥大靠近耳朵，边走边打电话，这是一种富人的商标……尽管如此，人类的所有文明都需要依赖众生的力量，才能改变时间和速度。从电报到传呼机到手机的演变速度那么快，就像春天的桃李还在绚烂地绽放，热烈的夏风就呼啸而来了。

手机终于来到了普通人中间。凡是发明必然迎来流行，新一番流行很快降临了。手机来到手上时，我突然间有了初恋的感觉。世界那么大，从花店延伸出去就像蜘蛛侠纵横宇宙的轨迹，你看不见街道那边是什么，你也看不见城郊区的农人在庄稼地里忙什么。世界又那么小，我旁边是磁带店，从店里的卷帘门哗啦啦打开后，就开始传出流行的歌曲。你如果想知道流行是什么，只要走进任何一家磁带店就能从反反复复播放的歌曲和音乐中，感受到流行是什么。在当时的歌曲中唱出了来自那个时代的潮流和忧伤，歌曲像雾一样升起又消失。人们之所以追剧追梦追星，是因为在里边有那个时代的故事。每个人都可以在故事中寻找到自己。我抚摸着手机，它也需要充电，凡是潮流都需要充电，比如，电吉他、音箱、磁带、耳机等等。我抚摸着我亲爱的手机，给手机充上了电，还给它穿上了外衣。它就像是我的恋人，有一种超强的魔力，让我去依赖它，让我为它充电，让它贴近我的身体。自从手机来到了手掌，一个你无法离开的小东西就来到了你的包里和枕边。越来越多的人开始用上了手机，这掌心之魔取代了我们多少人与人之间的现实交流。

自从我用上手机后，很多人都打电话向我订花，因此我买了一辆自行车。我记得那是一个黄昏，天边弥漫着紫薇色的云彩，突然间就接到一个青年人的电话，让我在二十分钟内给他去送一只装有红色玫瑰的花篮，并将地址告诉了我。青年人在就要挂断电话的时候告诉我，请一定尽快将玫瑰花篮送到城郊区的湖边，也许这只玫瑰花篮会拯救他的爱情。哦，这是我第一次遇到这么急的事情，本来要关门了的，却来了这么一个电话。我终于感受到了玫瑰花的厉害，如果我送去的这只插满红色玫瑰花的花篮，能拯救他们的爱情……

我蹬着自行车。这个我在小县城学会的交通工具终于可以派上用场了。现在的自行车已经轻便多了。也许人使用的工具也是一种流行罢了。我的自行车后面的篮子里就装着那只红玫瑰的花篮。我用最快的速度超越了很多骑三轮车和自行车的人，当然我还是不可能超越汽车的。而且我发现自从手机开始出现在市面、被更多的人使用以后，手机也不像原来的大哥大那样重了。自行车变轻了，手机也变轻了后，开轿车越野车的人开始多了起来。

订花的男孩所说的湖就是滇池。远远地，我就感觉到了一男一女站在湖边。男孩告诉过我，将花送到离他们背影几十米远的地方，只要将花放在石头上就行了。我很快就看到了一块石头，将花篮放在了石头上。我相信我不会找错地方的，这一定就是给我打电话的男孩所在的位置。我站在一片高高的芦苇丛后面，我想看一看，那个男孩会不会回转身来，到石头上去抱回那只花篮……

果然，男孩回过头来了，月亮也升起来了，这个意象不知道感动了多少人。在那一时刻，我也被月亮照耀的光泽所感动了。那个男孩很瘦。是的，他去过我的花店，他好像只买一种花，就是红玫瑰。是啊，我能感觉到这是一个初恋的男孩。他看上去那么瘦，戴着一个乳白色的细框眼镜。自从我开店以后，每个周末他都会从街对面走过来，如果我恰好站在店门口就会看见他恍惚而充满了梦幻的目光。他有时会买下一束红玫瑰，有时只买一枝，这取决于他包里的钱有多少。仿佛他伸手进包里摸钱时，就能知道他今天要买下多少枝玫瑰。

我从书上知道了玫瑰是代表爱情的。是的，所以，店里最多的花就是红玫瑰花了。

男孩走上前来从石头上抱起了玫瑰花篮走下去时，我就悄然离开了。我骑着自行车想放慢速度，就像一个人走路时想看看月光下的风景。一辆车突然间就停在了我身边。看上去还算没有被遗忘的那辆轿车和那个男人，为什么会在这样的时间里出现在我身边？我几乎快忘记了他的存在。那天晚上我的逃离使我寻找到了现在的花店。我几乎忘记了他带我去的旋转餐厅，也忘记了那幢红砖房和他带我去的那家咖啡馆。其实，他叫什么名字我都不知道。

他叫车上的女子下来，并告诉我说，他已经离婚了，并且已经找到新的女朋友了。我现在明白了，我的逃离对他是一种伤害。其实在我逃离以后，有好几天时间里他都在传呼我。传呼机上留下了他焦灼的声音。后来，我将传呼机关闭了。再后来，手机的时代降临了。所以，在变与不变中，我们的现实生活早已经变幻过了。

　　他告诉我说这是他新的女朋友，他们马上就要结婚了：是的，他牵着旁边站着的女子的手，是在告诉我，没有我，他同样能寻找到替代我的那个角色。我们每一个人都有自己所扮演的角色。他搂着那个女人上了车，从我旁边擦肩而过后，我骑着自行车回到了花店。他的出现让我终于真正地松弛下来了。如果说我逃离并关闭了传呼机是害怕他寻找到我的话，现在我明白了：这个世界最不缺少的就是人所扮演的角色，没有了你，地球照样每天旋转不息。我又觉醒了。李点给我寄来了请柬，他要结婚了。我拆开信封时，大红色的请柬让我有些惊诧，时间存在于过去也必将被现在和未来所改变。

　　那个订我花的男孩又从街那边走过来了，他将上次让我送花的费用给了我。我问他，那只红色玫瑰花篮是否拯救了他的爱情？他笑了，我似乎是第一次看见他的笑脸。他说，当他抱着红色玫瑰花篮突然在夜色中走向女孩时，那个女孩问他，这是从哪里来的？他说，是从天上掉下来的，是上苍让他送给女孩的红玫瑰……这时候，女孩哭了，对他说，她不再说分手的事情了。

　　男孩又开始从裤兜里掏钱……这时一群女人走进花店，她们是陌生的面孔，走着走着就进来了又走出去了，对于时间来说，我们都是陌生人，她们留下过的气息被风带走了。男孩买走了三枝红玫瑰，手里还捏着刚在磁带店里买下的一盒磁带。在这个既需要流行磁带，也需要代表爱情的红玫瑰的男孩身上，我仿佛看到了另一代人的青春。其实，我们年龄相差并不太大。

我暗恋上了在对面开咖啡馆的青年人。他会唱歌，这家咖啡馆是他刚开起来的。好像这家店原来是一家缝纫铺，面积还很大的，比我的花店大多了。那是一个身穿黑色牛仔衣裤的青年，看上去比我大三四岁吧！自从咖啡馆开业以后，在夜色中我会经常看见有人朝咖啡馆走来，而且走进去的大多数是中青年人。发廊的温州人告诉过我，这个时代他想明白了一件事，要想挣钱一定要挣中青年人腰包里的钱。老年人，尤其是正在从中年走向暮年的这代人，都是从贫困岁月中走过来的，因此，他们已经习惯了省一口饭钱也要留给明天和子女。花钱的为什么总是中青年人？中年人花钱大多是为了婚姻和家庭，只有青年人花钱是为了自己……温州人说清楚了这个时代的现象。从我开的服装店和花店的消费者来看，也大体是这样的。我开的两家店都没有老年人走进去，因为开服装店的时候，店里上架的也都是中青年人的服装。现在开花店了，买花的也都是中青年人,而且青年人占多数。旁边的磁带店里走进去的基本上是青年人。换言之,在以各种流行覆盖的城市的商业街上,很少看见为老年人开的商铺,老年人像谢幕后的主角,正拉上他们的帷幕。

朝街正面咖啡馆走去的人群中有了我自己的影子,我想去热闹的地方看一看。那个时代的青年人,哪里有热闹喧嚣声,就往哪里走进去。我穿过马路了。我已经沉寂了一段时间,不需要再逃离过去的生活了。我穿上了那些看上去很显青春潮流的服装。这是一阵一阵向我扑面而来的潮流,就像我开的服装店里的那些被批发市场大批量运送到街铺的衣装——女人们需要它来修饰自己的颜值、学历和身份。自从有了衣饰的那一天,人的身体就有了修饰学,各种为人而发明的商品在历史中开始登场。仿佛从茫茫海洋登上内陆大地,人类的躯体开始了行走和奔跑,它们带着日月星辰下的光泽,去寻找自己的命运。

在咖啡馆刚坐下来,我就听见了一个人唱歌的声音。整天在花店忙碌,晚上可以松弛片刻了,我就这样进入了城市。有人告诉我说,你要真正进入大都市,必须先进入城市的夜生活,白天忙碌了一天的人们开始融入夜色之中。咖啡馆里有话筒,有一面墙壁上有屏幕,上面跳出了唱歌的人，这就是所谓的卡拉OK吧。我有一种难以言喻的激动，也想进入这个场景，唱首歌，但我却又没有这种勇气。我坐在角落，听他唱歌似乎已经足够了。他留长发，会唱英文歌，那个时代，会唱英文歌的人真的不多。听说他从小是在国外长大的，回国以后就开了这家酒吧，他从头到脚都是黑的……几乎就没有看见过他穿除了黑色之外的衣装，他总穿黑色的皮鞋，鞋面总擦得干干净净的。他唱歌时眼神很忧郁，下面的人说他像某一位传说中的歌手，但他患上了一种说不清楚的病，间歇性的头痛……下面的人似乎都是常客，都是来听他唱歌的。

我暗恋上了他。除我之外，看得出来，每当他去唱歌时，很多女孩都会专注地看着他，她们手里端着一杯咖啡或者一杯啤酒或威士忌。他的歌声很迷人也很忧郁……走进这家咖啡馆的人，大都是来享受他声音中的忧郁的——这真是一种奇妙的现象啊！因为人们需要这种忧伤的歌声……我睁着一双比我平常更大的眼睛，独坐一隅，没有陪伴者。我暗恋上了他，但却只是悄悄地承受着一个人对另一个人的暗恋。终于有一天，他走向了我。他端着一杯咖啡坐在了我对面，他说，他每天都看见我在街对面的花店里忙碌着。我不知道该说什么好，这是我第一次感觉到心慌意乱。片刻后，他就离开了，因为进来了另一群人，他要去忙碌，有人点名要听他唱歌。是啊，很多人来这里都是想听到他那忧郁的英文歌声。

我完全听不懂英语歌曲中所唱的是什么，但我感觉到某种旋律在我身体中起伏着。我在半夜时撤离出去，我还算理智，因为我第二天要早起，我要付房租，还要卖花，首先我要养活自己，才能在夜幕降临时到他的咖啡馆去要上一杯啤酒，聆听他那忧郁的歌声。虽然是咖啡馆，但也有酒吧的功能，有各种颜色的酒。

有一天，我突然间就接到了母亲的电话，她说父亲病了，让我回家一趟。我匆匆忙忙地收拾东西，这是我离开县城后第一次回家。现在的人都在追溯原乡在哪里。这时候我所置身的是二十一世纪。是啊，人们跑得太快了，真的是太快了，时代在拼命地加速，无论是天上飞的还是地上跑的，都在模拟器中想超越众鸟的速度。而当我回过头去时，我走得那么慢，因为我还得去乘长途汽车。我刚拉上卷帘门，他突然就从对面的咖啡馆走了过来。他刚开门，咖啡馆开门的时间大多是下午。哦，他走过来了，他似乎感觉到我有事。他说，如果我要去哪里他可以开车送我的。他看见了我的行李箱。我说，父亲病了，我要回趟家，因为路太远了，我去客运站乘夜班车。我拒绝了他开车送我，因为他开着咖啡馆！

他说可以送我到长途客运站，不会耽误太多时间的。好像在他的声音中他很快将车开过来了。以往我看不见他的车，现在知道了他的车就停在咖啡馆后面的停车场里。他带着我穿过了马路，并且帮我拉着箱子。他的衣服都是黑色的，好像是他的咖啡馆中升起的夜幕的标志。我不知道他为什么不换一换颜色。是啊，这世界有那么多丰富的颜色，为什么只喜欢黑色呢？我对黑色是抵触的，我从来不选择黑色做我的衣装。正因为如此，也许是我缺乏这种色彩，所以，每到黄昏，我就等待着夜幕降临以后，穿过马路，到他的咖啡馆中去坐到午夜。

　　他开一辆已经有点旧了的越野车，坐在上面的视野比坐轿车好多了。在长途客运站，他说回来时让我给他打电话，他就开车来接我。我来不及目送他了，也来不及研究他送我到长途客运站的动机了。夜晚来临后，我就睡在车厢里，这一次我真正地用感官置身于四十多人的双层卧铺车厢里：每个人都穿着衣服睡，但有些人穿着袜子，有些人根本就不穿袜子。我慢慢就适应了车厢中四十多个人的味道，这味道中当然也有我的味道。慢慢地，车厢就像一个摇篮，催我们入眠。闭上眼睛也就睡着了。中途，车会停下来，让大家下车去方便一下。转眼之间，天际开始发白，夜班车就开进了县城的客运站。

还记得我就是从这里搭乘李点的大货车去了昆明。现在又过去很长时间了，李点也结婚了。他结婚时我虽然没有来参加他的婚礼，但我给他寄了礼品，祝愿他们百年好合。

回到家，没有看到母亲和妹妹的身影，妹妹应该去上学了，母亲呢？邻居告诉我说母亲去医院了。哦，我"嗯嗯"地点头，心情顿时沉下来，才想起来父亲生病了，便一路小跑着奔往医院。这好像是我有生以来第一次上医院。我来到了县医院的住院部时，太阳刚刚升起来了。人们为什么看见了太阳就感觉到新一天降临了？因为太阳升起来，长夜就过去了。

我坐在白色病床边时看见的父亲是昏迷的。母亲说父亲患了绝症中最致命的肝癌，那时候我也是第一次听到肝癌这个病，它来得太突然了。在之前，我感觉父母亲是可以永远环绕我们的太阳，何况父亲和母亲是那么相知相爱，简直无法想象他们会分离，也无法想象他们之中会少一位。母亲压低声音说，父亲就两三天时间了，已经昏迷了半个多月了，全靠打点滴维系。母亲比我所想象中的要冷静坚强，她的表情在告诉我说，她已经度过了最为艰难的时期，她已经准备好了迎接父亲离开人世的时刻了。

就像母亲所说的一样，死亡的速度突然加快了。第二天晚上父亲的身体突然间就没有了体温。母亲用手摸摸父亲的手臂，从我到病房后，我和母亲就再也没有离开过病房，母亲的手每隔几分钟总要伸过去。就这么短的时间里，父亲看上去已经消瘦很多。母亲说，这层楼住了好几位患上癌症的病人，大多是中年的男女……母亲的神态仿佛在无声地告诉我，患上癌症的人越来越多了。为什么会有那么多人患上癌症啊？难道这也是一种癌细胞的流行？

在父亲的葬礼上来了很多人，李点也来了，他说本来妻子也要来的，但她怀孕了。哦，深深地祝福李点，虽然他向我求婚我拒绝了，但他还是寻找到了和他走向婚姻的女子。父亲的棺材落地了，正值中年的父亲到另外一个世界去了。我也不知道那个极乐的世界在哪里，然而，我隐约感觉到父亲虽然是躯体落地了，但他的灵魂开始上升了。

灵魂是我读纸质书以后看到的词。后来，我时时刻刻在生活中感知到这个词就在我身体边缘，陪伴我行走、逃离并寻找命运的方向。要做到真正的灵魂附体，作为人，这个来自高端动物圈的物种，一定会寻找到充满了光明宇宙的远方。所以，我突然不再悲伤了，父亲去他想去的那个地方了。我感觉到四周的墓园，像一座神秘的花园，在这里，死者正在继续寻找着灵魂的再生之地。

三天以后，我再次从县城乘夜班车回省城。这三天我都在陪伴母亲和弟弟妹妹。哥哥在遥远的北方城市，是母亲让他别回来了。而且哥哥正办理出国的手续，我感觉到哥哥出国后会离我们更遥远的。是的，后来，哥哥在国外结婚后离我们就更遥远了。在家里，母亲他们也为了我在一座大城市为梦想和生存而遇到的人或事感到欣慰。每天半夜我都会接到开咖啡馆男子的电话。我将父亲的过世告诉了他后，他沉默了片刻，安慰我说，别伤心，人最终都是要走的，我们要活好每一天，活过每一年的春夏秋冬……我在他低沉的声音中仿佛听见他又在唱英文歌……我知道，走进他咖啡馆的男女并没有多少人能听懂他的英文歌曲，包括我自己。尽管如此，我们却在认真地听那犹如咖啡色的磁力之声，这似乎就是我们享受到的灵魂生活的某一部分。

因此，每天半夜的电话，仿佛在穿越我们看不见的幽暗的沼泽和原始森林。在父亲离世以后，每天陪伴母亲回到房间时，已经是半夜。这一刻，清风从窗户外吹来，他的电话也来了。我站在床边，母亲和弟弟妹妹都睡了，这时候听他的声音，就像在黑暗中抚摸他的面颊和黑色牛仔衣上的气息。我感觉到了一种无法抑制的恋曲，虽然我不会唱歌，这恋曲却在我的夜晚秘密地回荡起伏着。

我告别了母亲。她亲自送我到长途客运站。我看着母亲的短发。她正值中年，所以茂密的头发中还没有一根白发。失去父亲的母亲站在客运站的人群中。我想起来了，在我的成长中不经意间看到的她和父亲的亲密关系，只有当我暗恋上一个男子时，我才开始理解了母亲和父亲在一起的每一寸过去的时光中，所充盈着的爱的抚摸和拥抱是多么珍贵。我的眼眶中突然间就有了一阵一阵的溪水般的动荡。我走了，上了长途夜班车，从车窗里又一次看见了母亲。她仍然站在那里，车子开动后，母亲抬起手来向我挥手。我将手伸出窗户外，也向母亲挥手告别。

天蒙蒙亮时，我睁开了双眼，几天来我的睡眠不足，父亲的离开从现在到未来都是我们内心的阵痛。从母亲到弟弟妹妹到我自己，这是一种随同时光流逝永远陪伴我们生活的痛。人的身体产生痛的感觉，大约也是一种宇宙间的共感。如果没有身体所产生的痛，那么我们的肉身是不是已经开始腐烂了呢？在痛的过程中所产生的爱，看上去是虚幻的……当我的脚刚落地，一双手臂伸了过来。他来了，是的，昨天晚上在夜班车上他就告诉我，要开车来接我的。

我突然在空中看见了一只有蓝色和深紫色的蝴蝶。他问我，在看什么？我说，刚刚有一只蝴蝶飞过去了。他看着我，好像第一次用这样的眼神看着我。我有些不好意思地低下头。是的，我是羞涩的，面对世界，我的整个青春期都是羞涩的。他拉着我的箱子来到了停车场，我又回到了这座城市。他将车开出去，他说，你要好好休息几天，一切都会过去的，你父亲去的那个世界是美好的。他穿着全身黑的衣服，内心深处却如此明亮。因此，我在幻觉中仿佛又一次感觉到那只有蓝色和深紫色的蝴蝶又回来了，在城市的人群中穿梭着车声和人走路的声音。

世界应该是美好的，我好像又恢复了体力。回到花店，所有的花都萎靡了。我打了电话后，送货车就把当天的鲜花又送来了……之后，我的生活向前延伸出去时，总是在花店和马路对面的咖啡馆之间循环不已。此刻，我需要来一些意识流才能将生活的片段交织在我的命运深处。那一天，磁带店的青年跟往常不一样，他不再播放流行歌曲，而是放着贝多芬的《命运交响曲》……这一天，我的花店不断地被这首世界名曲笼罩着，我有一种不安的情绪在流动。

磁带店的青年人坐在门口的一把旧椅子上，不间断地吸着香烟。从温州人开的发廊里走出的年轻人，发型都已经被发型师的审美所改变过了。那些忍不住被化学染发剂所诱惑的女人，走进去时是直发，走出来时已经是一头波浪似的披肩卷发。对于从小县城中走出来的我来说，这是我第一次听见贝多芬的《命运交响曲》……我仿佛被绊住了手脚，如同在一条坑洼的小路上行走时，会被泥沙石头所绊住，然而，却有一种力量让我继续往前走，仿佛走着走着就走到了一片开阔的平地上去。

是的，我寻找到了成片的花朵……我只是想要一个明天，我不知道明天是什么样的。如果明天有玫瑰花，应该是有爱情的日子；如果明天有康乃馨，那么应该是有幸福的日子；如果明天有勿忘我，那么应该是有回忆的日子……在听贝多芬《命运交响曲》的日子里，我好像被激流推动着……我看见一个撑着拐杖的人走到磁带店里来买磁带。他将一张十元的人民币递给了青年人，他指了一指正在放的磁带，青年人便递给了他一盒贝多芬的磁带。这个三十多岁的男子将磁带装进包里又往前走了。此刻的《命运交响曲》仿佛是为他演奏的。我目送着他将两支拐杖挟在胳膊下往前走的身影……

我的《命运交响曲》在哪里呢？那天，开咖啡馆的青年穿过了马路。他骑着一辆黑色的摩托车过来了，到了我的店门口猛然将车刹住。我能清晰地听见他刹车时的声音，那声音覆盖了旁边磁带店的音乐。我抬起头来，不知道为什么，看见他就会心跳加速。他走进店里说，我带你去兜风吧！他的声音很低，往常他说话的声音都很低沉。我抵挡不了这声音的磁力，关上了卷帘门。关门时，我就知道了只要他召唤我，我愿意跟他去任何地方。我知道了来到这个世界后，他作为异性，所对我产生的那种吸引力，就像是独自一个人走夜路时突然遇见的一束皎洁的月光，或者是在没有月色的时间里，从不远处射过来的一束束手电筒的光泽。

在朦胧的时代我遇到了一个让我暗恋的人，是他将我的身体带到了停在门口的黑色摩托车的后座上。当车朝前开动时，旁边发廊店里的发型师们都站在门口。那个时代，所有有车开的人都是异类，都能让旁边走过的人多看你一眼。是的，因为方向盘还没有成为人们代步的工具。一切都需要慢慢地转换，就像传呼机突然在我们梦醒时分，转换成了巴掌里的手机。他让我用手搂住他的腰，身体朝前倾，就不害怕了。不错，我好像害怕任何速度快的节奏，我害怕自己所置身的一个梦转眼之间就被速度带离了。其实，越是我害怕的东西越能吸引我。我用手抱住了他的腰部，站在门口观望的青年人不知道是在观赏那辆黑色的摩托车，还是在窥探我和他的美好关系？凡是发生在阳光下的关系，给予我的心理暗示都是美好的。

他骑着那辆时代的摩托车，身体朝前倾，垂向城市犹如静脉般循环不已的血管。人类命运有一条巨大的血管，虽然我看不见它，但我的身体、呼吸，我的肋骨和肉体都在这条血管的流速中，寻找到了鞋袜，我的衣装和我的口粮。

他驱动那辆黑色的摩托车时，就像是在他的咖啡馆外，唱着另一首英文歌曲——我不会唱歌，尤其是不会唱他唱的英文歌曲。但这并不影响我感受他的速度。我用双手搂住了他的腰部，仿佛离他就更近了些。首先，我的脸不时地拂过他的脊背，在速度中能感受到风也在飞翔。是的，他带着我正在环绕滇池岸边的小路。这些路，只能骑自行车和摩托车，或者步行，因为太窄小了。来到这座城市很久了，我从来没有发现有这么一条路可以环绕这座美丽的湖泊。他停下车来，将我从车上抱下来，我还没有回过神来。是的，我确实还没有来得及回过神来。他抱着我，将我的脚放在草丛深处。

他牵着我的手去看芦苇丛中的鸟巢。他说，你见过西伯利亚的红嘴鸥来此地过冬吗？那刚刚过去的冬天里，成群结队的红嘴鸥飞到了这座城市，那时候我还没有在你的花店对面开咖啡馆……他说的那时候就像昨天，而此刻，我们已经沿着水草在往前走。他牵着我的手。他的手刚伸过来时，我仿佛触到了一阵电流。

我看见芦苇丛中的一个个鸟巢时很惊奇。他说每周他都骑车过来给小鸟们放一些粮食……现在我才发现下车时他从前箱中拎出的包里装着的都是小鸟的粮食。他边走边将粮食撒在两侧的草丛中。我们朝前走后，鸟们就来觅食了。我看见了另一个他，不同于开咖啡馆的穿全身黑色牛仔衣裤的他。他看着身后觅食的鸟，脸上带着欣慰的笑容，这笑容我平常很少在咖啡馆里看见。

旁边开店的人都以为我和开咖啡馆的男子在谈恋爱。他们问我是不是恋爱了，我说恋爱什么呀，他的咖啡馆每天都有漂亮的女孩。那时候还没有"美女"这个称谓，二十一世纪的人们对漂亮女子都统称为美女。这一时刻，我们离二十一世纪还有些日子，我们得将现在的时光度过去，才能进入另一个世纪。这一次以后，每个周末的下午，他总是会将摩托车骑到花店门口。我似乎习惯了等待这一时刻的降临。有一天，我站在花店门口，因为我看见黑色摩托车从对面开来了……仿佛是一阵黑色的旋风。那时候开摩托车的人确实也很少。我的心怦怦跳动，刚想回身拉起卷帘门，一个女子突然间来到我面前叫出了我名字。哦，是我的同学春花。她怎么会突然出现啊？我让她进了花店。她说她是昨天晚上到的，听别人说我在这条路上开了花店。

她到这里以后在客运站外面的小旅馆住了一夜就来找我了。我说，春花，你先帮我守会儿花店，我一个多小时后就会回来的。如有人来，就帮我卖卖花。春花问花的价格，我说你就卖吧，都是回头客，他们知道价格。

　　他在等我，我真的没有想到春花会找到我的小花店里来。这还是我家县城的人第一次出现在我花店……我有些兴奋，然而，在此刻，我正在暗恋一个人。你们知道的，在暗恋一个人时，就像在迷雾中行走，我就是那个在迷雾中行走的人。无论是男人还是女人，一旦在迷雾中行走，就是希望走出迷雾的。我上了后座，伸出手搂住了他的腰，身体前倾，这就是乘坐摩托车的姿势了。这是我来到城市以后感受到的最快的速度了。二十一世纪流行的速度与激情，我在此刻就已经提前感受到了。我不知道今天他为什么驰骋得那么快。我有些说不出来的痛快。一种痛的激情，从我内心深处就像广阔的地平线一样升起。

　　我忍不住将头贴在他脊背上，从他的脊背上我似乎能倾听到他的心跳。他伸出一只手，从身后绕过来抚摸了一下我肩上的黑头发。我有些激动，他终于能感受到我对他的恋情了吧！他又加快了速度，比以往任何一次都要快。啊，我们身体中能感受到的那种速度正沿着通向滇池的长堤奔驰出去。我知道他内心的点滴之爱。他每周都要给那些水边芦苇丛中的小鸟送食物，如果没有他带我闯入那片潮湿的芦苇丛，我根本不知道里边的小路上车辙漫布，我也看不见这世界除了我维持生计的小花店以外，还有在芦苇丛中的鸟巢。它们在此繁衍生命，在此休养生息，这就是一座湖与自然的亲密关系。

这一次我感觉到与往常不一样，他将车骑到了那条小路的尽头，这里离湖边稍远些。他牵着我的手走进了那片有蓝色鸢尾花的草丛的里边。那是一片凹下去的美景，四野长满了野草，远处就是蓝色的湖泊。他伸出手，将我拉进他的怀抱。他开始吻我的前额面颊，又吻到了我的锁骨……我全身心的灼热像是有一盆火在体内燃烧着。他抱起我的身体突然开始旋转着，我不知道他抱着我到底旋转了多少圈。他为什么有那么多力量抱着我青春期的身体在旋转？我的整个灵魂和肉体都在旋转中，最终落在了那片凹下去的阳光灿烂的大地深处。那一天，我们的身体有了最深的亲密关系，这是我最深的爱，也是我的初恋。我愿意将自己交给他，心甘情愿地为他去生或者死。

后来，我们走出了那片被蓝色鸢尾花所点缀的凹地。我们牵着手从大地之歌中站了起来。他带着我穿过那条小路，回到了有鸟巢的芦苇丛中。我们放了鸟食。他重新亲吻了我，他吻我的时间那么长，我们都几乎窒息。从湖面上吹来的风又那么清新,犹如我们的激情过去后的平静。

回到花店,春花在等我。没有想到我们竟然出去了三个多小时。春花为我守店时,也是下班的人途经花店的时间,她为我卖出了很多花,我很感谢她。我请她去旁边的小餐馆吃晚饭。我们坐在餐馆要了两瓶啤酒,她轻声细语地告诉我,她不能喝酒,因为她怀孕了。天啊,我有些惊讶地睁大了双眼说,你是未婚先孕啊……她的眼睛有些迷茫,有泪光闪烁,她点点头说,是啊,等我醒来时,已经来不及了,已经怀上了他的孩子。我问,他的孩子?你恋爱了吧?你们要准备结婚吗?

你说什么啊?结婚?我上哪里去找他结婚啊。我来省城,是来堕胎的……春花对我说的这些话,让我仿佛又一次地走在了迷雾深处。接下来的几天里我将陪同春花去堕胎,这是她已经想好的事情。她的目光只在泪花中迷茫了一阵后,就回过神来了,因为她已经想清楚了这件事的严重性,如再不堕胎,就来不及了。至于那个男人是谁,她已经没时间跟我细说。总之她怀孕三个多月了,必须尽快做人流。

生理现象突然充满了危机,使我第一次感觉到女人的身体是可以怀孕的,只要有了男女身体的接触,就会怀上孩子的。这是一个禁区,一旦进入了,就需要付出代价的。

这代价就是疼痛，肉体之痛。春花说，就一夜，就有了身孕。她不想去找那个男人，因为过后她想起来时，怎么也想不起来那个男人的脸，甚至也想不起来为什么喝了酒后就跟那个去县里推销产品的男人发生了关系。是啊，关系，那层关系是从那里涌来的，如同水面的皱褶。她在小县城里的加工厂上班，是做铝制品的加工厂。那个年代的生活中铝制品很多，有铝盒、铝锅、铝饭碗等等。她是因为父母亲都是工厂的工人，所以招工时就优先照顾进了铝制品厂。当他到工厂推销一架机器模型时，他像一个梦游者说要请她吃饭。他说，他设计了这架制造铝产品的机器，可以帮厂里摆脱手工劳动。现在铝制品厂基本上都是手工产品，所以生产很缓慢。他请她去吃饭，她就去吃饭了，因为她正好饿了，而且吃腻了家里母亲做的饭。他长得清清秀秀的，穿一身西装，看上去也很顺眼。事情就是这样发生的，由推销产品开始的。餐桌上点了菜，上了啤酒，他仿佛是一个梦游者，仍在谈论他所发明的机器模型。哦，那个时代，什么都很缓慢，人们在缓慢中幸福而知足地生活着，似乎没有多少可焦虑或要追赶时间的事情。

　　故事就是这样发生的，因为谈论一架他发明的机器模型，同时想象着由缓慢到快速的生产流程，他们兴奋地喝着酒。她是第一次喝啤酒，她根本就不知道啤酒是会醉人的。她开始微醺了。他说去他旅馆的房间里再坐会儿时，因为时间还早，酒已经喝完了，话好像还没有说完。旅馆就在附近，她有些微醺的神态像一幅图画，像久远年代被我忘却的风景画，灰蒙蒙的。所有过去的事，要找回来时，都像一幅幅看不清楚的风景画，没有具体的人物，只有风景。那一夜，他拥抱了她，她也拥抱了他。之后，他就走了，他说家里人给他来电话，他要尽快回海边的城市，因为他的母亲病了。

  他走了，她很平静地继续上班，偶尔会想起他发明的机器模型。有一天，她感觉有点不适：厌食，想呕吐，就去小县城的一家有名气的中医诊所看病。当老中医伸出一只布满青筋的手为她号脉时，老中医问她，结婚了没有？她没回答，只是沉思着这个问题。老中医为什么要问这个问题？是不是要给她介绍对象？老中医却告诉了她一个现实的问题，她怀孕了。她点点头，站起来，然后跑回家。厨房里母亲在做晚饭，她快晕过去了，便告诉母亲她突然头痛，想睡觉。母亲将双手在围裙上擦了擦，拉开抽屉，给她找了一包头痛粉。那时候人们头痛、发热、打喷嚏时，都会服一包用绿色纸袋包着的头痛粉。似乎再也没有比头痛粉更好的良药了。

  她睡了漫长的一觉醒来后，并没有逃开那个魔幻中的现实。不过她不能再逃避了，基本的生理常识告诉她，是那一夜情造成的后果。她不想告诉他，也不想找他，因为她并不了解这个男人除了机器发明外更多的东西。而且，当她回忆那个跟他在一起的场景时，她是厌倦的。她不可能再生活在小县城了，她得走出去。如果再待下去，所有人都会知道她未婚先孕了。那时候，人们都会非议她的，她受不了。她告诉父母说，她不喜欢铝制品厂，她要去省城找工作，她要去闯荡另一个世界。父母亲先是睁大了双眼，后来明白了这事件后，也支持她走出去。这简直出乎她的意料。

她辞职了，走出了铝制品厂，直奔省城的客车。此刻，她让我陪她去堕胎。我说还是再检查一下吧。她说，来之前，她独自跑到邻县的医院做了检查，已经有三个月了，医生建议，如不准备留下，要尽快堕胎。她还带着县医院的检查结果。是的，再拖延时间会加大堕胎的难度。

我们来到医院的妇产科，女妇产科医生说，想好了吗？其实，我们走进妇产科时，两边椅子上坐着的都是年轻的女子，她们是来看妇科的。是的，是来看女人的器官的，那个身体中最敏感的可以受孕的地方，就是女人的性器官。现在，围绕着痛或不痛的问题，春花突然问医生，她听别人说流产很痛苦的,用哪一种办法能减轻些? 春花说,如果能解决这个问题……她一边说一边从手腕上摘下那只银手镯并低声说,如果能稍稍帮我减轻一些疼痛……拜托你了,医生,这是祖传下来的手镯。她将手镯悄悄放进了医生的白大褂口袋里。医生正在开单,她好像并不介意那只银手镯已经放进了她白大褂的口袋里。难道她也喜欢那只手镯吗? 因为我感觉到她已经看见那只手镯了……接下来,医生将春花带进了白布帘子里边。我想,应该是不会太疼吧,既然医生已经收下了那只银手镯,就说明她是能帮助她减轻疼痛的,哪怕是减轻疼痛中的一点点也好,这也是春花所需要的。是的,我的两手有些痉挛,不知道要放在何处好,我为什么要紧张啊!

房间里传来了春花的喊叫声,那声音越来越大,真的是越来越大……我走到了外廊上又再走出去。听春花的喊叫声就能感觉到流产有多么疼痛了。半个小时后春花出来了,我在妇产科的走廊外看见了春花,便迎上去。我走到了她身边问她,太痛了吧? 她显得很虚弱地说,我们走吧,我这一生再也不想怀孕了,快疼死我了。哪里有煮红糖鸡蛋的……于是,我扶着她去寻找煮红糖鸡蛋的小吃店。医院外面就有一家小吃店,而且是专门为术后的病人煮红糖鸡蛋的。我扶她坐在小吃店的方桌前，鸡蛋很快就端上来了，还冒着热气。她三下两下地就吃完了那碗红糖鸡蛋，似乎终于喘过了一口气说道，太疼了，你想象不到的疼。她突然从外衣包里掏出了那只银手镯叫道，怎么又回来了，我不是放进去了吗？

春花抚摸着那只银手镯压低声音说道，这医生真好，因为她无法减轻我流产时的疼痛，所以就把手镯又悄悄放回了我包里。真感谢她，现在过去了，经历了这件事，其他的疼痛我就不害怕了。她重新将手镯顺着手指往上滑行，就戴到了手腕上。是的，它又回到了春花的手腕上。这女医生，真好，有良心。

春花不想再回县城了，她正在找工作。我说，你就和我暂时先经营这家鲜花店吧。最近，我因为恋爱了，所以总是要约会，约会时都会将卷帘门拉上去，很多买花的人看见关着门便会悻悻而去。春花很高兴，她说，开花店每天看见鲜花，心情都会很好的。这太好了，真的太好了。春花愿意留下来，我就有赴约的时间了。我们真是一拍即合，自此以后，春花就跟我同开一家花店。晚上我们住在小阁楼，虽然只有一张床，但有了一种互慰感。这一切都很重要的，我的心总有一种燃烧感和幸福感。直到我第一次看见了他的头在疼痛时，我才知道我爱的这个男子多么不容易。那天晚上已到半夜了，他唱完了最后一首英文歌时，突然间双手抱住了头。我走过去，他已走回到他的书房，平常很多时间他都在这里独自喝咖啡看书。我来到他身边，他安慰我说，不要紧的，吃过药后就不痛了。他一边说一边拉开一只抽屉，里边有许多药瓶。他取出一瓶药，倒出几片白色颗粒，我给他端来一杯温水。他伸手抚摸着我的脸说，老毛病了，这是我的命，我已经习惯了疼痛，习惯了吃去痛片。我走过去，他已经服药完，我想告诉他什么，但是我又忍住了。

我发现自己的生理现象不正常了：该来经期没有来，已经晚了几十天了。我问春花如果不来月经，难道就是怀孕了吗？春花说，一个女人只有接触过男人的身体，才有怀孕的可能。当然了，如果接触过男人的身体又不来月经，那就要注意了，最好去医院检查一下，才能确定是否怀孕了。哦，我们躺在小阁楼的床上谈论着女性的生理现象时，慢慢地也就睡着了。人的身体需要睡眠，因为我们要获得精力，只有黑夜中的睡眠能给予我们第二天走下阁楼的力量。

迎着风和阳光，我独自一人来到了医院妇产科，不久以前我曾陪同春花来过这条幽深的走廊：来这里求医的都是女人，男人只是陪伴者而已。我来了，这事成了近期我的一团焦虑，必须弄明白解决它的办法。经过检测，我怀孕了。我手里捏着那张纸片，我是真的怀孕了……我有少许的惶惶不安，但我也有说不清楚的喜悦。我望着对面的咖啡馆，我不想吵醒他，他晚上睡得太晚，我想尽可能地让他多休息。于是，从上午到下午，这对于我来说确实是一场漫长的等待。但没有想到，我将怀孕的消息告诉他时，他先是惊讶，后来便走向我说，鸢尾，这是真的吗？这是他第一次叫我鸢尾、旁边店里的人都叫我鸢尾，因为我店里都是鸢尾花，而且母亲生我的时间正是小院内鸢尾花开放时节，所以我的乳名就叫鸢尾。我从包里掏出了叠得整整齐齐的化验单递给他。他突然将我拉到他胸前，太好了，鸢尾，我真的不敢相信我还会有孩子，有做父亲的权利。我父亲过世早，几乎是母亲独自将我养大的……但进入青春期时，我很叛逆，就跟着我的姨妈出国了……近些年来，母亲老了，我本来只想回国陪伴母亲住一段时间，但这一住我就无法再走了。我爱上了这座城市，同时也想有更多时间来陪伴母亲……我想带你去看母亲，她看见你一定会很高兴的……

　　我所置身的时代给予了我一座小花店去经营。自从春花来了以后，我就轻松多了，我可以有更多时间去了解这座城市。我开始真正地融入了这座城市的每一条陌生的马路和街头巷尾的僻静和热闹。自从我们公开了恋情以后，我知道那个小婴儿正在我身体中成长着。有一天他将我带到了诞生我们孩子的那片凹地，蓝色鸢尾花已经凋谢了，新的野花又开放了。他不再是一个没有姓名的男子，从此以后，他让我叫他周仆人。哦，我"嗯嗯"地说，真好听的名字啊。过去他唱歌时，我是仰起头来看他。现在不一样了，自从我们从那片长满青草和花朵的凹地走出来以后，我们就增加了一种男女情爱的关系。我不再仰慕他唱歌时的忧郁了，我们都走向了大地，从咖啡馆走向湖边。我们就像那些小鸟般筑巢而相爱，只有相爱的人知道新生命在身体中繁衍时的快乐。

　　他骑着摩托车将我带到了他和母亲居住的老房子。这可能是这座城市最老的房子了吧？我从小县城向省城迁移我的青春期时，我赶上了时代创造更多流行的浪潮。只有当我坐在周仆人摩托车后座上时，我的呼吸中有一股来自古老时间的暗流。他告诉我说，小时候他每天都背着书包穿过这一条条小巷，到学校去上学。上学的路上飘忽着烧饵块的味道，还有做豆腐脑的清香。很多人在小巷深处坐在小凳子上手里有一块烧饵块，就着老酱和腐乳吃，再要上一小碗有酱葱花的豆腐脑，那真是太好吃的早餐了。

周仆人不知道带着我穿过了多少条小巷道,他说,从前这些小巷道子里是没有人骑车穿行的,只有人的脚步声。孩子们会跑着嬉戏着去上学校。妇女们还有边走路边织毛线的,远远地就会看见她们怀中已经快织好的围巾或马褂。后来就人在巷道里骑自行车了……再后来就有了像周仆人这样的人,将黑色的摩托车骑进了小巷道。那些边走边织毛线的妇女不见了,取而代之的是边走边打手机的男男女女……我进入了另一个时代,我们都是生活在这个新时代的人,因此,我对生活充满了明媚的希望!希望是什么?我感受到的所谓希望就是沿着这些在时代的潮流中绵绵不绝的小巷道,继续往前走。希望就是周仆人忘却了脑部的痛苦,带着我穿越着他从童年到少年时代所走过的小巷道,去见他的母亲。

他的母亲六十多岁的模样,刚退休,过去是医院的一名护士。这是一座老式庭院,他的母亲正在给院子里的月季花浇水。他先将我拉到母亲身边介绍说我是他的女朋友……他的母亲将双手上的水往衣服上擦了擦后,拉起我的手来说道,好啊,终于有女朋友了,终于有女朋友了……言下之意是在告诉我,她一直期待周仆人有一个女朋友。之后,他又告诉我说:他从出生后就住在这里了,他的爷爷奶奶也住在这里,后来他们都走了,父亲也走了,但母亲还住在这里……他还告诉我说，小时候，他对这些老房子和门外古老的街巷不以为意，青春期时赶上出国热的潮流就跟着姨妈去闯荡世界了。如今他回家以后，才意识到这里才是他一生驻守之地，他再也不想去别的国度游荡了。但他想把在国外学会唱的英文歌，唱给朋友们听，所以，他开了咖啡馆。他说，他怎么也没有想到开了咖啡馆以后，对面的女孩便走了过来。

是的，对面的女孩朝着咖啡馆走了过去，故事就是这样开始的。我就是那个朝着街对面走了过去的女孩。我已有身孕，但这次怀孕是因为爱情。我很欣慰，因为我们是真心相爱的。在此以后，我就感觉到孩子在我身体中生长的过程。过了三个月，周仆人和我选择好了结婚日期。每个周末他都带我去滇池边喂鸟，我们给飞出鸟巢的雏鸟们带去了细小的粮食。那是周仆人第一次带我去花鸟市场，我从没有想象过一条老街上有那么多的鸟儿，还有猫、狗、田鼠和蛇……这是一个我未曾涉足过的场景，我现在才发现这些动植物都是由城市人供养的。我看见一个年轻的女子抱走了一只白猫，又看见一个男孩抱走了一只狗，还看见一个中年男子拎走了一只鸟笼……这世界远远超出了我的想象：它比我想象的更有色彩感，我们正在跟动植物们和谐相处，这似乎是我进入的另一个人类命运的场景。

这一天我们在滇池边喂过了小鸟，周仆人牵着我的手来到了那片凹地，它仿佛又唤醒了我们爱的激情和回忆的源头，正是在这里我们彼此珍惜拥抱，才有一个新生命的诞生。周仆人弯下腰双膝着地、用手轻柔地抚摸着我的腹部：这一刻我们都不知道，那仿佛是我们生命中最后的涅槃，是我们驻留人世间最后的礼赞。微风吹拂着我的孕妇裙，我们将在这个星期五去民政局领结婚证书，并在下周末邀请亲朋好友参加我们结婚仪式。

我们拥抱并亲吻：仿佛想让天与地证明我们的爱情，仿佛想一遍遍地重温我们从见面到热恋的故事。我的面颊拂过了风也同时留下了他吻过我的痕迹。之后他将我扶上摩托车后座。自从我怀孕以后，他放慢了骑车的速度，手不时地朝后伸过来，抚摸一下我的后背。在我们相爱的这些日子里，他就像是我的大树将浓荫覆盖在我身上，又像是我的岩石让我倚靠。最重要的是我的血液，我时刻准备好了迎接我们的婚礼和孩子的诞生。

我们在星期五的上午去民政局领了结婚证书。他喜悦地说，从此以后我们就能永远在一起了。我仿佛是第一次听到了"永远"这个词，听起来它是虚幻的看不见的。我能看见的是白云的变幻，我们仿佛在白云的变幻无穷中往前走,也许那就是永远吧!

就在我们牵手奔往下周末结婚仪典的过程中,他突然发病了。这一次发病比以往都要厉害,他是在咖啡馆发病的:那个晚上他依然唱着歌,边弹吉他边唱。突然间,他的声音越唱越低,就像一个走在荒漠中的人无法再走下去了。他倒下去了,吉他滑落到地上,人顺着吉他也滑落到地上。我们奔向前,但完全没有想到这就是永别。当我们将他送往医院时,我坐在他身边拉着他的手,我有一种不祥的预感:他的手是冰凉的,就像父亲生命终结前的那种冰凉。是的,在医院,医生告诉我说,他已经没有生命迹象。天啊,我的身体眩晕着,但不能倒下去,我仿佛听见他告诉我说,哪怕他走了,也不能倒下去,要好好活下去。是的,就在那一刻,我再一次进入了生与死的边界。在奔向西去的路上我看见了周仆人一边走一边回头,但他依然在坚定不移中往前走,他自始至终都在往前走⋯⋯

我也在往前走,朝着东方升起的太阳走去。这是我的宿命:我感觉到了体内的婴儿在陪着我走。我走到了一家花店门口,这是我开的花店。我终于坐了下来,春花给我端来了椅子。几天来春花一直在替我守着这家花店:哦,我从未想到过人世间如此长的别离会这么快降临,然而,世界上为什么有如此多的花儿绽放啊!我坐在花丛中喘口气，结束了这几天的忙碌，我终于可以坐下来面对以后的生活。

生活，除了腹中正在成长的婴儿外，还有街对面的咖啡馆。这是一个关于终止还是延续的选择，我选择了将生活进行下去。所有这一切都源于对周仆人的爱。我知道我并没有管理咖啡馆的经验，也不会唱歌，但只要我存在，我就一定会让咖啡馆继续营业下去。再就是我要多花些时间去陪伴周仆人的母亲，她的精神已经遭受到了很大的创伤，我突然发现我身上那些潜伏在青春期中的力量，开始爆发了。

我将花店转给了春花，她已经具备了经营这家花店的能力。从她堕胎以后，她又寻找到了生活的方向：一个女人因为男人留下的一个夜晚而有了疼痛，为了解决关于疼痛的问题，在这个时代，她唯一选择的就是堕胎。我们都在选择自己的生活。我将花店的钥匙交给了春花后，带着另一把打开咖啡馆的钥匙走到了街对面。周仆人给我留下了一串钥匙：意味着我的新生活将从街对面的咖啡馆重新开始。这钥匙是周仆人母亲交到我手中的遗物。这位失去儿子的母亲熬过了悲伤，当我们面对面地接受这个现实时，已经是又一个早晨。

新与旧的交替总是以黑暗结束为界。周仆人过世的几天时间里，我都在陪伴着他的母亲。随同周仆人朝着西去的方向消失，他走的那天有飘不尽的迷雾，我牵着周仆人母亲的手，目送着他向雾中走去：他的影子化成了雾向着我们都看不到的尽头飘去。从前，在送父亲去墓地之前，母亲就嘱咐我们说，路上不要哭泣，这样我的父亲在离开的路上就不会有牵挂，他走的路就会笔直无忧，就会很快寻找到去天上的路。那一天，我们突然从母亲的言语中领悟到了什么，悲伤刹那间就消失了。眼前升起的仿佛是一条明亮的道路，父亲到天上去了，周仆人也同样到天上去了。

我们还活着，周仆人的母亲将一串钥匙交给了我并嘱咐我说，你就是我的女儿，今后你就在家里住吧，就不用去租房子住了。仆人留下的咖啡馆还是由你经营下去吧！我就住了下来并接过了钥匙，那串钥匙仿佛还有周仆人的温度……正是这温度陪伴我开始经营咖啡馆，并留下来住在周仆人生前住的房间里。他的气息犹在陪伴我，我在黑暗中躺下来。这是他曾经睡过的床，衣柜里还有他的衣服，我在静默中嗅着他的气味，度过了几夜后，我来到了咖啡馆。

燃　烧

　　我不会唱歌，但我还是想唱歌：这种内心的愿望是为了延续咖啡馆的风格。于是，在那个晚上，我靠近了麦克风，周仆人天生就是办咖啡馆的人，在他生前，他早就已经将咖啡馆所需要的一切功能都研究好了。靠墙边的书架上有许多书籍杂志：有一些人时不时走上前，伸手从书架取下一本书或杂志，就着一杯咖啡，慢慢地翻着。我走过他们身边能听见翻书的声音。这时候，我的灵魂很安静，我告诉自己，其实，咖啡馆也需要安静……尤其是从外面走进来的人，都需要找一个地方坐下来。

　　就这样，我慢慢寻找到了咖啡馆的新理念：那个会唱歌的、身穿黑皮夹克黑牛仔裤的人走了，我们就寻找新的元素吧！是的，人们好像都知道他走了，他们用一种安慰的目光看着我。尽管如此,我却想唱歌,有一种低低的旋律想从我心中发出来。因此,我走近了麦克风:晚风吹过来吧,我亲爱的,让晚风吹过来吧,我们坐下来,慢慢地,讲故事吧!这就是我靠近麦克风时唱出的歌,唱这首歌时,我似乎看见了朝天上走去的周仆人回过头来看了我一眼。

我的歌声获得了一阵阵的掌声以后,每天晚上我就很习惯地站在麦克风前:每天晚上我都即兴唱歌,仿佛是唱给那个去天上的人听的。慢慢地,我的歌声回到了现实世界,我感觉孩子的脚在踢我的腹部。终于有那么一天,我在半夜感觉到快生了……我的婆婆,也就是周仆人的母亲扶着我躺下来,她说,挺住,你快要生了,有婆婆在你别害怕!我曾做过护士,我知道怎么做……婆婆在忙碌,她的脚步声过来了……她说,如果疼你尽可以叫喊,孩子都是在母亲的叫喊声中,在母亲痛苦的分娩中出世的……她这样一说,肉体之痛就真的降临了,这是一种我从未经历过的阵痛。是的,我开始喊叫了,喊出声就好了。于是我感觉到子宫在痉挛,我的整个肉身都在抽搐痉挛,就像从潮水中游过来的鱼咬住了我又松开了……

终于,我尖叫了一声就感觉到一团血肉从盆腔中滑了出来。阵痛消失了,我听见了一个婴儿的啼哭声,就这样一个新的生命降临了。那个叫翅膀的男孩来到了人世间。这是我跟他父亲早就起好的名字，无论男女都叫翅膀。当我们站在滇池边的绿苇草中给水鸟喂食时，就看见了一双双的翅膀，于是，我们就给那个未曾出世的孩子取了一个名：翅膀。现在想起来，这是一个多么美好的名字。

一个美好的名字必然从啼哭开始，我感觉到那一刹那间涌出来的啼哭穿过了我身体阵痛时的喊叫，也同时穿过了墙壁、旧家具和老街的宅院。从这一刻开始，我是翅膀的母亲了，我是一个婴儿的母亲了。我亲眼看见婆婆握住剪刀，咔嚓声后脐带断了。婆婆告诉我说，从此以后这个孩子就能立地成长了，只有剪断了孩子的脐带，他们才能去尘土中生长，像树一样地生长是需要尘土的。这是一个临近黄昏的时辰，翅膀来到了人间。不管怎么样，他的降临给我带来了希望，人不能没有希望，人是在希望中延续生活的。希望是什么？从一个生命开始，为他哺育的一切：当我将饱满的乳头放进翅膀嘴里时，他在吮吸我，我无法想象一个婴儿的力量为何那么强大。是的，他在吮吸从乳头流出的白色液体。从这一刻开始，我相信他会长大的，就像我们走出去的古老石板路，将延伸到城市的核心区域，延伸到学校、商场、医院和银行大厦。同时，也会延伸到我的咖啡馆……

就这样，因为要给孩子喂奶我必须学会骑摩托车。而且因为爱情，凡是他过去会的，我都必须学会。我已经学会唱歌，我发现了，只要你想唱歌，每个人都会成为歌手。我就是因为想唱就走到了麦克风前，替代了我昔日的恋人开始唱歌。进入咖啡馆的人认可了我的歌声，总是给我掌声，其实，我对音符根本都不懂，上音乐课时仅学会了 Do、Re、Mi、Fa、Sol、La、Si 几个音阶从低到高的唱法，但我发现只要你想唱歌，你的身体中总会有旋律的。

我开始骑摩托车时，很害怕，但我必须学会，凡是他留下来的，我都要延续下去。转眼间，翅膀就进幼儿园了，我要感谢翅膀的奶奶，自从翅膀降生后，她就从我怀中接过了孩子并安慰我说，孩子总会长大的。让我安心管理好咖啡馆，她会照管好翅膀的。翅膀奶奶的话给予了我足够多的自由和空间。为了更好地管理好咖啡馆，我每天都会在出发之前准备好一首歌。因为咖啡馆半夜才关门，所以我回家也很晚，翅膀每晚都是睡在奶奶身边。我第二天八点起床，翅膀还没有醒来。趁着早晨的静寂，我会站在院子里低声地唱一首歌，这首歌我会反反复复唱几遍，就被我带到了咖啡馆。我一般上午十点出发，在出发去咖啡馆之前，我会给翅膀喂一次奶，晚上回来又喂一次奶。不过，时间不长，翅膀就能吃米糊了。翅膀的奶奶天生就有管理幼童的能力，当然，首先是因为爱，只有爱会创造任何人世间的奇迹。

翅膀开始走路了。奶奶牵着翅膀的手往小巷外走去。奶奶一边走一边跟翅膀说话：语言来自母语，每个人都在用说话的语音表达着母语的力量。就这样，翅膀也开口说话了，那一阵一阵断断续续的语调，仿佛在唱歌。如果细听的话，每个人说话的声调都是在唱歌。

我有一种幸福感，时间太快了，翅膀转眼就读幼儿园了。是啊，时间确实太快了。有一天，我去接翅膀，那天咖啡馆区域停电几个小时，恰好给了我一个接翅膀的机会。我来到了幼儿园，孩子们正在园内的游乐场玩。我在人群中看见了翅膀，他手里正推着一只黑色的汽车胶轮朝前走。哇，那只本来是汽车用的橡胶轮胎竟然成了孩子们的玩具，从这一刻开始，我感觉到一个新的时代来临了。年仅五岁的翅膀啊，正专心致志地推动着那只看上去沉重的黑色的橡胶轮胎。是的，一个新的时代降临了。

我的妹妹来省城了，她大学毕业了，而且开始在大城市寻找到了工作。我回了趟县城，带着翅膀回到了老家，这时候，翅膀快要上小学了。这些年，因为要管理咖啡馆，我一直没时间回家,现在,母亲独自在家,所以我一定要回家看看。乘夜班车的我们回到了县城,我给母亲带去的礼物是一台手机。

　　翅膀教会了他的外婆使用手机,这让我感到惊奇。平常翅膀也会玩我的手机,就像玩他的玩具。在翅膀读幼儿园时,他的奶奶不断地给他买玩具,所以,在家里,有一间房子是翅膀的玩具室。我直接感觉到翅膀将他所置身的那个时代的所有的玩具都搬来了:里面有火车轨道而且是环行的;有飞机可以在院子里直接飞上天空。有一次飞机落在了屋顶上,翅膀一定要上屋顶去找飞机便从邻居家借来了梯子,他竟然顺着梯子上了一棵石榴树再上了屋顶,总算将那架飞机从屋顶上取下来了……翅膀从小就喜欢探险,每次我回家,翅膀的奶奶都会给我讲翅膀的故事。她似乎已经习惯了在这个世界去接受翅膀他们这一代人的成长故事。

　　而我的故事不仅在咖啡馆,也在咖啡馆之外……翅膀已经上小学了。我依然守着咖啡馆,每天,我都会在晚上的九点半钟唱一首歌。我只唱一首歌:只唱那天想唱的歌,这一首歌我要每天唱下去。就这样,我看见了一个男子,每天在我唱歌之前都会走进咖啡馆。他会要一杯咖啡,安静地坐在一侧。他每天都来,整个春天都会走进来。他不吭声，也不带任何朋友，就他独自一人，一边喝咖啡，一边听我唱歌。他穿一身黑，远远看去，仿佛周仆人又回来了。终于，有一天他走近我，他看着我的眼睛说，我已经习惯了每天要来听你的一首歌。我想，你的咖啡馆就像一首歌，很多东西都在变，希望你成为你自己，为你自己而活着，咖啡馆也要变成你的风格。他说完就走了，我点点头，看着他的背影消失在咖啡馆。

黑衣男人的话仿佛让我穿越了一个时代，这时候翅膀已经背上书包上小学了。我将进入我的另一个时代，而且，我竟然恋爱了，我所恋爱的人就是那个穿黑衣的男子。有一天他开了一辆越野车来到咖啡馆门口，他说等我下班后，带我去绕滇池一圈。我已经很多年没有去滇池了，因为近些年滇池被污染了。我曾在周仆人过世的几年里，不顾滇池的污染带着粮食去喂鸥鸟，但我发现鸥鸟越来越少了，到后来根本就看不见鸥鸟的出现了。很多年里，通向滇池的那条路的两边的农田已经被房地产征用，我看见了脚手架和钢筋倒立在天空的蓝幕之下。我也无法说清楚心底深处的忧伤，我只知道当初周仆人驱动摩托车时途经的庄稼地上飘忽着西红柿正在变红的味道。我特别喜欢风吹来时，我的头发拂过面颊，四季的粮食和菜地上推着手推车的农人，快速地从我们身边掠过……现在看来，是速度改变了世界。是的，是速度改变了世界。他告诉我了他的名字，他叫柴火，这个名字让我想到了小时候堆积在家门口的干柴，将干柴放到炉架上，一经点燃就开始发出红色的火光。我喜欢围炉而坐，尤其是冬日的黄昏，我们围坐在炉火边做作业，不时将手指伸向火炉，那真是温暖又美妙呀！

　　他叫柴火。他将我带到了他的越野车中载着我往滇池边奔驰而去。在不长的时间里滇池已经被污染。他说，滇池已经被污染了，问我是否在空气中嗅到了水面腐臭的味道。哦，我已经有很长时间没来滇池了。是的，自从怀孕后期到翅膀出生以后，我就没有来过滇池了。我有一种莫名的忧伤，因为有很长时间没有来滇池，为什么空气中会有污水的味道呢？他说，要破坏一种存在的美是很简单的，然而要修复它的美是艰难的。我感觉到与柴火在一起，同样有一种置身同一时代的力量。他的声音给予了我很多启示，这也是我忧伤的色彩所希望听到的声音。

　　我身边的滇池正在大面积地经受着被污染的苦疫。那天晚上，我在咖啡馆唱出了这种忧伤。那天晚上柴火来了，听完那首歌就走了。我站在咖啡馆的窗口悄无声息地目送着他的消失。他的出现仿佛给我带来了另一种获得光明的力量。其实，自周仆人走后，我就患上了一种不敢正视的忧郁症。后来，翅膀出现了，他的成长给予了我新生的窗口。几年来，看着他渐渐地长大，从幼儿园走进了小学，他的书包越来越沉重。就在他快要小学毕业的那一年，我突然发现他开始逆反了。有一天做作业，他将作业本撕了，而且将书包举起来又砸下地。翅膀的奶奶安慰我说，别急别急，小时候逆反的孩子今后长大了都很聪明的。

转眼间翅膀上初中了，强大的互联网时代来临了。也正是这时候，柴火和我恋爱了，我们同样是在环绕滇池时相爱的。在恋爱之前，我曾经独自驱车到我和周仆人曾经拥抱相爱的滇池岸边。因为滇池被污染，小鸟们已经飞走了，再也看不见筑巢的鸥鸟们的影子。夏季时污水漫过了堤岸，也漫过了我和周仆人诞生翅膀的那块绿草如茵的凹地……就在这时候，柴火说他一直在寻找流进滇池的污水的来源。当然，很多年来人们忽略了滇池的美是需要守望的。

美是需要守望的……手机的另一个系统敞开了，互联网时代的网络空间只需要在一台手机上就可以寻找到各种生活的途径。首先是翅膀，他说，班里的人都开始用手机了，让我给他也配备一台手机。我惊讶地说，你们需要手机干什么？他抬起头反问我为什么要用手机。看着翅膀天真无邪的眼睛，我想跟他好好谈谈手机的问题。

手机的问题到底是什么？我带翅膀去了德克士快餐店，他说要加冰块的可口可乐。我说，现在是冬天，还是要常温的吧，加冰块的太伤胃了。他说，他不喝常温的，如果要喝一定要喝加冰块的。他的眼睛那么任性地看着我，我说，好吧，不就是冰块嘛，太简单了。他笑了，一种完全敞开的笑，一种获胜以后的笑。我看见了他白色的牙齿，那样的白啊，只有他的年龄才会拥有的白……那整齐的牙齿可以捧着一个大苹果咬下去，也可以咬断甘蔗。我们要了食品坐在餐桌上用餐。带孩子用餐的家长很多，我发现了一个现象：几乎所有的孩子都在喝加冰块的可口可乐，几乎所有的家长都在喝常温的果汁。我还看到了孩子们都在玩手机。翅膀察觉到了我的目光后趁机进攻，妈妈，你看见了吧，我的同代人都在用手机了。是的，翅膀的同代人都已经用上手机了。我无语了，从这一刻开始，我知道要解决手机的问题，简单的方法就是带翅膀去买一台新手机。

我们来到了手机一条街。好热闹的场景啊，店里卖手机的都是青年人。曾有人在咖啡馆议论过，一座城市最帅最漂亮的青年人都在手机店和发廊里：这是我看见过的风尚。此刻，我在带翅膀买手机，一个很酷的男子走上前来为我们介绍。无论你承认与否，互联网的时代真的降临了，任何人都无法抗拒。如果我自己失去手机的话，我的生活会出现种种的不方便。我承认了翅膀这一代人将迎来一个手机的时代。那一天他得到了手机，他的笑脸迎向我说，谢谢你，妈妈！从此以后，在翅膀的手中就增加了一台苹果牌手机。

　　柴火站在夜色深处吻我肩膀上的黑发，他说我的发丝很香，就像玫瑰花的味道。我进入了周仆人之外的另一场恋爱中去。我需要他的爱，不同于另一个男人给予我的灵魂：此刻柴火正带领我们从巷道里搬出来。我们住的那片区域已经列入了市政建设规划，不往外迁移是不可能的了。我们的个体是渺小的，必须附身于社会的变革：因此我们将迁往另一个已经建设好的住宅小区。那一天，柴火开着他的越野车过来了，但只将车停在小巷外。之前，我已经关闭了三天咖啡馆，在家里收拾东西。翅膀的奶奶原来坚持不搬，她说自己从出生就在这里，这是她祖先遗留下来的老房子。为这事市建设局的人三天两头来一趟，耐心地给这片老宅区的老人们做工作。他们的耐心终于融化了冰川，老人们还是顺从于大局了。

新的住宅区就在通往滇池的那条路上，昔日小路两边的庄稼地，突然间就矗立起来了房地产商开发的小区。那时候虽然已经有了搬家公司，我也约了搬家公司的一辆货车，柴火却执意将越野车开到了小巷外面。他就像一位搬运工一样扛着箱子。这座老宅子还真有古老的家具，本来想换新的，但翅膀的奶奶执意不换。我发现了，虽然她已经答应了往新宅搬家，但是她还是舍不得离开原来所住的老房子。她一步一回头，幸好是柴火牵着她的手往外走。事先她也看过那个新小区的，站在小区的花园深处时，我感受到了翅膀奶奶内心的矛盾：她在多年前失去了儿子，幸好翅膀出生后，她的身边有了一个幼童的牙语和奔跑声。现在，她又失去了她的故园、祖先的老宅。虽然新小区增加了电梯和花园，但仍然让她的目光显得迷茫。不过，柴火已经牵着她的手走出了小巷道。我在他们身后手里拎着两只旧皮箱，这是翅膀奶奶卧室里的东西——越往外走，仿佛就是两个时代的穿越。之后，柴火又将奶奶扶到了越野车上，载着她和她的两只旧箱子最先到了新房子。这是翅膀奶奶人生中第一次迁移，人生中第一次乘越野车，人生中第一次乘电梯。

好几个"第一次"在这个七十多岁的老人身上发生了。我在后面乘着搬家公司的车来到了新小区。之后，翅膀骑着自行车也来到了小区。翅膀跟他奶奶不一样,他对这座新小区里有电梯的楼房,充满了喜悦和幻想。

永恒感来自瞬间,取自你内心升起的视觉掠过的时刻,并以此用美意、判断、裁接、冷静和热烈抵达:噼里啪啦的一场雨,或者突然升起的彩虹。人生需永久的不停止的熔炼,需要沉默来谋略未来。

中部 鸢尾蓝

灵与肉漫记

    我又怀孕了,这是一个谜团:跟柴火恋爱,但我并不想怀上孩子,因为有了翅膀,我对孩子的梦想已经实现了。确实,这是一次意外怀孕,在旅途中,只有我和柴火。因为我的咖啡馆没有了,那条街道两边的房子已经贴上了"拆迁"两个字,所以那段时间是我最为沮丧的日子,也是无所事事的日子:就这样,我上了柴火的越野车,他一定要带我去走一走,并安慰我说,也许在路上我会寻找到新的太阳。
    是的,咖啡馆没有了,那条路太古老,需要进一步扩展。城市的原有版图在我的时代不经意间不断地蜕变着。时间往下延续的每一天都意味着像蛇一样的蜕皮。我们的命运也在蜕变。就这条街上的发廊、花店、米线店、小超市等也要蜕变。我突然发现一条街景的变革，将改变在这条街景中所有人的命运。春花早就已经结婚了，她在我谈恋爱之前就跟开发廊的设计师好上了，谈了一段恋爱后又分开了。她说慢慢地，花店没有了，必须先寻找到新花店。生存是最重要的事，春花开始务实了。当人要吃饭时，身体一定是饥饿的，必须先解决饥饿的现实。那条街上开店的人慢慢地消失了。花店没有了，春花说，她这一生都只会卖花，其他事她做不了。本来她的发型师让她去学美发造型，她拒绝了，她说，只有每天坐在花丛中卖花，她才能感觉到自己的生命是生机盎然的。

春花开始在这座城市寻找新的花店时，柴火带上我出来了。我也不知道在这座城市是否能寻找到一家新的咖啡馆。和春花需要花店一样，我也同样需要咖啡馆，每天在咖啡馆唱一首歌，已经成了咖啡馆的风格，同样也成了我的生活方式。而此刻，柴火的红色越野车将我带到了海边，这是我第一次来看海。我们手牵手沿海岸线行走时，我想起了翅膀。我们出门时翅膀在上学，他是住校生。上了初中，翅膀好像就不太愿意跟我们在一起了。他的言语少了，只有周末回家，回家时骑着自行车，肩上背着他沉重的书包。是的，书包确实很沉重，是我背不动的那种沉重。翅膀回家后就掩上门做作业。哦，作业，那么多的作业。做完作业后他走出房间时,已经是半夜。他的奶奶和我都睡得很晚。奶奶年纪大了,睡不着,总是陪着他做作业。我每天从咖啡馆回到家时,也正是他做完作业的时间。我很想跟他交谈,但翅膀看上去很疲倦,目光也很漠然,便一次次放弃了跟他说话的时间。

此刻,我看见了海洋的浩瀚无垠,就想起了翅膀,真想带翅膀来看这片海……他似乎在奔跑,我看见了他成长的足迹。尽管他背着沉重的书包,每天晚睡早起,做着永远做不完的作业,但这就是他成长中的一部分,终有一天他会看见这蔚蓝色天空,我会亲自带他到海边看这片海洋的。

在海边,我们很放松地相爱。柴火一直在看这片海的蓝色,因为他是一个自然主义者也是一个环保主义者。他把海水的蓝装进瓶子带回去。除此之外,我们住的是海景房,坐在露台上就能看见大海。他从后背抚摸我的头发,吻我的灵魂:我的灵魂此刻已经融入了大海。我们相爱了,这是周仆人之后我所爱上的另外一个男人。他要了啤酒,我们坐在面朝大海的露台上。他的手伸过来抚摸我的手。人为什么要牵异性的手?手,是造物主给予我们的一部分,在使用语言交流之前,我们的手就给予了我们初次的幻觉。

人,是靠幻觉活着的。我们十指相扣时,其实我们已经进入了另一个亲密的世界，畅饮着麦芽酿就的啤酒，眺望着海洋的蓝，倾听着波涛声。在这样的地方谈情说爱，任何忧患都会离我们而去。夜里，我们能嗅到海洋里藻类植物的腥味，枕边也能听到波涛汹涌……我们躺下去，我想起了生命中的第一个男人。他带着我去湖边喂鸟，他同样也是一个自然主义者，晚上他在咖啡馆唱着英文歌，在一个流行歌曲才刚刚降临的时代，他就开始唱我们不会唱的英文歌曲了。虽然我们听不清楚英文歌的歌词，但每一首英文歌曲的旋律都会沁入心灵，我想那些旋律中的忧伤应该是用来表达爱情和告别的。

与一个男人在一起时想起另外一个男人，这是不是罪恶？然而，他很快就走了，我想他在天上会祝福我的。他好像被海风带走了。现在我躺在海的身边，我们在海的呼啸中进入了男女情爱的最高潮……我们在海边住了一周，回去以后，他就开始忙碌起来了，他说他要尽自己的力量去治理滇池……这是在回去的车上他就忍不住告诉我的一个梦想。我点点头似乎并不惊讶，因为我们在一起约会时，他总是用忧虑的目光看着滇池上的污染物，甚至他总花时间去寻找流入滇池的那些污水隐藏在哪里。

他是一个环保主义者，也是一个自然主义者，这种双重身份使他加快速度回到了我们的城市。但他并不知道，他身体中的血和体液已经来到了我的子宫，我感觉到了循环不已的激情和黑暗以后，终将有一件事会降临。这一天，我去了医院，回家以后，我就开始寻找新的咖啡馆。我以行走的方式穿过每一条街道，我发现了一个现实：我们所生活的这座城市正在大规模地改建中，许多老街都在拆迁。

我还发现从人类文明的新科技中诞生的互联网，顷刻间像一张巨网笼罩着全世界。手机里可以购物，可以导航，还有银行卡、商业保险，一台手机握在手中就可以满足你生活的所有需求。尽管如此，那天我刚疲惫地回到小区，就看见翅膀手里抱着一条小狗过来了，这是高科技下的人类生活场景。无论互联网的速度多么快，我们还是要回到每个现实的场景之下。而此时，翅膀抱着一只小狗过来了。我走过去，我真的已经很疲倦。我走了一天，几乎穿过了整座城市的新旧街道，只是为了寻找一家新的咖啡馆。

那只狗有金黄色的毛，但看上去显得脏兮兮的。我不知道翅膀从哪里抱来的狗，便提醒他说，这狗很脏，是流浪狗吧？翅膀说，妈妈，它就是一只流浪狗，我走着走着就碰到了它，起初我并不理会它，后来才发现这狗一直在跟着我走……我就抱起了它，它的眼睛看着我，我就把它抱回来了。我说，好啊，接下来你要把它抱到哪里去？翅膀说，这还用问吗？当然是抱回家了。我要收养这只流浪狗，让它结束流浪生活，给它一个家。

我坚决地说，翅膀，这是不可能的，我们的家里是无法接受这条脏兮兮的流浪狗的，我和你奶奶都无法接受。你不知道这条流浪狗身上到底有多少疾病……翅膀打断我的话说，我会带狗狗去诊所洗澡并体检身体的，如果真有病的话，我会帮它治疗的。总之，我一定要留下它的，如果你们真的反对，我就不上学了，带着狗狗去流浪。哦，这话让我相信一代人又已经开始讲述他们的故事了。

翅膀说的话是坚决的、毫不动摇的……是的，我开始妥协了，因为我所面对的是一个任性的少年，我必须妥协，如果我们都不接纳这只流浪狗，那么，像翅膀这样的男孩是真的可以抱着这只小狗去流浪的。我默认了，给他手机打了款，让他尽快抱狗去宠物店检查身体，然后再帮狗洗一个澡，如果狗身体健康才能抱回家来。翅膀很高兴，他伸出双手将小狗举向了天空说，去诊所了。两个小时后翅膀抱着狗回来了。翅膀将诊所的体检报告交给我说，狗狗非常健康，并说这是一只大金毛狗，它会长得越来越高大的，不过，医生告诉他说，金毛狗的性格非常温顺，是人类最好的朋友。

出乎我意料的是翅膀的奶奶竟然很快就接受了这只狗，并告诉我们说，翅膀的父亲在翅膀的这个年纪时，也曾经养过一条狗……哦，我的心抽搐了片刻，这真是命运啊，奶奶比我更能跟狗和谐相处。她伸出双手去触摸狗的皮毛，小狗用一双亮晶晶的眼睛看着奶奶。这一切在我认为是问题的事情，出奇简单明了地就解决了。小狗叫金笛，它就这样被翅膀抱回了家。说实话，我最初是完全排斥的，这种排斥感对于我来说首先是狗的叫声。我听见狗叫时，就以为它要来咬我。后来，翅膀让我用手去摸摸小狗，我说，我害怕它来咬我。翅膀就说，狗狗怎么会来咬你啊，狗狗是通人性的，你要喜欢它，它也会喜欢你的。我伸出手，有些胆怯，手怎么可以伸过去，我害怕什么啊，难道我真的是害怕狗会咬我吗？我早就发现近些年养宠物的人多了起来，养猫养狗似乎成了城市人的风尚。我刚进入这座城市时，还看不到那么多养狗的人。尤其是早晨和黄昏，是城市人遛狗的时间。人们牵着狗绳，我也不知道全世界到底有多少人在养狗，又有多少人在养猫。养猫是不需要遛的，也没有看见有人用绳子牵着猫散步。

世界是荒谬的，有些事情是没有任何答案的。我们只能接受这种现实：自从金笛到家后，翅膀的逆反情绪似乎减少了很多，他放学将沉重的书包丢在沙发上，就迎向了金笛。翅膀去上学时，金笛就躺在翅膀奶奶的脚边。奶奶一直在延续着看晚报和老年报的习惯。很多报纸都停刊了，自从有了手机后报刊亭也消失了：说实话，我已经开始怀念有报刊亭的时代了。那时候，我去报刊亭回复传呼机留言的时候，会随手买一本报刊亭的书。杂志和刚出炉的畅销书都会放在报刊亭的桌面上，那时候还没有电子书，从报刊亭买书的人也很多。

似乎随同报刊亭的消失，城市的改建也开始了。新的城市版图将取代旧有的城市面貌，所以我们搬出了老城区的旧宅。待我再回去时，那片有宅院的老房子已经被推平了。我想，幸好翅膀的奶奶没有看到那番场景。翅膀的奶奶住进这片小区后，翅膀亲自带着奶奶一次次地学会上下电梯，她慢慢地也就适应了这种生活方式。并且随着时光流逝，她慢慢地也适应了这个新小区的所有功能。正像翅膀拉着我的手去抚摸金笛。翅膀说你摸摸狗的皮毛，它很喜欢别人抚摸的。是的，金笛回过头来用很温柔的目光看着我。翅膀又将金笛从地上抱起来，放在了我的怀中说道，妈妈，抱抱金笛吧，从此以后，你们就会成为好朋友了。从翅膀手中抱过金笛后，我就爱上了这只狗，正像翅膀所言：狗是人类的朋友，会通人性的。是的，自从我伸手拥抱金笛以后，每次回家，我就会低下头想抱它。我把狗抱起来时，从内心深处就由衷地升起一种情感：金笛已经是我们家的一员，我们要爱它，就像爱大自然的风物景观一样。

我怀孕了……接下来，我将如何面对这个问题？这件事我们事先没有做好任何避孕的准备，所以，就怀上了孩子。我在第一时间告诉了柴火，他很激动也很高兴。他说，我们结婚吧……我没有吭声，就在那时候，我感觉到了我最大的现实问题，是怎样去面对翅膀和他的奶奶。我怀孕了，这是我生命中除了翅膀之外的另一个新生命的降临，本来是值得庆贺的。我抚摸着腹部，望着城市的灯火阑珊处，我知道总会解决这个问题的。总会解决这一场场人性的问题的，而我们这一生不断地朝前走，因为爱而产生了人性的冲突。我不再纠结了，我必须尽快跟翅膀谈谈孩子的事。然而，我是真的无法开口，翅膀太忙了，回家来除了做作业，就是遛狗。那天半夜，我回来了，我刚从柴火那里回来，他的房子就在滇池边的一座废旧的厂房里。本来他在城里有房子的，但最近他开了一家滇池污染治理公司，就租下了那家厂房。他从海边回来后，就像变了一个人似的每天都在沿着滇池行走。在那家厂房中，他招聘来几十个环保主义者同时也是治污学者……

我要独立地面对这个世界，所以我终于又独立地寻找到了一家新的咖啡馆,用全部的积蓄交了租金。一切都将重新开始时,我已经是一个怀孕三个多月的女子。时间飞快地改变着我们。我又用尽了全身的力气亲自给这家咖啡馆涂了墙面,只为了节约开支。就在这时候,翅膀来了。他是来帮我的,他之前已经跟我达成了约定,他帮我涂好全部墙面后,我给他买一辆二手摩托车。我看着翅膀,感觉这一代人已经是另一代人了。我的手不经意地放在了腹部上。翅膀的奶奶察觉到了异常,在翅膀去遛狗时问我,是不是有新的男人了?我回避着奶奶的目光。她是老护士了,在医院工作了一辈子⋯⋯尽管如此,我却坚决否认。她摇一摇头说,可能是我老眼昏花了,不过看上去,你确实长胖了。

我听出来了奶奶的言外之意。奶奶依然在用她的身体支撑着一切。自从周仆人离世以后,我们就形成了三个人的一个新的集体。我要感谢她,是她帮助我带大了翅膀,所以,看得出来奶奶跟翅膀的感情很深。自从我否定了那次对话以后,其实我又陷入了新的困境。好吧,让我们都随风而去吧。当我终于又租住下来新的咖啡馆时,一个微信的时代降临了,一个属于朋友圈的时代紧随其后,如同滚滚的车轮:我们只是时代的一员,我必须要寻找到咖啡馆,才能知道我到底是谁。

翅膀来了，他还带来了金笛，现在他跟金笛的关系已经越来越和谐了。我很羡慕他们之间的关系。他可以穿过好几条街道带着金笛走过来。远远看去，金笛就走在他身边，他的手势语言，金笛都完全明白，只是金笛不会说话而已。对此，我感到奇怪，狗可以发出吠声，但为什么就不会像人类一样逐字逐句地说话呢？翅膀说，如果有一辆摩托车，他就可以带金笛去很多地方了。所以，我们做了一番交流，他帮我刷咖啡馆的墙壁，完成以后我帮助他买一辆二手摩托车。这个与翅膀的交易，让我跟他有了进一步的接触。我只想多跟翅膀在一起，除了有机会陪伴他，也让他陪伴我。因为陪伴一个未成年的少年，意味着我想呼吸到来自野外的青麦味道。

翅膀正站在高高的梯子上。如果翅膀不过来，站在梯子上的人应该就是我。时光太快了啊，翅膀都可以站在高高的梯子上往墙上涂颜料了。尽管如此我还是站在下面扶住梯子。我很欣慰，这份交易会让翅膀知道劳动是美好的，他所付出的辛劳可以收获一辆二手摩托车。他从早到晚地忙了三天时间，终于将两百平方米的咖啡馆外墙涂完了。当他从梯子上下来时，我说请他去吃西餐。他问我能不能带着金笛一块儿去……我想了想，我必须寻找记忆中能带狗去的西餐厅……我想啊想，搜寻着记忆中去过的西餐厅。我其实很少去西餐厅的,每次去,都是柴火带我去的,他说西餐厅安静可以好好说话,因为那时候我们正在谈恋爱。是的,在那些谈情说爱的日子里,饥饿时,柴火会带我去西餐厅;浪漫时,柴火会驱车带我去游滇池。这显然是两个不同的世界,但我们的身体总是需要精神和肉体的现实。

我终于想起来了,有家西餐厅是可以带宠物进去的,门外还挂了一个广告牌:可带自己亲爱的宠物进去。这家西餐厅是专门为那些带宠物的朋友们所准备的吧。虽然我们没有走进去过,但却经过了那家店门口,还看见一个嘴唇涂得红红的女孩抱着小狗走了进去。确实,我们这个世界已经越来越人性化了。我终于想起来了那条路在哪里,其实就在我们的咖啡馆后面的一条街上。我带着翅膀往前走。在我回想这条街景时,翅膀早就已经到旁边的发廊洗了一个头发,因为涂墙壁,他的发丝上自然有了一层灰。这一代青年人,总会在城市寻找到解决问题的方式,换了我,就没有翅膀这样灵活。这一切都是互联网所改变的。之后,我们走到了那家西餐厅,站在门口的迎宾小姐躬身说,欢迎你们。她还伸手摸了下金笛表达问候。金笛虽然不会说话,但它那温顺的目光已经表达了谢意。

走进去,里面大都是带着狗来的消费者。这些穿梭在西餐厅的宠物，都是被主人训练过的。我想，家养宠物也是对人类的热爱方式之一，身边有宠物的家庭必然也是愿意为爱付出的小群体。所有的狗狗都喜欢啃骨头，所以，星期六的上午，翅膀醒来的第一件事情就是去附近的超市买骨头，再交给奶奶帮他煮。凡是星期六，家里都会弥漫着煮骨头的味道。我看见金笛抖动着身体，也正在无限喜悦中等待着它的骨头。只要金笛听话，翅膀给它的最好奖励就是一根骨头。为此，翅膀会拿起骨头带金笛到楼下的花园深处。翅膀朝空中举起骨头吸引金笛往上跳起来，当金笛跳起来后，翅膀又会开始环行奔跑。金笛跟在他身后也奋力奔跑着，之后，终于追到了翅膀手中的那根骨头。这个游戏的过程让金笛和翅膀都拥有了锻炼身体的机会，因此，我支持翅膀给狗买骨头。除了买骨头还要买狗粮，还要带狗定期到宠物诊所去打疫苗、洗澡等。你只要去过一趟宠物诊所，就会知道全世界竟然有那么多人在养宠物，一座城市竟然会有那么多的宠物店，这到底是为什么？

　　就连我也在翅膀的影响下爱上了宠物，竟然将金笛带到了这家西餐厅。翅膀很高兴，他将一块又一块七分熟的牛排给了金笛。我不得不再给他要了一份，因为今天翅膀很辛苦。他劳动了三天时间，获得了一台二手摩托车。我嘱咐他骑摩托车一定要小心，不要太快，等等。翅膀听着，说多了他会不愿意听的,所以我就改变了话题。之后,翅膀就带上金笛去买二手摩托车了。他说,他知道二手摩托车市场在哪里。翅膀说话时,我看见了他眼睛中升起的那个梦想。

这个世界的梦想支撑着我们生活。我们上了一辆辆行驶中的动力火车,朝远方奔去。我们去哪里?很多时候是命运的安排。

我的新咖啡馆开业了,这一天我穿着宽大的孕妇裙又开始了每天一首歌。柴火在忙碌,我已经很长时间没见他了,关于孩子的事情我也不想再跟他商量了。春花竟然来咖啡馆了,她是来祝贺我新咖啡馆开业的,她给我送来了花篮。我的咖啡馆一定要恢复每天一首歌的主题,这是我延续咖啡馆的意义,也是我人生的梦想和主题。我怀着身孕已经忘记了来自现实问题的纠结。是的,我要在这座城市开一家咖啡馆,这是从我初恋时就产生的梦想。我不想改变这种生活,因为除了这个梦想,我在这座城市就再也寻找不到新的目标了。

春花已经在离我不远的地方开了新的花店,她眼下最大的梦想就是有一个孩子。她看着我的身体,抚摸着我宽大的孕妇裙,眼里充满了期待的表情。我鼓励她说一定会很快怀上孩子的,一定会的。她说,想找一个男人结婚了,真的想结婚了。现实中倒有男人追求她，不过，结婚是要缘分的。春花走了，我站在咖啡馆门口目送着她远去。她正在为自己的另一个人生梦想而奋斗。我默默地为她祝福，希望春花如愿。

母亲生病了，是邻居家打来的电话。妹妹驱车来接我。恰好翅膀放假了，他在为我守着咖啡馆。妹妹看见我身穿的孕妇装像是突然发现了新大陆睁大了双眼。我告诉她说我怀孕了。妹妹在一家新媒体工作，不想恋爱也不想结婚，她想追求独立自由的生活。妹妹悄声说，你又怀孕了啊，你累不累啊？这个时代能照顾好自己就不容易了，你还要另添新人，你真勇敢啊！妹妹的话语代表了她这一代人的声音，她这一代人似乎活得更潇洒。我们这一代人活在无数的矛盾和冲突之中。不管怎么样，我一定会将这个孩子生下来的，这也是我的命运和理想。

母亲头晕目眩时摔了一跤，幸好邻居看见及时送到了医院，脱离了危险。妹妹和我都劝母亲跟我们上省城去住，母亲再次拒绝。她说去一个陌生的地方会不适应，毕竟她已经在这座小县城生活了七十多年，邻里之间都有了亲眷般的关怀，会彼此照顾的，让我们放心好了。我在小县城遇到了很多老同学，均已经成家，孩子们都上初高中了。

妹妹还去看了父亲的墓地，因为我怀孕，妹妹劝我不要去墓地，母亲也不让我去。初见面时，我竭力掩饰自己有身孕的状态。这些年，母亲很独立地生活着，她从未去打扰我们的现实生活。母亲虽然逐日老去，但她平静祥和的眼神中总有一种持久平和的韧性，这是我们都应该修炼的。当母亲发现我身体的异样时，她说，女人这一生都是为爱而存在的。母亲读过很多书，她每每发出声音都能让我们觉醒，或者像风和雨，拂过我们的历程。母亲老了，在母亲变老之前，陪伴母亲的人走了。就这样，母亲进入了另一个人生阶段。看见母亲现在的模样，我们就能看见我们将来的模样。母亲出院了，她的脸上增加了细微的皱褶，尤其是前额眼睑下的皮肤显得有些干燥。尽管如此，我牵着母亲的手时又感觉到了我幼年时的母亲。那时，父亲只要回家母亲的眼睛就会刹那间亮起来，她有时会穿上旗袍，有时也会穿上鸭蛋绿的的确良衬衣，她还会坐在一只木盆中洗澡，这一切都是母亲过去经历过的最为快乐的时光。

  我遇到了老同学李点，就在我第二天即将离开的晚上，是无意中在家门口遇上的。我迎他进屋，他说，客运站改革，他已经提前退休了，拿着基本工资……他似乎有事想倾诉，我说，你有事就说吧。他说，女儿本来已经高中毕业了，但坚决不考大学，想到城里去闯荡，可女儿还只有十七岁啊，他们夫妇俩就天天轮留守在家里，害怕女儿离家出走。我笑了，说道，当年我搭你车上省城时离十八岁也还有几个月，但我告诉自己，我已经快十八岁了，我就要到十八岁了……

十八岁是需要奔跑出家门的，这是一个人最早的冒险生涯的开始。当时的我，修剪过了指甲，抓一把白色的洗衣粉洗干净了头发，就这样搭上了李点的大货车……看上去，李点忘记了我当年搭他车时的场景了，因为他快进入十八岁的女儿的青春期让他焦虑。青春期是人生中最青葱的岁月，也是最为叛逆的岁月，我们都经历过青春期的勇猛和无知，也正是这种特性，让我们看不见前方的险境，也看不到后面的追捕。我们不顾一切地往前走，也许就是为了用青春期的力量，去迎接人生中的孤独和艰辛，也同时摆脱后面的追捕。无论如何，青春期都值得我们回顾，这是人生中决定命运的时刻。

十八岁是青春期的一个重要转折时期。我们每个人都经历了十八岁。你还记得你十八岁的模样吗？我记得我上了李点的货车时，感受到来自车轮下的速度载着我去到远方。我们都想抵达出生地之外的远方，直到如今，现代人仍在用鸡汤式的语言每天畅谈诗和远方……每个人都有自己的诗和远方，这就是希望和梦想的远程桌面，当你刷新屏幕时，你会看到险恶中充满了良善，艰辛地探索会帮助你发现诗学和美境。

　　这次与李点的相逢后，第二天我就将他的女儿带走了。这是解决他们夫妇眼下焦虑症的最好办法，也是李点的希望。他很高兴，仿佛整个人突然间就松弛了下来……他的女儿第二天早早就来到了我们家，是李点和他的妻子带她来的。那个快进入十八岁的女孩，看上去就像当年的我自己，我非常理解她的青春期的幻想症。我想把这个女孩带到我的咖啡馆去，这应该是她离开家门的第一个远方吧！女孩化了淡妆，这跟我当年素颜出门不一样。这一代女生，到了青春期就开始化妆了。

　　上妆过的女孩和素颜的女孩也自然是有区别的。为什么女子喜欢化妆？从古至今，化妆术以各种方式在演变的过程中，更精致地改变了一个人的原貌。我自己有深刻的体会，我是在初恋时开始认真化妆的，那时候，只要到了天黑以后，街对面周仆人的咖啡馆的灯光就会吸引着我。之前，卖服装时我也化过妆，但确实没有认真地面对上妆这件事。其实，女子学会化妆也是一门艺术。我记得开花店时我一早就开始化妆。我从梯子上了花店的小阁楼，上面有一面穿衣镜子。我庄重地屏住呼吸坐下来时，化妆就开始了。先是上粉底，这是盖住脸上瑕疵的办法。每张脸都有不同的瑕疵，上苍造人时就是要留下各种不完美。如果一个女子在素颜时面对镜子，你总会发现脸上细微的雀斑。这些就像针尖大的斑点起初很小，微不足道，但随同岁月就越来越明显。还有黑眼圈，等等。不过，青春期的女孩子不上妆也是美丽的，因为她们的皮肤上还没有留下岁月的痕迹。

我记得自己坐在花店的小阁楼上时，我已经暗恋上了对面咖啡馆里唱英文歌曲的那个男子。我想用粉底遮住高原皮肤上的黄褐色，尽管那看上去是一种健康的肤色，但时尚已经来到了我手上。进入这座城市，又开了花店，而且还暗恋上了一名男子，我想把自己修饰得漂亮些，尽管旁边开店的男女都赞美我是一个有姿色的女子。

所以，我理解这个被我带上车的女孩，她叫芳草。她的父母送她上车时，眼睛里充满了希望和幻想，并再三嘱咐我，多多关照芳草。她还是第一次出县城，她原来本是一个安心想考大学的女孩，学习成绩也不错。这世上的事情真的说不清楚，女孩子就像天气一样说变就变了。芳草上了车。其实，我感觉到芳草还是很阳光的。她坐在我身边。上车前，我拥抱过了母亲。我的哥哥大学毕业后就留在了北方的某座城市，之后又出国了。母亲说，让我们放心，现在有手机就方便多了，随时都可以通电话的。

母亲站在小巷深处。母亲曾告诉我们说，这片老房子可能也要开发，邻居们说开发后会让我们住到有电梯的新小区去。起初大家都不愿意，但社区不断有人来做工作，并将新小区的图纸铺开给大家看，就这样一次次地，人们的观念也就变了。毕竟，年轻人都走了，住在这些老房子里边的都是老人了。

母亲的头发已经开始花白了，走路没有原来那样快了。她的声音清晰地复述着岁月的变幻时，我有一种无法言说的忧伤！所有人都离开了，只剩下了她，她站在小巷道口目送我们远去。这个时代变幻无穷，我们都默默地接受了这种变化。现在，我该表述什么呢？泪水在眼眶中旋转。车子开走了，母亲还站在原地朝我们挥手告别。从我青春期开始出走时，我就知道了，人生有无数场景中的告别，有些告别，挥挥手还能再见，有些告别就意味着永别。

我将芳草带到了咖啡馆时，是一个黄昏，我们在落日的最后余晖中终于进了城区。坐在我身边的芳草自从出了县城后，就一直望着窗外的世界。我们途经了很多河流盆地，就像我当时出走一样：交错的河流山川多么像我们身体中循环的血液，这世界的存在就是需要不断循环的元素来延续的。现在，只要一天时间就能抵达省城了，因为高速公路让车速更快了，我们不用在中途夜宿了。车的速度是真快啊。那条过去的老公路在另一边，有拖拉机和老货车在跑着。新与旧在速度中呈现，就像少女与成熟妇女的两张不同的脸。时间不会为任何场景任何人而驻足，余下的唯有回忆。我是不是已经历尽了沧桑，为什么开始伤感了？

那落日下的城郊区就可以看见滇池，看见滇池就想起了柴火。自从开始治理滇池后，他仿佛就变成了另外一个人：我能感觉到他对我的漠然感。过去的柴火是热烈的，现在的柴火住在滇池边，我去找他时，他的脸总是面对着滇池。我感觉到滇池成了他生命中最为核心的主题。他似乎忘记了我的身孕，也忘记了曾经承诺过的结婚的事。那时候，我就感觉到了男女关系的脆弱，男人是另一个性别，也是另一个世界。女性的身体无论发生什么样的变化，都需要女人自己去守候和照顾。我悄悄地离开了他的视线，对此，他好像也不介意。我慢慢地转移视线，不再盯着他所在的方向。我们的目光下有着不同的方向。我们是两个完全不相同的身体，我们体内所感受到的微妙的战栗和疼痛，是完全不相同的。所以，我必须独立地捍卫自己的身体和感情。

红嘴鸥又飞来了。从西伯利亚飞到这座高原城市过冬的红嘴鸥飞来时，其场景特别壮观：我挺着即将分娩的肚子望向天空，看见了一群红嘴鸥的迁徙之路。我的咖啡馆就在翠湖边，所以租金相对也高一些。这次我还在咖啡馆里增加了很多书柜，同时也增加了西餐厅和酒吧的一些功能。我的目的就是想让疲倦的现代人走进去时，能寻找到一个安抚灵魂的地方坐下来。我的咖啡豆是直接从高黎贡山山脚下的咖啡园区快运过来的。虽然直到现在我还没有时间去那片咖啡园，但直播卖咖啡豆的姑娘每天都会来到我的手机上。是的，直播的时代也悄无声息地到来了。

　　放下一切浮躁的心绪后，心自然安于现状，一切事都将变成你的果实，风来云往，都将为你而荡漾。我的身体交给我自己吧。我从哪里来，到哪里去？这本就是一个漫长和永久的追问。于是，我的身体开始变得轻盈而温柔。

一个魔幻的宇宙来到了我身边

天空中的红嘴鸥已经来到了我所生活的城市。每天上午十点钟,芳草就准时地打开咖啡馆的门窗。就像当年的我一样,芳草就住在咖啡馆的阁楼上。从进城的那个黄昏,我就将还没有到十八岁的芳草,带到了面朝翠湖的咖啡馆。我听见了站在咖啡馆门口的女孩抑制不住的激动叫声和呼吸声。又一个青春期的女孩开始从县城进入城市,她将从咖啡馆开始,探索她与这座城市的关系。

当咖啡馆的窗户敞开后,红嘴鸥会飞到临窗的咖啡桌布上,这是一道咖啡馆与红嘴鸥的风景。当第一只红嘴鸥飞进窗口时,咖啡馆刚开门。我刚从台阶走进咖啡馆,就看见了它……芳草"啊"了一声站在我身后,我们同时惊喜地感受到了这个奇迹。红嘴鸥近些年经历了从西伯利亚到昆明的距离，完全是从天空迁徙，靠一双翅膀飞行如此遥远的距离，不知道要历尽多少艰辛的历程。从此以后，咖啡馆就为飞进窗口的红嘴鸥准备了昆明人特制的面包。靠窗口的咖啡桌上的盘子里都有面包。任何人坐下来，只要红嘴鸥飞进来都可以将面包撕成小块。红嘴鸥会伸出尖小的嘴迅速啄走你手里撕下的面包，飞出窗口。也许它们是想将面包带给更小的雏鸥吧。

  我又要生孩子了，上次生翅膀时是翅膀的奶奶帮助我分娩的。然而，此刻，芳草将我送到了医院的妇产科。有身孕以来，奶奶很早就察觉到了我身体的异常。她比我想象的要更现代，她说，在你这个年龄能生孩子就不要错过，人生真的很短暂啊！奶奶的接纳和包容使我卸下了心中的忧虑，我的身体不再像最初怀上孩子那样慌乱紧张了。而且，翅膀也知道我怀孕了，对于他来说，母亲怀孕是正常的。他没有追问我这个将要诞生的弟弟或妹妹到底是从哪里来的。翅膀所关心的是尽快做完作业，然后骑二手摩托车带着他的金笛去滇池边散步！

  人们的观念已经全变了，就连翅膀的奶奶也同样在玩微信，而且还建立了她的朋友圈。前不久，我刚回家，翅膀的奶奶就告诉我说，她要跟团去泰国旅行。我硬是愣了片刻，坐在沙发上喝了一杯水，缓解了一下情绪。奶奶走过来递给我一个柑橘说，怀孩子要多吃水果补充维生素。然后告诉我说，她们的团三天后就出发去泰国……哦，这哪里是已经七十多岁的奶奶的人生啊。我看着眼前的奶奶，我得尽快改变自己的观念，我要像奶奶接受我怀孕一样，去接受奶奶七十多岁以后的生活追求。仿佛在刹那间，我就融入了奶奶的生活。她将在网上买的手提箱和旅游鞋从房间里拎了出来，她说，是翅膀教会了她玩手机并有了自己的微信朋友圈。旁边有一个少年就有了新人类的生活方式。三天后，奶奶果真跟团去泰国旅行了。一周后，奶奶回来了，给我们都带来了从泰国买回来的礼物。

　　此刻，我快要生孩子了，我给柴火打了电话，但手机关机。哦，在这样的时刻他为什么关机啊！因为要找家人签字，所以，我必须给柴火打电话，虽然知道他很忙，但我只能给他打电话。我感觉到了体内血液的循环中那个孩子正在奔向宫门，正在奔向这个神秘的世界。我要勇敢独立地面对这个现实。于是，我的身体开始配合医生，我要放松肌肉骨骼，孩子才会顺产。

　　好像这一次生孩子没有第一次那样疼痛。孩子一下就越过了待了十个月的子宫：这个孩子出宫门后一直哭啼，这哭啼声就像春天的树叶那样葱绿，又像花朵般散发出香味。医生告诉我说，是一个女婴。哦，我盯着分娩室的天花板，有一种平静而喜悦的力量。宇宙是多么神秘啊，而我又是多么勇敢啊！之后，医生将我推出了分娩室，我自己签字后回到了病房。

　　婴儿躺在我身边时，我给她取了一个名字就叫葵花，因为现在正是葵花盛开的季节！从此以后，我在这个世界上又多了一个亲人。此刻，柴火的电话来了，他说正下飞机，刚才一直在飞机上所以关机了。我告诉他我刚生下了一个女孩，名字就叫葵花……我感觉到他正在下飞机时的噪声和脚步声，同时也感觉到了他的激动。他说：哦，我几乎忘记了我们的孩子的存在，太抱歉了，在你生孩子时，我竟然不在你身边，非常对不起！他连声说了好几遍对不起，他说在江南出差是为了学习治理污染环境的新技术。我听着一个男人的声音，他有他的世界。我并不抱怨他的忙碌以及他的心不在焉，男人在他的世界里时，我尽可能地不去打扰他们。女性应该有自我的修行。每当我困惑忧虑时，只要仰头，好像就感受到了宇宙间的事情，而我的故事也必然是其中之一。所以，我的身心又一次获得了自愈和平衡。

　　几天后，我带着新生儿葵花回到了家，并请了一位月嫂护理。奶奶非常高兴，好像家里添人口能让她看到春天的美景。翅膀回来后也很开心，从月嫂手中接过葵花。我让翅膀动作轻柔些，翅膀说，等葵花长大时，他要骑摩托车带她去看滇池。半个多月后，柴火回来了，他问在哪里能看到女儿葵花，我说葵花在家里，月嫂带着她正在睡觉。他说他想看一眼孩子，我就请月嫂将葵花抱到了楼下花园中。我们面对现实生活时，不得不设置一个戏剧般的场景：我让月嫂将葵花抱到小区花园晒太阳时，我先去看葵花，然后让柴火给我打电话，我告诉柴火地址。就这样，柴火来了，以找我议事的理由看见了坐在花园深处、正抱着葵花晒太阳的月嫂，之后就看见了葵花。总之，在灿烂的阳光下，我看见了柴火从外地奔波而来的疲惫和喜悦。之后他就走了。

他在奔向滇池，奔向他内心深处的那个大湖。他说过，是偶尔吐露的，他的爷爷在百年以前拍了几百张滇池和昆明老城的照片。等到滇池恢复清澈时，他想为爷爷建一座博物馆，将那些老照片挂在里边，让后人观看。这个梦想我是听进去了，而且记住了。所以，我很少去打扰他，也慢慢地忽略了他曾经说过的关于结婚的想法。他有他的梦想，我也有我的梦想，这是一个穿越时空的时代，我们各自都在忙碌，没有太多时间去纠结生活的矛盾和冲突。

最美好的景致从早晨开始：我又看见了那几只飞进咖啡馆的红嘴鸥。有时候喝咖啡的人伸出手去，它们会栖在人的手臂和肩膀上。咖啡馆成了人与自然生物的交流中心。世界变了，我们成了翠湖边红嘴鸥的朋友。芳草安心地守候着咖啡馆。我每天都会倾情唱一首歌，所以，一首歌的咖啡馆，以它的命名将永远存在下去。

我发现了一个现象，翅膀的学科成绩在下降。班主任给我打了几次电话，而且发现翅膀和几个男孩站在卫生间的窗口吸烟。有时候班主任要找我面谈，我不得不急匆匆地赶往学校。翅膀成绩下降的原因是不专心上课，经常上课时睡觉。老师提醒我注意，很多同学做完作业后已经很晚了，但躺在床上时却在玩游戏。哦，游戏，翅膀他们这一代喜欢上了玩游戏。这个世界确实是我陌生的，因陌生而忽略的现状。我决定跟翅膀交流交流，我对翅膀说，你做完作业已经很晚了，晚上睡觉前就把手机放到我房间吧，早上我再给你。翅膀说，是不是老师又找你去谈话了？妈妈，我是不会将手机交给你的。我们无法再谈下去，翅膀原来说话的语调很少这样的，他的语气很坚硬。我说，那么你回到房间就好好睡觉，就不要玩游戏了。翅膀说，我们这一代人都是玩游戏长大的，你我都无法改变这个现实。

他说完还加了一句，妈妈，请你出去，我要做作业了。

这是一个严酷的事实，超越了我的想象：那天晚上我回来已经很晚了。翅膀房间的灯已经关闭了。尽管如此，我还是放轻脚步，走到了翅膀的房间门口。我侧耳细听房间里的动静，却听到了异常的声音，好像是在敲击着什么。后来我知道了，游戏的时代确实降临了。年轻人沉迷游戏的很多，只要有一部手机就可以玩游戏。游戏让人上瘾，是因为游戏中有一场又一场虚拟的战争。是的，门已经打开了，被我的手慢慢地推开了。翅膀藏在被子里正在玩游戏。我仍然是轻手轻脚地走过去，轻轻地拉开了被子一角，眼前的一幕让我揪心：翅膀光着膀子手里捧着手机……他看见了我，发出了愤怒的声音，妈妈，你竟然敢监视我，我已经睡了，你不敲门就闯进屋，你想干什么……我笑了，我不知道为什么要笑，我笑出了眼泪，我的面颊全是泪水。我走了出去，这时候，我突然非常想念一个人，可他已经早就离开了我们。

第二天，翅膀依然早早去上学了。我站在窗口看见他骑自行车走了，心里释怀了，只要他去学校就好，这是底线。我早早地驱车上山了。葵花出生后不久，我报名学了车。人世间的所有一切都要去尝试的，为了出发与抵达。所以，我用了四十分钟就到了面朝滇池的那座墓园，这是周仆人在他未离世时就为自己选择的墓地。他离世的那天，我们在他房间的抽屉里发现了这座墓地上的编号，还看到了他的遗言：如果我提前走了，不要悲伤，我只是住在另一间房子里，离你们不远。爱我的亲人啊，请将我送到这座墓地上去。

此刻，秋天的墓地就像一座公园，满目的秋色随同风儿在飘荡。我抬步来到了周仆人的墓前，好寂静啊！我像是与周仆人在天堂与尘世之间约会。我坐在墓前低声说，翅膀长大了，但最近一直在玩游戏，所以，各科成绩在下降，如果可能的话，请你在梦中启迪他，让他好好觉悟和成长。我给他带去了一杯手磨的热咖啡，我还唱了好几首在咖啡馆唱过的歌曲。我深信我与他之间只相隔着一张纸的距离或者是一首歌曲所激荡的尘烟之下的距离……直到如今，我似乎还爱着他。我发现爱是一种幸福的缥缈感在萦绕着你的过程。爱就是即使相隔时空之后，仍然能感受到来自对方的抚摸和拥抱：从今天开始，每次来墓地，就像是重逢。

他在另一个世界告诉我说，要给予翅膀成长的时间，要给予他如一棵树、一片庄稼地那样的成长的时间。别焦虑，既然这个世界发明了游戏，就让他进去看看到底是怎么一回事，好玩的话他会继续玩下去，不好玩的话他就会走出来的。这个时代的孩子，总会寻找到他们的人生方向。

是的，当他在另一个世界跟我说话时，我感觉到从旁边的树荫飘来了一束光和风声。他好像就在我附近，只隔着一层纸的距离。只要我伸出手去就能牵到他的手。然而，我没有伸出手去，我需要与他保持这种神秘感。我从墓地上站起来，向着小径外走去。我的脚步放轻了。不久后，我站在了墓地山脚下，我已经走出了大门，不远处是停车场，旁边就是高速公路。再下面，就是波光浩渺的滇池……我已经重又返回了现实。

我开着车想环绕滇池一圈时竟然看见了柴火。起初我并没有看见他，我先是看见了芦苇。那么多的芦苇啊！我看见芦苇就想起了周仆人骑着摩托车带我去喂鸥鸟的那些岁月，所以我将车开离了环湖路，进入了一条小路，然后停下来：时间已经过去很多年了，为什么只要看见这一片片的芦苇丛，我就忍不住走进来？因为在这里周仆人带着我沿芦苇丛中的小路走进去时，我们寻找到了人类的良知。每次周仆人都会准备一袋口粮，是的，这是生命所需要的口粮啊！凡是生命都有一张嘴，无论是植物、昆虫、野兽、飞禽都有自己张开口享受食物的本能和权利。

走进去时，我突然看见了一个人站在湖边的淤泥中。他戴着草帽，从背影看过去就像一个渔夫。是的，但看不到垂钓竿和其他钓鱼的工具。我离他很远，我想这个男人是不是站在淤泥中在捉泥鳅啊，因为我看见了他手中的沉泥。难道滇池中有泥鳅吗？我有些好奇，便走上前。就这样我看见了草帽下的那张脸，他竟然是柴火……满身淤泥的柴火并不是在捉泥鳅，他的手中只有发出腥味的淤泥……

我明白了，柴火是在治理滇池呢。他站在滇池岸边的淤泥中，是在考察淤泥的污染性有多大。总之，自从柴火"一个人治理一个湖"的梦想开始以后，他就变成了另外一个人。首先他不再有时间带着我去旅行了，那唯一的一次旅行让我有了身孕。葵花诞生了，他只见过葵花一面。他总是忙于治污，那是一个巨大的世界，他走进去了。我慢慢地理解了他，尤其是红嘴鸥每年从西伯利亚迁移到这座城市时，对于我们来说，一座城市似乎都在举行庆典，欢迎来自西伯利亚的红嘴鸥入住这座城市。

我走了，我们只面对面地待了几分钟。他的旁边是需要各种力量来治愈的被污染的滇池。是的，除了他之外，政府已经开始投入大量人力物力来治理滇池。但滇池很大，他作为志愿者获得了一份证书，用自己的力量将滇池的一部分区域划给了他的治理公司，这样就能施展他的梦想了：

让滇池的水干净起来；在滇池边岸有一天为爷爷遗留下来的老照片，建一座博物馆。这片淤泥下的滇池区域，就是划分给他的治污地，所以他的双脚都站在淤泥中……我走了，这片区域跟两个男人有密切的联系。我没有想到世界这么大，但每一个人的命运就局限在一个小小的区域中向前伸延出去。

春花开了一家网店，在网上卖她的鲜花。她已经搬到了斗南，这是城市的南边，那里诞生了著名的花朵培植基地。我的车从斗南经过时，我会敞开车窗，让带着玫瑰和郁金香气味的香气飘过来。我曾经开过花店，那是我最初谋生的小店。这次春花开了网店，又将家迁到了斗南花园，所以我想去看看她。我们又是很长时间没见面了，自从有了智能手机后，很多人慢慢地就没有时间见面了。

智能手机改变了很多现实。人们从忙碌中坐下来，最重要的事就是翻手机页面：新的魔法产生以后，看手机的时间增多使人们见面的机会减少了，即使面对一次晚宴，围坐在餐桌前的人手里也都在翻手机。因为手机上什么都有，你可以看到新闻和明星的八卦，你也可以在手机上查询飞机、火车、轮船的时间表。手机，一台放在巴掌中的手机完全改变了人的现状：有一次我进门无意中看见翅膀在做作业时，在查询手机上的作业帮。我又一次崩溃了，本想抓起手机往窗外扔出去，但我想起来不久之前发生的一件事：一个母亲因为少年不停地在夜里不睡觉玩手机，就将少年的手机在下半夜扔出了窗外。然后母亲回房间睡觉去了。黎明前夕少年从二十三层楼跳了下去。这个事件让我感觉到极为痛心和惊悚。我又想起了在墓地上与周仆人的交流，我的心在面对翅膀在手机上查作业帮的事情时，顿时就安静了下来。第二天我问了问翅膀关于作业帮的事。他竟然平静地解释说，大家的手机上都有作业帮，有时真的太晚了，为了保证睡眠，就打开了作业帮……

哦，我控制住了情绪。这个时代很多人已经在不知不觉中患上了忧郁症和焦虑症：我想，我身上也携带着这两种情绪的纠结，只不过我是轻度患者罢了。当我面对现实时，我竭尽全力控制住情绪。还好，我有一家面对翠湖的咖啡馆。每天去咖啡馆工作成了我必需的生活。另外，我还有正在成长中的葵花姑娘。时间太快了，她马上又要上幼儿园了。我还有翅膀的奶奶，她像神一样老去的过程中，又像花儿般绽放着：如果没有手机她就不会建立自己的朋友圈，也不会在网上购物，更不会带着手机去跟团旅行。她现在不再像从前那样管翅膀他们的上学问题了。每次回家休整一段时间，奶奶又跟她的朋友策划起新的老年旅行计划。

奶奶似乎彻底醒过来了，面对自己的余生，她寻找到了新的生活方式，同时也寻找到了同代人共同出发和抵达的地方！对此，我感到宽慰：出发或抵达，公开了自己的踪影，你走过的路，蹚过的水，折断的树枝，浇过的花，客居的他乡，身边的伴侣，天与地都会看见。所以，她正在准备跟她的几个旅行伴侣，筹备一场在旅途上拍摄的照片展。虽然她们已经背不动沉重的照相器材了，但她给我分享的手机拍下的照片，像素都很高。每次回家，她都会坐下来让我和翅膀分享她的手机相册。有一天，翅膀突然间在奶奶的手掌上发现了天空中飘动的热气球。奶奶说，她们年纪大了，不敢上热气球，乘热气球的都是青年人……翅膀睁大了亮晶晶的双眼说，奶奶，这个你拍下的热气球太过瘾了，真是太有意思了……翅膀的眼神中充满了幻想的力量。我感觉到这个时代正在用前所未有的速度给年轻人带来梦想。那只来自奶奶手机上的热气球，将给翅膀带来通向未来的一个具象……

此刻，我终于找到了春花的网上花店：就她和她的丈夫两个人运营。她的丈夫过去是开餐馆的，这次转型开了网上花店。春花结婚时没举办婚礼，我们好像都在各忙各的事。哦，他们的网店外是花的庄园。春花告诉我说，这些年他们的全部奋斗就是换来了一座花的庄园……所有的花都在这座庄园中脱颖而出。她已经怀孕了,看上去她惬意而幸福。当她带着我漫步花园中时,她的丈夫在忙碌着。现在他们好像活出味道来了,除了忙碌,这个花店每天都给他们带来无穷的快乐。那个从前追求的梦想,就像花园中一只只的空中花篮,仿佛都是他们的爱和孩子……哦,这是一种什么样的现实和梦想的融创? 我身体中那些隐藏的忧郁和焦虑,在漫步于这座花园中时,似乎得到了缓解。所以,我深信,春花曾经的忧虑也会得到新的治愈,因为她的梦带着那么多花园中的枝条蓓蕾重又开始绽放了。

心理医生曾经跟我有一次对话。有一阵子,我私下去访问离我咖啡馆很近的一家心理诊所。心理医生在不知不觉中已经让我道出了自己全部的历史。心理医生镜片后面的眼睛告诉我说,我的忧郁症和焦虑症始于我的成长和情感的相互联系中,准确地说,始于我想离家出走的青春期后所经历的全部生活……我追索这条时间之路上的漫长岁月,是啊,转眼间,翅膀就要上大学了,而葵花也要上小学了……过去、现在和未来就像手机上滑动的屏幕,以我们难以想象的速度翻动着,从不为任何人停留,时间犹如云絮变幻后坦然而逝。

我不知道已经迎来了多少次的春夏秋冬,芳草要结婚了。很多年，芳草都生活在咖啡馆里。当她说要结婚时，我有些难以置信地问，这是真的吗？她说是真的，她想好了，该学的东西都已经学到了，该挣的钱已经挣到了，虽然除了糊口之外所剩不多，但足够她去创业了。她很感谢我，让她留下来学到了外面学不到的东西……这一天时间还早，我们刚开门。我对芳草说，好吧，我们先坐下来喝一杯热咖啡吧。我们好好谈谈，好像你来以后，我就忙着生孩子，几年时间已经过去了。我都忽略了这些年是怎么过去的……真的，芳草，我们坐下来喝一杯热咖啡吧，我想听听你的感受……

芳草说，我刚来时人生地不熟，搭乘你们的车来到了这座城市，说实话当时我很害怕。我真的很害怕。这座城市比我们原来生活的小县城要大几十倍，我感觉到下车时全身都在颤抖。你没有发现我在颤抖，我不会将这种感觉告诉任何人。我很脆弱也很胆小——但我父母每天守着我时，我却真的想飞出家门。他们总是温情脉脉地守候我，害怕我离家出走。我真希望飞啊，然而父亲和母亲总有一个人在家，因为县城里的男孩女孩离家出走的太多了，他们很害怕我走。其实我也不知道该往哪里走……就在这时你来了。父亲回家说让我跟你走，并告诉我，你们是同学关系。那一刻，我真的很激动，感觉到终于获得自由了。

我真的想飞啊。父亲将我带到了你身边，你又将我带到了咖啡馆，并且让我住在咖啡馆的阁楼上。我真幸福啊。从那时开始，我就告诉自己，一定要安下心来，从咖啡馆开始去改变我的命运……她刚说到这里，翅膀就进来了。我对翅膀说，陪芳草姐喝杯咖啡吧，她要走了。

翅膀就坐在我的旁边，我示意芳草继续把该说的话说下去。芳草说，我已经二十六岁了，我在咖啡馆学到了许多我意想不到的东西。而且我恋爱了，我已经和他恋爱两年了。他是艺术学院的一名大学生，他已经研究生毕业。恋爱时我们就约定好了，等他毕业以后，我们就在这座城市创业。最近我们已经找好了位置，而且已经租下了房子。我和他想开一家电竞青年旅馆，房间又能住又能玩电脑游戏。在目前来说，这是一个刚刚产生的新事物。对我们而言，除了解决生存问题外，就想挣钱，因为人要生存下去没有物质基础是难以实现梦想的。

芳草的一番话让我真的感觉到时光在不停地飞速穿梭，眼前的芳草再也不是从小县城跟随我们上车的还不到十八岁的女孩。她刚才的一番话说出了她内心最真实的东西。是的，她开始朝着她所追求的梦想走去。她将走出咖啡馆，完成她青春期的第一个阶段，之后，她就要和男朋友去开电竞青年旅馆了。她已经收拾了行装。之后，她从阁楼提下了箱子。她说她的男朋友在等她，而且还有她的合作者们早就已经在电竞青年旅馆住下了。下一步就是装修，两个月后就开业……她走了，我在深深地祝福她的同时，也感觉到突如其来的变化，这让我有些恍惚……

翅膀一直站在门口目送着芳草离去。他又长高了，我发现像翅膀他们这一代人无论男女身高都要超出我们那一代人。翅膀突然回过头来对我说，妈妈，我们也交流一下吧，就像刚才你和芳草姐一样的交流。我们很少交流的，我知道这些年我很任性，所以，我突然有了一个在你看来是更任性的不可思议的想法……

我在翅膀的目光中发现了一种逆行的方向感，说实话，我很害怕这种突如其来的逆行。我刚刚才经历了芳草的离开，在我毫无准备的情况下，我刚刚敞开咖啡馆的门，她就走向我，将一个深思熟虑的选择交给了我。还好，像我这样的女人，多少年来已经经历了父亲和周仆人的离世，而且我已经在完全不相同的两个背景下与两个不同的男人，怀上了孩子。现在，站在我面前的，这个身高有一米八五的，还没有进入十九岁的男孩，就是第一个我怀上的孩子。他早就已经高过我的头了，好像现在还在往上长。人从出生以后就往上长，换言之，万物万灵都在往上生长，这才是我们的历史。

我们坐了下来，我开始准备好心绪，面对这个新青年的问题。我知道，他那双已经开始有逆向思维的眼睛，将说出一个让我必须接受的命题。多少年来，在他父亲缺席的情况下我不知道怎么走过来的。他喝了一口咖啡，他一直喜欢喝咖啡，但很少走到我的咖啡馆喝。他会叫外卖或者到现在连锁的、年轻人很喜欢去的星巴克喝咖啡。我知道，他的奶奶不经意就从微信上转给了他喝咖啡的钱，还有叫外卖的钱。

人生苦短，不过是一场又一场的梦而已。我已经释怀了很多问题，所以，我此刻可以面对面地与这个少年交流了。首先，我要学会聆听，做一个专心的聆听者很重要，尤其是面对像翅膀这样的星际少年。我要耐心地，带着从容淡定的目光与他的眼神相遇，只有这样他才会真实地说出他的想法。

遗憾的是现在是夏天，烈日炎炎的盛夏，那些可亲可爱的红嘴鸥早在春天来时，就已经迁移到遥远的西伯利亚去了。我记不清楚了，翅膀是否在之前看见过红嘴鸥飞进窗口的场景，那是一个让内心变得温柔的时刻。翅膀告诉我说，妈妈，我突然有一个重要的选择，如果你会接受我就告诉你；如果你不接受它，我就选择沉默。哦，这就是翅膀，我又一次听见了他那任性的声音……

我在衡量和判断他将告诉我什么。然而，这几乎就是无法猜到的。但我意识到在我与翅膀之间的事必须有一个选择：我在品咖啡时是想拖延时间，让自己在冷静的思考后再告诉翅膀，我是否接受他的选择。阳光从窗口照到餐桌上，翅膀的目光慢慢移向了窗户外。在外边，翠湖的慢跑道上仍然有人在跑步，石围栏边缘有许多外地旅行者在拍照。我和翅膀之间必须有一个选择，我知道时间长了，翅膀就会放弃的。我们很长时间以来都没有在咖啡馆这样面对面的交流，因此，我知道这就是上苍的安排。当我告诉翅膀说我会接受他的选择时，我终于叹了一口气，我又看见了窗处翅膀的二手摩托车。许多年前，翅膀站在阶梯上刷完了咖啡馆的墙壁涂料，以此获得了一辆二手摩托车，时间过得太快了。

翅膀说，妈妈，我决定不去上大学了。芳草姐姐走了，我来替代她从前的身份，我可以从家里搬到咖啡馆的阁楼上住的。这样我也可以学到新的东西。我发现了你的咖啡馆就是我新的学校，也是我跟社会的联系场所。当然，我的选择是突如其来的。你会感到惊讶的。不过，刚才我已经告诉你了，你只有事先声明答应我的选择，我才会告诉你的。翅膀的声音不高不低，他已经开始从改变语调来改变自己了。

  我为自己的从容镇定而惊讶，我自己都不知道为什么就在刹那间接受了翅膀的选择。也许是我已经没有再选择的余地，因为这是一个我和翅膀之间的约定，我必须为这个约定负责。阳光明媚的上午，我跟还未满十九岁的翅膀作出了这样的选择：我接受了他的想法后，尽管我的心在下沉，但我却在翅膀的脸上看到了喜悦。接下来的日子，翅膀很快就进入了芳草从前的位置，并在太阳落山之前用二手摩托车将自己的行李搬到了咖啡馆的阁楼上。是的，这就是翅膀的速度，接下来他还将金笛带到了咖啡馆。我说，翅膀，这是我们从前没说好的。翅膀说，他到哪里，金笛就必须带到哪里，因为奶奶老了，妹妹在上学，只有他可以遛狗，而且他发现了在翠湖边遛狗的人很多。他让我放心，告诉我金笛是一条温顺善良的狗，而且是一条被他长久训练过的狗，所以，金笛在咖啡馆也会被很多人喜欢的。

  哦，我就这样接受了翅膀的逆行。他的同学们该上大学的都已经走了，翅膀却留了下来。他好像天生就是咖啡馆的管理者，他的到来吸引来了很多年轻人。因为翅膀的衣着发型都是这个时代潮流的一部分。每天我去咖啡馆时，翅膀已经打开了门：看上去他很喜欢咖啡馆，精神状态都很饱满。翅膀对我说，妈妈，有我在，你就放心吧，而且你也可以去做一些你所喜欢的事情，不用每天都来咖啡馆了。我有些惊讶地看着翅膀，问他，像我这样的人还可以去做一些什么事情？因为，翅膀说的话突然间也打开了我生命中那些沉睡的区域。翅膀说，妈妈，我看现在做作家也挺好的。我看过一个女作家写的书，她说，在这个变幻无穷的世界上，写作延续了她的生活，给予了她疗伤的机会，治愈了她的忧郁症……妈妈，我觉得你可以试一试去写作。你的气质就像一个作家……翅膀说完这一番话后，我在咖啡馆坐了半天都没有回过神来。翅膀小小年纪突然在我面前成了一个启蒙者，他好像又长高了，又醒悟了很多。而我与他相比，好像在沉睡着，只做着一件事，开一家咖啡馆，晚上唱一首歌。当我睡了一觉醒来后，我来到了咖啡馆，看见翅膀身穿白色T恤短裤，染过的黄头发干干净净，正在推开窗户，阳光照了进来。

我对翅膀说，从此以后，咖啡馆就交给你了，晚上的一首歌也取消了。这世界没有一成不变的东西。妈妈今后不再管咖啡馆的事了。翅膀笑着问我，是不是想清楚了要去做一个女作家了？我走了，没有回答翅膀，我想，现在还早，等我蝶变以后，我会让翅膀惊喜的。我走了，离开了咖啡馆，我将开始讲述我新的故事。

梦的故事

翅膀的奶奶陷入了像梦一样快的骗局中去时，我正在露台上写作。因为露台很长又宽，我将它稍改变了一下就变成了我的书房。有一个阿根廷的伟大诗人曾说过，图书馆就是天堂。虽然我的书房很小，就十平方米，但对于我来说，我的书房也就是我的图书馆了。我完全改变了我的生活方向。自从我决定将咖啡馆交给翅膀的那天起，我就开始了我新的人生梦想。我搭建了露台书房，如同燕子在我的房子筑下了巢。我从没有想过我会在露台上建一间书房，为了写作。

我也从未想象过，我的生命里有写作这件事出现，而且这事情的渊源来自一个未满十九岁的少年。那个叫翅膀的男孩改变了我固有的思维。原来的我以为自己会用一生一世去守望咖啡馆，会在每天晚上九点半钟唱一首歌的命运被改变了。我是认真的，我接受了少年翅膀的启示，开始了写作。坐在书房中，我真的有一种幸福的冲动，内心的那些潜在的秘密想越过身体的禁锢……

就在那一天下午我正写作的时候（我没有选择在电脑上写作，而是买了纸质笔记本，似乎我觉得这是一种更古老的写作）：我听见了翅膀的奶奶在叫我。记忆中她从来没有过这样急促的叫喊声。她在叫我的名字，很久以来，我似乎都忘记了我的名字，因为只有母亲会叫我的乳名。我的乳名叫鸢尾花，我出生时，家里的小院里正是鸢尾花盛开的时令，因此，我的母亲就说，就叫我鸢尾花吧！

但我没有想到翅膀的奶奶也叫我鸢尾花，很可能是很多年前周仆人叫我的乳名时，翅膀的奶奶听见了也就记住了。但这种叫喊是慌乱的。我打开书房门，奶奶站在门外说道，鸢尾花，我受骗了，我银行卡上的五万块钱没有了……哦，这到底是怎么一回事啊？奶奶说，你现在马上陪我去一趟派出所，可能还能将五万块钱追回来……奶奶的声音中有颤抖和恐惧。在我们相处以来的漫长时间里，她一直是祥和的。于是，我挽着她的手臂下了电梯，边走边安慰她说，别急，我开车几十分钟就到附近的派出所了，那五万块钱一定会追回来的。

  我驱车到了派出所后，就开始了问询笔录的过程。身着制服的一位三十多岁的女警察给我们用纸杯各自倒了一杯水，并劝说奶奶，别急，慢慢说，只有说清楚了才能寻找到源头。并说最近受骗者多了，刚刚才送走了另一个五十多岁的妇女。奶奶从一个陌生电话开始追溯。现在人们已经不太习惯打电话了，有事时也是用微信来沟通。电话响了，奶奶开始接电话。对方问奶奶是不是叫身份证上的名字，奶奶就顺着说，是的，我就是身份证上的那个名字。对方说，这就对了，我们是公安局的，现在查获了你的银行卡账号，陷入了国外跨境诈骗者的圈套，你要好好配合我们才能解除这个圈套……接下来，对方在教奶奶解脱"圈套"的程序。奶奶平常很爱玩手机，所以对手机功能也很熟悉，便一步一步地跟随着对方的程序去做。到了最后一个程序做完后，电话突然挂断了，传来了一个短信通知，奶奶银行卡上的五万元存款被转出去了。

  笔录结束了，奶奶签上了自己的名字。她急切地问警察是否还能帮助她追回五万块钱。警察安慰奶奶说，现在类似的各种骗术很多，让奶奶今后一定要多加注意，最好别跟陌生人多说什么，因为你在说话时就已经透露了自己的信息。警察要我们等待，是的，等待！唯有等待才会让一颗无望的心灵充满了希望。从此刻，已进入八十岁的奶奶就开始了等待，因为这场诈骗来得太突然，仿佛一场大雨淋湿了奶奶的身体，使奶奶像是患了一场大病。我正好又在家，便不时地替奶奶打电话到派出所去，询问有没有结果。回答都是同样的内容，还需等待。所以我鼓励奶奶要走出骗局，该做什么就做什么吧，哪怕真的找不回来，也没有事的。我深信，奶奶是一个阳光灿烂的老人，她一定会走出困境的。

  当写作让我减轻了过去的很多忧郁和焦虑症状时，奶奶又开始在朋友圈里寻找到了她过去外出旅行的团队。朋友圈是一个现代生活中的团队，你有什么样的生活身份就必然会有你自己的朋友圈。奶奶能重新跨出被等待所困住的日子，走出去旅行，这很重要。旅行让奶奶从朋友圈走到了外面，这些年来不间断的外出旅行让奶奶有了生活的远方。

  同样是八十多岁的母亲早已习惯了小县城的生活。每天我也习惯了给生活在县城的母亲打电话，哪怕很长时间不见面，母亲永远是生你的那个母亲。在电话里母亲絮叨着，思维就像手机上的屏幕那样跳跃着。我总是发视频给母亲让她看见我的同时，也看到另一个女孩子葵花……跟翅膀不一样，葵花是一个温和安静的女孩子。母亲也想看见翅膀的视频，这件事就交给翅膀吧！对于住在县城的外婆，他只有小时候上幼儿园时我带他回老家时见过几面。不过，他知道外婆是他母亲的母亲，这种亲缘他是知道的。自从翅膀管理咖啡馆以后，他就开始和外婆在微信朋友圈中互动。他们之间发视频以此表达某种亲情和念想。我觉得这一代老年人虽然孤独，但他们却顺应时代建立了朋友圈。相比之下我很少时间翻手机：也许我是一个不合时宜的人。哪怕写作，我仍然使用最笨拙的办法：手写文字让我仿佛又回到了古代人在竹简上写文字的时代，那样的时代是我所向往的。所以，我的写作就是让手指顺着纸质笔记本向下延续。翅膀说得对，写作对于我就像每天又看见了旭日东升，看见了夜幕降临，在这个天际线中的拥抱和告别，都具有神性的仪典。

自从我开始写作以后，仿佛我每天滋生的忧虑和焦虑症状都得到了解决：语言从时空中移动着时代的潮流，我们无法逃避潮流的影响，就像现实中的手机。有一天我看见在乡村的田野上，母亲下地劳动去了，两岁左右的孩子坐在一棵树下玩着手机。我很好奇，便走上去看看孩子在看什么。哦，手机上有动画片，孩子一直用肉肉的手掌捧着手机在看，她高兴时会一个人大声说话和发出笑声……

是的，手机上可以看动漫，可以拉开游戏的战场。我因为写作，研究了一下现代人为什么如此沉溺于游戏。我曾走进一家网吧，那已经是半夜了，以往这个时间我还在咖啡馆，现在我似乎是一个自由人了。我曾在远处看见了夜色阑珊中的咖啡馆，周围也都是酒吧和茶馆，所以，这显然是现代人消磨夜晚的一个集中地。我慢慢地走远了。翅膀已经完全可以管理一家咖啡馆了，这是让我释怀的一个现象。接下来，还有我自己的生活轨迹。自从我开始写作的那一天，我突然寻找到了自我，那个迷失在人群中的自我。因为写作，我开始有时间在这座城市漫游。我骑着自行车，这是我青春期时最梦想得到的一辆车……现在的自行车功能已经加强了，尽管如此我仍然怀念那辆哥哥用过的自行车。直到如今，我都不知道那辆自行车是从哪里来的。人生很多谜团，无法形容，也无法释解。

我骑车从城郊往外走，无非就是想看看滇池因为很多机构的治理后的现实。对我而言，滇池跟我生命过往的两个男人有亲密关系。岁月的流逝是为了让我们更安静地生活，一边走一边忘却曾经的心痛的记忆，再慢慢回忆尘封中所记录的往事。

哦，每当这时，仿佛天空之城中又飞来了红嘴鸥。是啊，已经是十月份了，这正是那天空中的一群又一群精灵飞来的时节。有人曾想数清天空中到底飞来了多少只红嘴鸥，但这只是一个梦而已。当然，有人告诉我说，有一个青年人已经开始做这件事。每到红嘴鸥飞来的时间，他就开始用航拍来迎接红嘴鸥的到来。那人还告诉我说，这个年轻人在翠湖边有一家咖啡馆，他会爬到翠湖边最高的三十多层建筑的屋顶之上，将小飞机升上天空，手里掌握着航拍器，他是第一个用航拍器在天空之上拍摄到红嘴鸥的人。

我很好奇，想了解这个青年人的故事。那一天我来到了翠湖边。近些日子，每天都有红嘴鸥从天空之城降临到昆明的几个有河流湖泊的地方。除了滇池、海埂、盘龙江流域之外，翠湖无疑是红嘴鸥最多的地方：因为我的咖啡馆就在翠湖边，所以我对翠湖边的红嘴鸥有着更幸福的感受力。那一天我直接进入了咖啡馆，想看一看红嘴鸥有没有飞进来。翅膀过来了，对我说，妈妈，我带你去一个地方，一个离天空更近的地方去看红嘴鸥吧！哦，我仿佛已经听见了红嘴鸥在天空中飞翔的声音了。

翅膀背了一个包，我以为是照相机。他带着我出发了，只需走十分钟左右就来到了翠湖后面的一座住宅大楼。翅膀跟保安很熟，掏出香烟给小区门外的保安分别递了一支，事情好像就已经搞定了。我们往里边走，上了电梯抵达了三十多层高的大楼顶部。是的,在感官上我离天空更近了。翅膀放下肩上的包,从里边抱出了一台机器。翅膀说,妈妈,这就是无人机,现在很多自然界的景观都是靠无人机拍摄的。

哦,我又看见了潮流前线的无人机。我有些落伍,我承认自己是一个时代的落伍者,直到如今我仍然使用钢笔在纸质笔记本上写作。那个像小飞机似的无人机飞上天空了。翅膀让我往天空看去,因为我刚才在新旧时代之间又开始走神了。我慢慢地顺着翅膀的视线往上看,天空中飞来了那么多的红嘴鸥,无人机竟然飞过了红嘴鸥的高度。难道翅膀就是人们传说中用无人机拍摄红嘴鸥的那个青年人……

翅膀专心致志地操控着手心的罗盘,仿佛船长驾驶着一艘大船正在茫茫无际的海洋中航行……我看见了从现在到未来的某种迹象,终有一天,人类将迁往另一个星球去居住,这也是地球人近些年不断纷争的问题。然而,在天空之下我们仍然生活在烟火之中。人间最大的烟火是关于生存的问题;其次,人间的另一种烟火是精神走向的问题。此刻,翅膀掌控的是关于精神的视觉。后来,当无人机神奇地落在他身边时,在他的无人机里我看到了最真实的在空中飞行的红嘴鸥:哦,当这一群群经历了漫长飞行的精灵终于看见了这座城市时,它们还要寻找城市的河流和湖水,只有看见了有水的波澜才是红嘴鸥们最终抵达的地方。

还有另外一个地方,是我不断往返之地。骑着自行车这样会更自由些。随同城市里私家车增多的问题,每一条街道都有堵车的现象,尤其是上下班的时间。当你驱车时,你就会感觉到各种颜色、各种体形、各种品牌、各种格调的车辆,就像排着长队的人群,车上的人们为了回家、为了接孩子、为了去医院、为了赴约,去见一个男人或女人,将付出多少时间和精力……于是,城里的自行车又多了起来。

我将自行车停在滇池边时,一个热气球突然飞上了天空。我想,滇池的水因为治理已经越来越清澈了吧?我的脸始终望向天空,我还是第一次看见热气球来到了滇池的水面上空。那只绿色的热气球就像是翅膀小时候玩过的一只风筝。有一次,我带着翅膀在大观楼放风筝。那时候翅膀上小学,大观楼有许多老人和小孩都在放风筝。各种颜色、形状的风筝放飞到天空后,放风筝的人站在地上要看着天空中的风筝不断地移动脚步。柴火突然来到了我身边,看见我在看热气球,他说滇池已经越来越清澈了,所以他开了一家提供热气球服务的公司……这时候我才感到,时代在变，你的所有感官只有跟上这种变幻，才能知道怎么将故事讲下去。

他说，想陪我乘一次热气球……我摇摇头，说实话我还回不过神来，最近经历的一系列事情都让我要在现实和梦幻之间寻找到答案。为什么生活远远超越了我所想象的？柴火说，乘热气球环游滇池就能感受到这个大湖的变化。他鼓励我说，你别害怕，有我坐在你身边你就不会害怕的，说心里话，这些飞在滇池水面上的热气球就是我献给你和葵花的礼物和梦。这些年我欠你们的实在太多太多了……就这样，他已经拉住我的手上了一只绿色的热气球。

如果没有柴火，我这一生是不可能乘坐热气球的。首先，我有轻微的恐高症状。早年翅膀让我陪他去乘坐过山车时，我很害怕。但翅膀也鼓励我说，妈妈，如果你害怕就闭上双眼，坐几次你就不害怕了，那时候你就可以睁开双眼了………想起那些年，陪翅膀在各种游乐园中的事情时，我都不知道是怎么走进去又走出来的。现在，柴火又带我乘着热气球在空中升起来，热气球的动力让我想起了中学时代学过的物理。当时，我不是一个好学生，我很害怕学数理化，对于语文似乎更有兴趣些。但我知道，热气球能飞起来跟动力学有关系，包括高铁、动车的速度加快也是动力学的革新所带来的。

那些因写作而带来的缓慢仿佛是所有速度也无法禁锢的。我在热气球上看见了我们亲爱的城市的湖泊在逐日变得清澈后，我似乎更放慢了速度。

我带葵花去乘热气球。葵花并不知道柴火是她的父亲，她似乎不需要知道这么多，因为从出生以后，她的父亲就是缺席的。柴火的不在场，仿佛在这个时代也不能影响她的成长，因为他们这一代人小时候有各种玩具。她开始会向前爬行后，奶奶就把她引进了翅膀留下来的那间玩具室。

葵花是赤着脚，爬着进玩具室的。有那么多的玩具吸引着她的目光，可以说，像翅膀和葵花他们这一代人几乎就是在玩具中长大的。翅膀知道他的父亲，我告诉过他他父亲生前的故事，所以翅膀知道奶奶就是父亲的母亲。每年的清明节我都会带上翅膀去墓地看望他的父亲。葵花出生时，柴火在外地，而且正是柴火将生命中的全部热情投入滇池治理的时光。那一阶段，我独自承担着怀孕的不适。还好，在我们的家庭里，奶奶从不过问这肚子里的孩子是谁的。这或许跟奶奶的职业有关系。她从青年时代到退休都生活在医院中，她是一名最普通平凡的护士，但她却见过了生死的历程，也每天都亲历着来自身体的痛苦，所以，从我认识奶奶的那天开始，从她的目光中我感受到了平静的韧性。从前住在老宅中的奶奶喜欢养花养草。她从一开始就接受了周仆人带回去的我。她从来也不过问我是从哪里来的，是从事什么职业的，家里父母亲的情况，等等。奶奶是一个非常简单的人。后来，搬家了，她开始时不接受，后来慢慢地就顺应了历史的变迁。搬到这座电梯房的小区以后，智能手机又来到了她的手上。虽然她不可能就像从前那样在院子里养花养草了，她却有了自己同龄人的朋友圈，开始旅行了。

除了奶奶不过问我葵花是从哪里来的，就连翅膀好像也从一开始就接受了有一个妹妹的降临。所有这一切都让我早前的心理障碍得到了缓解。葵花就像一个精灵来到了人间，她生活在奶奶的护佑中，同时也生活在一个大哥哥的二手摩托车上。周末时，翅膀会用二手摩托车带着葵花和金笛去看滇池。我从前曾焦虑葵花的来临会不会给奶奶和翅膀带去阴影。但看上去，奶奶从我怀中接过出生后紧紧裹在襁褓中的葵花时，她慈祥的目光中是充满欢喜的。翅膀放学回来，听见了葵花的哭声，便放下沉重的书包，直奔婴儿床好奇地俯下身去，眼睛里也充满了惊喜……

这确实是一个从未有过的时代，人们对人性的认知和理解力在加深，并建立起了自己内心的道德范畴。不久之后的又一天，翅膀带着葵花来到了滇池边乘坐热气球。我也如约到场，想跟他们一起再乘坐一次三个人的热气球。翅膀的身高好像定格了，在他长到一米八八的时刻终于定格了。过去，我害怕他会过分地往上长，如果长到我们常规的视线无法企及时，也是一件可怕的事情。葵花已经上初中了，她穿着校服，就是一个中学生单纯的模样。柴火来了，他终于看见了已经上初中的女儿。这十几年里，他一直住在滇池边治污，后来又带来了热气球……这些都是他的梦想。而此刻，他终于看见了他的女儿，在十几年前的那次有爱情故事的短途旅行中，他和我的身体有了接触，之后就有了葵花。站在柴火身边的葵花并不知道，这个中年男人就是她的父亲。

绿色的热气球载着我们三个人开始冉冉上升，每个人似乎都带着梦幻的眼神：我们都与这个世界息息相通，我们从出生到长大都无法离开这个现实世界，无论是天上的云絮还是地上的森林草木河流湖泊，理所当然的都是我们生命中的一部分。我们在热气球上看见了白云朵朵，也看见了湖水蔚蓝，这一切都是我们需要注入视觉的。而且我发现，这次乘坐热气球，我的恐高症竟然消失了。

柴火又在忙于修建爷爷的博物馆了，我与他的关系再也没有男女之间的接触，我们都在各自的世界忙碌着：这一现状我们早就意识到并已经在平静中接受了。我们不再像年轻时一样为男女之爱而疯狂，我们的激情已经转移到新的生活中去了。这是一个人的生活，包括精神不断转向的时刻，所以，当我知道翅膀爱上了攀岩这件事时，我没有惊恐不安。尽管我心里知道自己有忧郁症和焦虑症，但我相信我外在的神态是从容自若的。翅膀爱上了攀岩，就像爱上了许多年前手机上的游戏和二手摩托车的激情与速度。每当这样的事情来临时，我都会去面对翅膀，如同面对我写作中的艰辛和希望。

翅膀又爱上了户外攀岩运动，是因为咖啡馆的存在。咖啡馆是一个小世界，各种身份的人走进来……翅膀就是在这里认识了户外探险者，对于翅膀来说，他这样的年龄意味着不断地探险。他告诉我要去攀岩时，已经准备好了一切器械，告诉我，是要让我在他外出探险时守候咖啡馆。翅膀生命中出现的所有故事，对于我来说都不惊诧了，好像他命中注定要在他的宇宙中遨游。我又回到了咖啡馆，然而，我发现咖啡馆已经在不变中变了，那个属于唱一首歌的时代已经过去了。这是属于翅膀的时代，一家年轻的咖啡馆已经出现。首先咖啡馆四周的墙壁变成了青草绿，这无疑是最大的变化，这青草绿仿佛就是为了迎接新朋友。我发现了，咖啡馆已经彻底换了新人。我们那一时代的人都已经进入了中年，我再也找不到从前的旧面孔，因此，我就像一个落伍者静静地坐在一角，仿佛就是一个局外人。

我何时蜕变成了咖啡馆的局外人？这是一个时间的问题。我们都在幻变，带着自己的命运中的迷茫和疼痛的故事。此刻的我，坐在一隅；咖啡馆里有被翅膀培养出来的年轻侍者们，他们才是咖啡馆的主人。所以，三天以后，我就给翅膀打电话说，放心吧，儿子，你的咖啡馆好好的，不需要妈妈在场了，因为你的手下人太职业化了。你要注意安全啊！我打电话时，翅膀说他们刚刚筑起了营地。天色还早，翅膀就给我发来了视频：哦，这真是一个被智能所控制的时代，难怪那么多的人离不开手机。我又一次明白了这个现状，是无法形容也无法改变了。

从视频中我看见了四周起伏的山峦叠翠。几顶黄色的帐篷外面不远处就是一座高高的石灰崖。这也许就是他们的攀岩点，不远处有一条并不宽敞的溪流正盘旋在野生灌木丛中。附近，还有小树林和山地上的向日葵和玉米地……我还看见帐篷外支起来的三脚锅灶，旁边有一堆刚刚拾回来的干柴。我还看见支起的简易餐桌上的碳酸饮料和啤酒……最后我还看见了翅膀的面孔,他被晒黑的脸上有着灿烂的阳光,有着一个青年人的梦想……

翅膀的奶奶似乎又忘记了被诈骗的事,她告诉我一个新的选择时,我正在写作。只有我写作时,她知道我是安静的,可以坐下来跟她好好交流的。奶奶站在我书房的门口时,我就知道奶奶又有事要跟我分享了,虽然周仆人过世得太早,但并不影响我与奶奶的亲人般的关系。这个世界上的所有因果都有它们的现在和未来:在我最艰难的日子里,是奶奶为我接生的孩子,翅膀从幼儿园到小学的很多年里,几乎都是奶奶一手带大的。现在,奶奶告诉我了另一个新的选择:奶奶说他们朋友圈的几个经常旅行的好朋友,都意识到了从今以后,最大的现实问题将是身体越来越老化,像过去一样的外出旅行也将越来越减少了。所以,他们有了新的梦想和选择:将几个人合伙去郊区租下村庄的老宅重新修建后,开始集体养老的生活。

当奶奶说出这个选择时,我的神经好像还来不及接受这个现实,我发现我的意识还停留在那些古老传统的习俗中。奶奶所说的这个养老计划就像从一轮新的太阳中,升起的一座奇妙的花园。奶奶说,人老去是一件非常麻烦的事件。目前有三种养老方式：第一种，沿袭过去的传统，跟子女家人一起居住的养老方式。这样的方式对子女的生活影响很大，老年人也会变得自卑和孤独。第二种方式就是去养老院度过余生。这也是随着养老院条件越来越好的情况下，很多人都选择的归宿。但现在又出现了一种新的养老方式，老人们可以找投缘的朋友一起去一座独立的房子养老。总之，奶奶已经想好了，她一旦想好的事情是无法说服她更改的。奶奶似乎越活越清醒，越活越活出了个性和诗意。这时的奶奶又像回到了孩童向青春期过渡的时期，有一种说走就走的勇气。她之所以告诉我这件事，只是她作为家庭成员，告诉我她的选择。我能做的就是用接受的目光，赞美他们这一代人的选择。只有这样，你才会在她的眼睛中看见欣悦。总之，当奶奶来找你说事时，她不是来接受你的劝诫和观点的，她也不是来接受你的悲悯的。这代人如此强大，让我似乎看不见他们的衰竭和随同岁月而至的悲凉与孤独。

　　我又想起了母亲，与奶奶每次谈话以后，我总是想起和她同代人的母亲。幸好，我跟母亲总保持通话。互联网的笼罩下我们似乎没有了太远的距离。如果时光倒转在一个依靠鸿雁传递信札的时空中，人与人之间的距离会加剧很多看不见也摸不着的思念。那时候，在一个信息封闭的时代中，人们依赖于读纸质书报来获得时代的奇闻逸事，恋爱中的人彼此用信笺写情书，这样的时光也很美啊！时间过得太快了，视频下出现了母亲的脸，由于每天都能看见，似乎母亲并没有像她这个年龄段的人那么容易衰老。虽然我们每天视频就很难感受到对方的衰老，但其实，我们都在以不同的方式在老去。

柴火约我见面，他说滇池终于开始清澈起来了，想请我吃饭喝酒，谈谈我们未来的事。我答应了，想跟他见面主要是为了葵花成长的事情。我们在他居住的小区外的餐馆见面时，他看上去很精神。他带来了烈酒，我一看见那瓶子就知道那是一瓶五十二度的粮食酒。他点了餐馆中最好的几道菜。在我和他之间，除了很久很久以前的旅行，似乎从来没有这样浪漫过。他的手从见面时就伸过来，似乎又回到了过去，想拉住我的手。我似乎在隐约中抵御着想回到从前的那种关系，我也不知道到底想抵御什么。尽管如此，当他谈起滇池的水开始变蓝时，他的眼睛又那么清澈地看着我。噢，他又回到往昔的时代了吗？我被他清澈的眼睛感动着。这个世界什么都不害怕，就怕清澈，尤其是眼睛里的那股清澈见底，这种力量可以超越爱情，超越我们这个时代破碎不安的时间。于是，我被感动了，就在我们干杯时,我的手机在振动。我一直在使用振动的功能,因为我知道在这个世界上没有多少人需要我,也没有多少人会给我打电话。给我打电话的只有母亲和婆婆,还有翅膀和葵花,是他们帮助我的生活建立了几个完全不相同的世界。

现在,手机在搁在旁边凳子上的挎包里正不停地振动。手机上有各种功能,它会帮助我们解决生活中各种各样的现实问题。手机上出现的陌生电话大多是推销房产的。看见陌生电话我就排斥已经成了一种习惯。但这一次好像是葵花的班主任打来的电话。我打开电话,果然是班主任的声音。她压低声音告诉我说,葵花与另一个班里的男孩早恋了,让我多关注葵花的动向。并说,像他们这个年龄早恋会影响学习,也会影响身心的健康,最好让我说服葵花,放弃早恋,他们很快就要考高中了,这是一个关键的时期。

柴火很快就听出来了,这是我跟葵花的班主任在通电话。我结束了电话后告诉他说,葵花早恋了。柴火问我,葵花有没有问过她的父亲在哪里?我说,小时候问过的,我告诉她出远门了,长大以后就没有问过这事了。柴火埋怨我说,为什么不告诉葵花真实的情况?我说,真实是没有用的,在过去的时间里你对任何事都很冷漠,你完全投入到了另一件事情中去，你没有时间处理其他事，就在这样的状态中葵花长大了，马上就要考高中了。你不用担心，葵花他们这一代人好像天生都有一种现代性，他们每天都忙于做作业，每天就睡几小时，他们根本就没有太多的时间追问自己是从哪里来的。

柴火说，我们结婚吧！我碰了下酒杯说，我们在该结婚的年代没有结婚，在不该结婚的时刻又想结婚，这是一个荒谬的问题。柴火用异样的目光看着我说，你怎么突然就变成了哲学家，你过去可不是这样的女人啊！他的目光突然不再像刚才那样清澈了，这世界的变化真是比闪电更快啊！确实，我自己也在变。尽管我不知道要变成什么样的女人，但有一点我是知道的，无论世态怎么变化，我的生活轨迹都会围绕着我的母亲，还有我的婆婆，还有翅膀和葵花在旋转。他们帮助我建立了一个世界，所以，我的身心都会围绕着他们的存在而循环往复地朝前绵延出去。

该喝的酒喝完了。柴火说，他还要建滇池岸边爷爷的博物馆，当然，他还是想找一个女人结婚的……这是他酒后的真言，我相信，这也是柴火的两个梦想。我们各自回家了，我已经有些微醺，对于我来说，已经许多年没有喝酒了。所以，在这个夜晚，当我和柴火告别以后，我回到了家，翅膀的奶奶生活在他们集体养老的郊外小镇，葵花上晚自习还没有回家。在这样的时刻，我有些想念周仆人，我已经好久没有想念他了。我和他之间只隔着一面墙壁，或者更薄些，只相隔一张纸的距离。我相信，我们都在各自的世界彼此思念对方，这是一种无法说清楚的力量。

我站在露台上往下可以眺望到小区外的街景，这一刻我也不知道我的视觉会那么清晰，我看见了并排骑自行车的一男一女。那女孩就是葵花，他们都身穿红白相交的校服，男孩挥了挥手告别而去，他的家应该是在另一个位置。看得出来他是送葵花回家，因为现在已经是晚上的十一点钟了。男孩掉转自行车又朝相反的方向而去，很快就消失了。葵花用钥匙开门时，我还站在露台上。葵花一进门就叫我，这已经是她的习惯了。葵花循着我的气息而来，我的口腔中有酒味。葵花用一种异样的目光看着我说，妈妈，你喝酒了。我说，是的，我喝酒了！葵花很好奇，妈妈，你平常都不喝酒的，你跟谁去喝酒啊？我是真的微醺了，我的身心都在飘浮中，我对葵花说，我跟你的父亲喝酒。葵花站在我面前，妈妈，你说什么？我有父亲吗？我从小到大怎么都没有见过我父亲，他在哪里？我真的有父亲吗？你为什么不让我去见他？

白酒的力度可真大啊，我开始语无伦次了。正是我的语无伦次掩饰了这令人尴尬的局面。葵花走上前来扶我，她的手指光滑，发丝间飘过一种天然的香味。青春啊，这诱人的青春有多么美妙。我在掩饰自我，在酒意中我说不清楚那段时间和历史，而正是道不清楚的人生过程，才深藏着疼痛和忧伤。我的醉态似乎让葵花看见了另一个母亲，人的多面性总是难以解释的。对于刚上完晚自习回来的葵花来说，她已经很疲惫了，再加上我欲言又止的神态，让她回房间了。

　　我回到房间了。这个微醺的夜晚，我并不知道我已经说出了葵花父亲的事情，尽管只是一句话，从我嘴里说出来，就意味着会留在葵花的记忆深处。我忽略了这句话的历史，是的，对于我们来说，它不经意间已经道出来了葵花是有父亲的。夜色弥漫，我们都需要睡眠，无论是葵花和我都需要钻进漫漫长夜的深处。我们彼此珍惜这眼前的夜景，是为了迎接明天的晨曦来临。

　　第二天很早，我已经给葵花准备早餐了。葵花像我一样每天早上喜欢吃一碗面条或米线。最初这习惯是我的，是我从小生活在小县城中养成的习惯。这习惯，也是母亲带给我们的，后来，这习惯又被我连同简易的行李带到了省城。再后来，我发现翅膀的奶奶也有这种习惯，于是，我们就延续了早餐吃米线面条的习惯。

　　葵花上学去了，我们之间没有任何时间交流，她就背上沉重的大书包乘电梯下楼去了。我刚刚喘口气，咖啡馆的男孩来电话了，说是金笛不见了，如果可能让我协助他们到附近找一下。男孩是翅膀请来管理咖啡馆的，年龄也就在二十岁左右。男孩说，金笛是翅膀最喜欢的狗，目前他都不敢告诉翅膀。因为翅膀出发前都还认真地交代过，不能让金笛丢失。这个男孩也喜欢狗，翅膀聘用男孩时，第一句话就问他，如果你喜欢金笛，我就聘用你，也就是说，这是有条件的。噢，我下了楼，我知道金笛对于翅膀的重要性，我知道金笛和翅膀之间的情感。寻找金笛要从咖啡馆门口开始，因为金笛是从咖啡馆门口消失的。男孩和我分别从门口的两条路往下寻找着。男孩告诉我，往常金笛都是住咖啡馆，白天就趴在咖啡馆门口，不需要拴绳子的。金笛仿佛也是咖啡馆的一员，很多年轻的男孩女孩都喜欢和金笛一块合影。它到底是怎么消失的，是从哪一条路上走过去的？我们走了很远，都没有找回金笛……有时候，生活因为某一件事的发生，就迫使我们产生力量。我们的身体有时候，也应该是一台机器，可以制造钢铁，也可以处理垃圾。然而，更多时间，我们是无望的。那夜，想到金笛的消失，我又开始失眠了。我想，长久的失眠症导致了我内心的焦虑和忧郁症状。

翅膀回来了,他看不见金笛就像没有了魂。我说,金笛一定会回来的,如果金笛闻到了你的气味,它一定会来找你的。翅膀突然间就想起来咖啡馆门外的街道上是有监控的。于是,他跑到了交警处去翻看几天前录制下的场景:在那个早晨,金笛趴在门口。一个男人三十岁左右,戴着帽子,将帽檐压得很低,脸上还架着一副黑色的墨镜,他走上去并蹲下伸手抚摸金笛后就站了起来。不知道他跟金笛说了什么话,金笛也站了起来,后来就跟着男人走了。

这个被监控录下的场景根本就看不清那个男人真实的模样……交警告诉我们,看得出来这个男人很熟悉狗的性格,金笛是被温情劫走的。对此,翅膀说,看上去他很喜欢这条狗,好吧,这也是命运,就让金笛跟他走吧!我没有想到看完了监控录像后,翅膀会产生出这样松弛平和的态度。翅膀的脸被晒黑了,他安慰我说,没事的,只要金笛好好活着他就安心了。

是的,翅膀有这样淡定的态度,同样也感染了我。这种态度让我的焦虑和抑郁症状似乎也得到了相应的缓解。我望着天气,它好了起来。是的,它必须好起来。其实,我并不轻松,葵花是真的早恋了吧。每晚十一点前后我都会趴在露台上往下面的街景看去,恰好有路灯照着走过的人群。这时候车相对偏少了些,但骑电单车的人多了起来。我在等葵花回家,每晚在这个时间段里我都会开始一个母亲的纠结。已经好几个星期,两辆自行车并排着,骑到小区门口,然后,男的朝相反的方向骑过去。我想,这也正常,那个男孩很善良又有责任感,每晚都会将葵花送到家门口。

  是的,我像是习惯了这种等待。十点半钟我会从书房走到露台。这座露台完全敞开,当时装修房子时,设计师问我是否将露台封起来,我说,就这样吧,当时只是想节约装修费,尽可能简单些,省钱就好。这些年写作,我才发现有一座露台,抬头就可以看星空,还可以晒太阳,是一件好事啊。这座露台使用率太高了,翅膀的奶奶没去郊外时,经常就坐在这座露台上看报纸、看手机、晒太阳。人人都喜欢太阳。每天早上太阳总是在第一时间来到露台上,那正是葵花去上学后的时间。

  在不同的时间里总是会有不同的现象出现。翅膀的奶奶是我们家第一个迎接太阳的人,她会站在露台上看天。我总是会注意到她端着一壶水去给露台上的盆景浇水。露台上有玉树、万寿菊、月季等植物。奶奶照看这些有花有枝叶的生命,就像照看小时候的翅膀。自从奶奶走后,这些盆景就归我去照顾了。我站在植物中间,没有想到那天晚上葵花和那男孩骑自行车到小区门口时,男孩下了车,走到葵花面前，他们开始拥抱了……我有些紧张。更令我紧张的事情发生了，葵花在男孩的拥抱中突然抬起了头往上看，她的目光好像是在看我们的露台。她平常从来不看露台的，这次她好像是在不经意中抬起了头来……我听见她已经在门外开门了。是的，我迎过去，我在观察她的脸色，从人的脸上自然就可以看见人当时的情绪：所以我们要面对面地交流，面对面，就是直面人的情绪，而情绪在多数情况下都是从身体中迸发出来的，而人都是有灵魂的肉身，只是灵魂的颜色不一样而已。有时候，灵魂是黑色的，它们也可以是白色的、蓝色的、红色的、黄色的、灰色的……我想，灵魂是随同我们肉身的变化而变化的。

我们都是有灵魂的，而此刻，葵花的灵魂仿佛是灰蓝色的。她走近我说道，妈妈，请你告诉我，你是不是每晚都这样窥探我的行为？请你如实告诉我，这样偷偷窥探我是从何时开始的？她的眼睛里有着怒气，在青春期的她已经开始点燃的那种火花里，有着连她自己也不知道的迷失和孤独。我想起了我在她这个年龄时的孤独和迷乱，所以，我的心开始变得柔软。我沉默不语，不想道出最真实的感受，我只想先让她去睡觉。我知道对于她来说，做完成堆的作业卷子以后，睡觉是一件非常重要的事情。

面对我的妥协和柔软，她的火焰也自然会独自去燃烧了。我目送她进了自己的房间，我也回到了自己的房间。我无法熬夜写作，因为我每天早上已经习惯了给她做早点。这段时间尤其重要，因为她要考高中了，她早就对我说过，上高中时她要去住校。是的，当年，翅膀上高中时也住过校。我知道，一旦他们离家去住校，就意味着他们的青春期开始有了一个集体式的生活方式，他们会从宿舍开始进入另一种读书和社交的新生活。

好了，我看见她房间里的灯终于灭了时，才真正地想进入我自己的睡眠中去。然而，每晚睡觉之前我其实最害怕的就是失眠。往往是这样，我越是害怕，它越是要纠缠我。这种失眠症状是从什么时候开始的？我也不知道从什么时候起枕边已经放了安眠药。如果实在无法入眠，我的手便伸向安眠药片，就像在茫茫宇宙的黑暗中，寻找到一座让我上岸的岛屿。

人，都是一座孤岛，周围是浩瀚的海洋，我们从出生那天开始，就已经来到了孤岛。再后来，无论我们开始了什么样的人生，我们都在波涛汹涌中上岸，又回到了那座孤岛，想寻找到自己的梦乡。今晚，我的手又伸向了白色的安眠药片，只有它能让我进入无障碍的睡眠区域，在里边寻找到我的梦乡。

每周，我都要驱车去郊外看翅膀的奶奶。那一天我竟然看见了翅膀，这真是缘分啊！翅膀坐在一群老年人中间。那是在下午的庭院深处，在一顶像蘑菇般撑开的遮阳伞之下，几个老人坐在藤椅上说着话，桌子上有两箱水果，看得出来，是翅膀带来的。但这一次，我还看见了坐在翅膀旁边的一个女孩。我走过去，翅膀最先发现了我，之后翅膀的奶奶也发现了我。我一眼就看出来，那个坐在翅膀旁边的女孩，是翅膀带来的。我来到他们中间，翅膀将我介绍给了那个女孩，她高高的身材，有着就像翅膀一样晒得很黑的皮肤。翅膀说，这是他们攀岩协会的小吴。哦，翅膀这一介绍，我感觉到猜错了，从他们的目光之中，我似乎也感觉到这个女孩并非翅膀的女朋友。

翅膀对那女孩说，他基本上都是奶奶带大的。翅膀说这话时很幽默风趣，对女孩说，那时候，母亲生下我后，每天都要守候咖啡馆，所以，奶奶就每天都带着我成长。奶奶笑了，从奶奶的笑容中，我感觉到奶奶在这里生活得很好。我们的到来，让奶奶也感觉到开心和幸福。这是一种新的养老方式，每次来，我也会想到我的将来，当我老去之后我的归宿在哪里？我们都会从幼童走向暮年，所去之地，树叶会越来越红，宛如天边落日尽头，但终有一别，会很漫长。在奶奶所在的养老果园，他们请一个书法家写了字，做了门牌。不错，庭院内和外面都栽着果树。他们适当地劳动，锄草修枝有益健康，更多的活计是村庄里的一位农妇帮助他们管理。这位农妇五十岁左右，管理着春夏秋冬的起居食物，还管理着果园。当然，就目前来说，入住的老人们，还能走动走动，他们会在门外两亩多大的果园的小径中散步，做自己认为对身体有益的健身操。每个老人都有一间自己的房子，也都有自己的饰品服装。老年，其实是另一个缤纷的世界，但每个人选择的老年生活不一样。这几十个老人，他们之前都曾经结伴到外地旅行，所以，他们必须要放下一切亲情的纠缠，才可能在这里集体养老。老年，确实像成熟的秋天。他们来到这里，看上去这个选择是对的，因为在这里他们真正地让身心获得了自由。除了那个五十多岁的乡村妇女管理外，他们自己也会尽可能地管理好自己的生活状态。老年世界，仿佛夕阳后的安静，当红色的落日余晖消失，等待老年人的是什么？

待我在下一周去看翅膀的奶奶时，也正是养老果园沉浸在哀伤中的时刻：他们中的一位老人三天前离开了世界。他走得非常安详，是在夜晚的睡梦中离开的。早上，不见老人吃早餐，打开门时，才发现他已经走了。老人留下的只是肉身，而他的灵魂早就已经走了。后来，老人的儿子来，他很感动，父亲在这里度过了美好的时光。儿子说，母亲前些年走了，父亲看上去很孤独，但父亲的朋友却将父亲拉入了旅行团队，后来又来到了这座郊外农庄养老，每次他来看父亲，都能感受到父亲的安静和快乐。儿子将父亲的肉身带走了，带到了火葬场，后来又将父亲的骨灰安葬到了他母亲的身边。

翅膀的奶奶有些哀伤地跟我讲述着刚发生的这个事件时，我正陪着她在上午的果园中散步。这是冬天，我们手牵着手，在周仆人离开的这么长的时间里，我们成了亲人，以各自的存在互相安慰着。翅膀的奶奶虽然有些哀伤，但她的目光中仍然有对光的热爱。她说，郊外的冬天要稍冷些，但只要有太阳，在果园中走一走，就有助于消化功能，只有身体的消化功能存在着，人才会有食欲。换言之，人只有吃五谷杂粮的时刻，血液才是循环往复的……奶奶之前是医院的护士，在医院她就经历了太多的生老病死，同时也经历了年轻儿子的离世……这一切都是空气中的阳光和哲学，让奶奶在老去时，不断地觉悟人生的变幻莫测，同时给予自己勇气和力量，好好地活下去。我发现，为什么我每周都想去养老果园，除了探望奶奶之外，我也想在他们一群人被暮光所笼罩着的日常生活中，寻找到活着的智慧和力量。比如，当奶奶摘去手臂上的一片残叶时，她告诉我说，最近她的视力在往好的方向发展。有一段时间，她眼睛里好像总有不明物在飞行，那是一群比蚊子还小的虫蛾，并且她的家族中曾经有人失明过……所以，她原来很担心自己有一天也会看不见。最近一段时间，她又发现了一种奇迹般的变化：眼睛里那些不明物在慢慢消失。它们并非一起消失的，而是一只或两只慢慢地离开了她的眼眶，当最后的一只小黑虫消失以后，她发现自己的眼睛突然间就亮了起来……

奶奶说，她现在翻手机、看报，眼睛都比原来清晰多了，就像回到了她儿时的眼睛……奶奶超越了他们家族有失明症的历史，她为自己走出了这种晦暗的遗传而有些高兴。这些东西我原来不知道，所以，我也有些兴奋起来。这让我相信了时间的轮回……奶奶的眼神和举止言谈现在看上去像一个孩子。是的，我们终将在轮回中不断地重生。尽管如此，奶奶走路的节奏已经越来越缓慢了。每周去看奶奶时，同时也就看见了别的老人，他们有的人早就用上拐杖了。我曾问翅膀的奶奶，是否为她也配上一副手杖，这样走路会安全些……奶奶笑了，她笑得很开心，就像一个孩子般笑着，我真不知道她在笑什么。直到我走的时候，我也不知道奶奶在笑什么。那天，我带着迷惑离开了。奶奶站在门口，微笑着看我离开。每一次奶奶都是用同样的姿态，在微笑中看着我离开。

柴火又找到了我，他说给爷爷修建的博物馆快建好了，他人生的又一个梦想就要完成了。他说，希望我能帮助他和葵花见面，毕竟他作为葵花的父亲是缺席的……我说，我试一试吧，葵花正值她的青春期，你知道的，所有进入青春期的男孩女孩所面临的事情都很多，尤其是你的存在，对于葵花来说需要时间……柴火说，好的，他也会等待的，但希望能快一些……柴火显得有些急切。我想，在那么漫长的时间里，他为什么忽略了这个问题？当然，他有他的梦想，治理滇池，这是一个城市人的梦想，所以，我多少年来一直理解他，从不去打扰他。葵花长大了，他重回头，想连接消失的一切，这当然需要时间。只有流动的时间会解决所有问题，只有依赖于在流沙中的时间才能找到你所期待的那一天的降临。

我试着告诉葵花有一个人想见她。那个在她成长中缺席的人，此刻正在这座城市的南边。在过去的时间里，这个人虽然离她很近，却也很远……当我面对葵花时，是她每个周末回家的时间，她会将一堆穿过的衣服带回来。她进家门的第一件事就是将脏衣服放在洗衣机搅拌，之后，第二件事就是回房间睡觉……我很难告诉她说我们坐下来谈谈，或者去外面吃一餐饭。她好像很缺觉，跟我也没有多少句话可讲。

她进房间就去睡觉了……我听着洗衣机的滚动声，心想发明洗衣机的人真的很体贴，让我们的手可以更少地接触洗衣液的泡沫。一个女人，如果每天都用手洗东西，除了耗费时间，她的双手一定会老得很快。所有的发明都是为了减轻手工劳动，但对于艺术家来说，手工劳动却产生了艺术品。我将葵花的衣服从洗衣机取出来时，衣服上有一种洗衣液的香味。晒衣服的阳台上有阳光，由太阳直射几个小时后晒干的衣服，自然也会有一种太阳的味道。

葵花醒来时已经是半夜了，这时候我已经睡下了……我知道即使我没睡下，葵花也不想跟我交流的。她独自一人煮面条吃。如果我站在她旁边，她会说，妈妈，你就去睡觉，我不习惯别人站在我旁边，告诉我怎么煮面条最好吃。这样的排斥感只可能来自青春期，我当然会选择离开。这样也好，当一个女孩的饥饿感来临时，她能够自己走进厨房也是一种生活的状态。从学会煮一碗面条的人生开始以后，必有另一种命运被开启：煮一碗面条，让女孩子走进了厨房，这里有煤气、粮食、佐料、碗筷……我深信，会走进厨房煮一碗面条的葵花，自然会调制属于她的味道，而且在离开时会检查煤气是否已经关上。第二天葵花带上洗干净的衣服就要回学校了……我只能期待假期到来时再跟她谈谈父亲的问题。

某些时候，我愿意给你忧愁，给予你火把。整个晚上，我只有这两句语言，除此之外，都是空白。像一张白纸，仿佛带我来到了一座水边的磨坊，满屋的白，麦子的那种白。虚无的那种白，历尽苍茫后的那种白。只有面对白色时，我们可以虚构。我喜欢写作中的虚构。其实，我们现实的每个现场，都比虚构更扑朔迷离，然而，当我剩下一个人时，我更喜欢超越我的肉身，虚构一根绳索，也许它会比现实更粗糙，足以勒紧肩膀和手臂。

此刻，我愿意给你忧愁，给予你火把。这使我有了一个感伤的时刻：成千上万只飞蛾为什么喜欢火光？蛇为什么要蜕变？在我这里，这些考问永远没有答案。也不需要答案。就像我又一次地送走了葵花，往她手机上打了一周的生活费……这些都是我们作为母女之间的联系。我有时候也想，如果有一天，这些事情消失了，像葵花他们这一代人会离我们有多远？

烟火璀璨

　　一个人和一群人的关系,就像我们看见一朵云寻找到了它的云图。自从那次葵花发现了我在露台窥视她以后,我就感觉到激怒了青春期的她,我不再窥探了。转眼间,她高中毕业了,考上了外省的大学,在她即将入学前的八月,葵花对我说想跟同学结伴旅行,让我给她一笔旅行费用。在葵花上高中的日子里,她的生父柴火又要结婚了,许多生活都无法逃避人的孤独,在结婚前,柴火又跟我单独见了一面。

　　述说个人的灵魂出窍时的迷茫过程,比时间的历史渊源更为古老:因为它是从身体中遇见的一场场突如其来的春夏秋冬的变幻。

　　柴火来了,不知不觉地,他已经是一个中年男人,当然了，同样地，不知不觉中我已经是一个中年女人。我们坐在了滇池边的一家咖啡馆里，他说，他仍然在为建爷爷的博物馆而努力着。最近，他感受到了人的很多孤独，在孤独中他遇到了一个女人，女人比他小十岁，离了婚，孩子跟前夫走了。他告诉我他中年时代的无法逃避的孤独，是在告诉我想跟那个女人结婚的选择，而且在生命中他已感觉到了无望，多少年来想跟我结婚的计划一次次破灭，而且也无法跟自己的女儿葵花面对面地说话……我说，葵花进入了青春期，请你理解她，我在力图帮助葵花度过青春期迷茫的时光，还好，葵花已经考上大学了。总会有一个很好的机会，让你和葵花见面的，我想，在葵花入校之前，一定设法让你们见上面。他很高兴地期待着，并问我对他选择结婚的态度。

我的手心相互摩擦着，对面就是柴火中年时代的脸，是的，人是在不知不觉中进入中年危机的。我说，尽快结婚吧，这个年龄什么都来得及，如果可能再生一个或两个孩子。他笑了，竟然是孩子般天真幸福的笑脸，看到这张笑脸，我就明白了，人是一定要有未来的。从迷茫中诞生的未来，会增加我们心旷神怡的感觉，这时候，所有沉重的翅膀仿佛都会变得轻盈起来了。

他变轻松了，很快当着我的面选择了结婚的时间，并邀请我，无论如何一定要去参加他的婚礼。哦，我点点头说，当然了，我会去祝贺你的婚礼的。他又像孩子般笑了起来，说我们现在在一起，有一种亲人般的感觉。这次见面，我们显得亲切而自然。

葵花去旅行了。我问她去哪里，是不是要去附近的大理丽江？她说要去大西北……我愣了片刻，对她说，快要上大学了，还是先从省内的旅行开始吧！她说，这是早就已经策划好了的，不可能改变的。我说，好吧，那么，我们一路保持联系……再往下说，葵花又要说我啰唆了，跟葵花说话，最好简洁明了。葵花走了，去西部了，我开始将大西南的版图往西部移动，然而，这是一个广袤而陌生的区域，不知道他们是用哪一种旅行方式去的。从葵花离开的那一天开始，我就用一本笔记本，开始记录他们的行踪，因为按照原来说好的，每天一定要通一个电话。尽管现在是互联网时代，但只有通电话能更直接地感受到温度，人的温度在哪里，他们的旅行也应该是到了哪里。

葵花出了门，好像变了一个人，她喜欢发照片和视频给我，这一代更时尚潮流化了，所以，我和葵花之间突然间就拉近了距离。哦，我看见了一辆红色的越野车，葵花告诉我说，这辆越野车是她同班同学家里的车，她的同学父母是开矿的，所以家里有好几辆越野车……我开始明白了，这趟旅行是他们事先就设计好的一条线路……刚好一辆车，两男三女。

翅膀之前又走了，他多数时间都在野外，我已经适应了他的生活方式。翅膀回来时就奔向咖啡馆，好像这里就是他的家，住几天又走了。他们这一代人的游离状态似乎是在流浪地球，只有这样他们年轻的身体才会不断成长。

有一天，我感觉到身边有一阵温热，就低下头，哦，竟然遇到了金笛。它嗅着我的气息，我相信，金笛一定是在这条街上嗅到了我的气息就跟上来了。我弯下身，伸手抚摸金笛的脊背，过去我就经常抚摸它，人类和所有动植物的亲密关系，都是依赖于抚摸来维系和存在的，一旦抚摸感存在过就留下了记忆。

我环顾四周，没有人在寻找金笛。我和翅膀有同样的想法，相信金笛会回来的，它果真回来了，但它不像过去那样年轻了，翅膀都长这么大了，我发现了金笛进入了中年时代，狗的寿命只是人的五分之一，或者三分之一。金笛跟在我身边，我不断回头也没有看见有人在找它，这说明金笛在离开我们的日子里，同样经历了许多故事。

金笛跟着我回到通往小区的路，这时候的它突然叫了起来，它似乎是用叫声表达自己的感动，似乎是在用叫声呼唤它的伙伴翅膀。这是一种我熟悉和感动的叫声，我打通了翅膀的手机，恰好是快晚饭的时间，翅膀在手机中听见了金笛的叫声，马上就唤出了金笛的名字……在分离了不长的时间后金笛重又回到了它从前的家。

为了见到金笛，翅膀当天晚上就赶回家来。当翅膀打开门的刹那，金笛充满了爱和激情地扑向了翅膀的怀抱，这个场景让我泪光闪烁。之后，翅膀带上金笛准备返回他正在进行的户外活动中去，在出门之前，我将他妹妹葵花几个人开车去西部旅行的事，告诉了翅膀。他若有所思地说：妈妈，无论发生任何事你都不要焦虑和担心，我相信他们也许会走得很远，但一定会走回家来的。金笛就是这样的，它消失了很长时间，现在又回到家来了。我感觉到了这一代人的速度，翅膀是开车回来的，这已经是半夜了，他又要出发，而且带上了金笛。

这是一个激情与速度共存一体而相互燃烧的世界，只有面对这个现实，我们才能知道时代又穿越了多长时间。我需要的是一场安宁的睡眠，明天早上曙光四射时，我又会看见葵花的旅行，她昨天告诉我，早晚她在路上时都会给我发视频和照片的，让我放心。

如果收不到视频和照片的话,一定是到了网络不好的地方,如出现这样的情况,千万别急,这样的情况在西部高原会很多的。葵花在旅行中突然会想到我的感受了,是啊,在路上人就会想到很多东西。葵花能进入我的感受,说明葵花的青春期进入了另一个成长期。我能感觉到葵花所身处的西部世界,还看见了黄河,葵花就站在黄河边,还有她的同行者们,我自己没见过黄河……其实,我从县城离家出走的那一天开始,我所向往中的地方就是省城,恰好我所抵达的正是我梦中的地方。在省城生活以后,我几乎就没有向外的旅行。葵花他们这一代人从小就生活在省城,他们又恰好进入了一个开车自驾旅行的时代,在葵花发来的视频中,我才感觉到自我世界的贫乏。作为一个人来说,生命中没有旅行线路,也是一种遗憾。

哦,我真的想出门了,尽管我还不知道从哪个线路出发。抵达的目的地在哪里。这一时刻我竟然像青春期的少女一样,为陌生的、还未到来的旅行而激动。就在这时,翅膀的奶奶给我来了电话,她的声音从未这样低沉过,我从她开口的第一句话中,似乎感觉到有什么事发生了。会有什么事发生呢?很多事情都是在你未想到的时刻降临的,翅膀的奶奶告诉我说:她几十分钟前不小心摔了一跤……哦,听到这里我的心怦然跳动,比往常心平气和的时刻要加速了好几倍的跳动。我最担心的事总会发生的，但必须接受它的来临。

　　这个世界从来都是一幕幕悬而未决的生活，有时候我们躺在棉絮中睡觉时，只是黑夜的一部分内容。在长夜漫漫中我们的视觉是受到限制的：每一时刻准备了过渡到下一个时刻的生活。当我突然在那个上午，听到翅膀奶奶的声音时，我的心跳加速后，又听到了奶奶的另一句话：我还好，感觉并没有摔伤……但我现在需要一副手杖，你能去医疗器械处给我买一副送来吗？

　　当然，这是必需的，我挂断了电话，今天要处理的第一件事，就是去给八十多岁的奶奶买手杖……这也是写作中的故事，在这一刻怦怦怦心跳加速的光景中，我下了电梯，很多老人站在树下锻炼身体。是的，我知道，从婴儿到老人的过程是很快的，在你做了两三场梦以后，站在镜子前，你就会感觉到新的一天开始了，你的额前竟然有了几根白发，还有你的眼角纹加深了……这一切都是真相，我们无法逃避这现实。而此刻，我已经找到了一家店铺，现在城里的药店增多了，卖医疗器械的店铺也增多了，因为这些年里，我们所置身的地球，又增加了许多无以计数的病毒，当病毒像蝗虫般飞来时，药店和医疗器械店铺也相应增加了。我很快就为翅膀的奶奶找到了一副很舒服的手杖，相信，这副手杖到了八十多岁奶奶的手上，会支撑起她身体的平衡。

现在，我一分钟也没有耽误就将车开到了郊外：大地上的万物万灵都在这地球上绕着圆圈，无论你是孩子、青年人还是中老年人都在绕着圈。啊，这是一个巨大的圆圈，对于地球人来说，这个圆圈就是树上的苹果，手上捧着的饭碗。我们不停地绕着圆圈，半山腰的人们家门口都有篝火，晚上天冷时，他们就手拉手，唱着歌，跳着舞绕着圆圈。我知道，生命只要拥有一个自己的圆圈，就拥有了像孩子们一样手捧地球仪的兴奋，就能将自己的故事讲下去。

奶奶坐在院子里的木椅上，阳光洒在她的肩头，她的两手放在双膝前，看上去就像两片深秋树叶的颜色。远远看去，奶奶的目光有些忧郁……她在等待，她是在等我吗？是的，我将手杖带到了奶奶身边时，她笑了，奶奶是自带微笑的人，无论发生什么事，都不会影响她的微笑……第一次撑着手杖行走的奶奶有些脆弱，我鼓励她说，在旧时代里很多年轻的先生也撑手杖的啊，她听后，又笑了。我发现了，她的笑是天生的，有些人的笑是硬硬地挤出来的。

奶奶在家，有时候我郁闷时，只要看见奶奶的笑，我也会笑起来。不得不承认，人笑起来时很好看，而且，人在笑起来后，全身心的血液循环都无障碍。笑，当你在任何地方，看见陌生人的笑，那一天都有好心情。活在这个世界上心情多么重要啊！我有一种想跟着奶奶将微笑进行下去的愿望，奶奶笑起来的时候，像一朵绽放的向日葵。

奶奶撑上了手杖，她的人生有了一些变化后，她正在慢慢适应这副手杖。每次到果园来，我都会看到一些微妙的变化，奶奶都会在我们散步时告诉我这种变化：她撑着拐杖告诉我一个现实，人变老后，为什么容易跌跤？因为人是靠骨骼撑起身体的，最先老去的也是骨头。奶奶的腿跌跤以后虽然无大碍，但看上去还是衰老了很多。当老年人手中有了拐杖后，就是一种陪伴，之后，这手杖就会在他们身边，就像现代人掌握的手机，一旦手机丢失，就会心神不定。

我走了仍不住地回头，虽然周仆人作为奶奶的儿子已经过世很多很多年了，但奶奶仍在平静而顽强地活着。她就像是我的彼岸，母亲和翅膀的奶奶都是我活着的、生命为此延续的彼岸。我被这个现实感动着时，静静地呼吸着空气中的所有味道：任何魔法都需要激情和燃烧的时代和个人，才能述说你想表达的故事。我们的黑夜中已经有太多黑色，它是所有色彩中最深厚可以通向红色或黄或蓝的色彩。

这一天下午，我又进入了一种异常焦灼的状态：葵花失联了，往常她发来视频的时间一直处于静默状态，我打电话过去，她的手机处于一种盲区……直到午夜，我们仍然无法联系上。我也无法联系上翅膀，本想与他沟通下葵花失联的消息，因为翅膀的生活经常在户外，他会有更多的经验告诉我怎么办。我在家里走来走去，就像一只困兽……突然间我想到了柴火，他毕竟是葵花的父亲。是的，这已经是夜里的两点半了……打了两遍后，是一个女人接的电话，我还没说话，就听见那女人说：谁啊，知道规矩吗？下半夜还不让人睡眠。我以为打错了，就解释说：我打错电话了，对不起。

于是，又重新打电话，还是那个女人接的电话，不过，我刚想挂电话，从电话那边就传来了柴火的声音，这真的是柴火的声音。我感觉到有些诡异般的不舒服，现实中是那个女人就躺在柴火身边，如果不是因为葵花失联了，我是不会给柴火打电话的。他们快结婚了，其实早就已经领过结婚证了，睡在一起太正常了。柴火问我这么晚一次次打电话是不是有什么事，我说，葵花去西部旅行突然就失联了……对方像是刹那间醒了过来说道：为什么葵花去西部旅行时你不告诉我？她失联了你就找我来了？我挂断了电话，产生了一种悲伤而绝望的情绪。电话又响了起来，是柴火来的电话，我无助地拿起电话。他说：要报警啊，如果真是失联了就必须报警的。他这样一说我仿佛寻找到一些希望了，便挂断了他的电话。而就在我刚刚挂断他电话的时刻，我听到了手机在响啊响，这是葵花发来视频和照片的响声。我忍不住了马上打过去电话，葵花在那边说：妈妈，我们的车跑了几百公里刚住进宾馆，中间有很多地方是无人区，所以，根本就没有网络信号……

现在我明白了，听到葵花的声音以后，仿佛在这个长夜漫漫中，我的内心又升起了一轮巨大的太阳。第二天一早，柴火又来电话了，我说，葵花已经联系上了。柴火说，过几天就是他的结婚仪典，请柬都发出去了，只希望葵花平平安安的。我知道他的心里在想什么。柴火说希望我能参加他的婚礼，请柬他寄出来了，问我有没有收到。我说收到了，祝贺你新婚快乐，就把电话挂断了。我是否可以去参加他的婚礼？我和他因为一场旅行孕育了一个生命，但没有走进婚姻生活，所以，除了他和我之外，没有任何人知道我们的历史。这样想来，就有了突破口，有了去参加他婚礼的借口，在这借口下顺便也可以看看他新婚的妻子，那个半夜跟我说话的女人的声音还存在我记忆中。生活有许多纠缠不清的理由，如果能参加他的婚礼，就像人解开了一个绳索的结。

记得从少女时代开始，每次穿胸衣时都感觉到挺起的双乳下的腹部，有一种万物在生长的感觉。洗澡时忍不住用双手滑过那片腹地，它就像丝绸和水一样光滑。从那时候开始，我就经常需要水和柔软的浴巾去抚慰它的存在。而在腹部靠下的位置，有一个黑洞，称为子宫，它就是女人怀孕的地方。生命中有两个男人都曾途经我的子宫，让我孕育了除了我之外的新的生命体。突然我内心升起了一种感恩的情绪，这完全违背了以往我内心的心绪，它决定了我肯定会去参加柴火的婚礼。

当我心中升起感恩两个男人在生命中相遇的情绪时，我经常郁闷的胸口竟然像被春风吹拂着。我似乎在一刹那间找到了一种治愈抑郁症的办法，那就是感受到他人给自己曾经带来的快乐和美好生活是值得的：我将穿上自己最好看的那套白色西装裙去参加柴火的婚礼……

这一天到来了，柴火的朋友很多，我真的不知道柴火为什么有这么多的朋友来参加他的婚礼。城市标准的婚礼都是这样的：新郎和新娘站在酒店门口，身着喜庆的衣装，新娘多是穿流行的婚纱，新郎多是穿传统的西装系领带。他们站在门口面带笑容迎接前来参加婚礼的人们……我的命运中没有这样的场景，但是今天我走到酒店台阶下面时，突然间就被这种婚礼的喜庆所感染着。上了几级台阶就到了他们身边，柴火松开新娘紧挽住他手臂的手走向我低声说道，你能来，我真的很高兴。我刚想将一个祝福的红包递给柴火，新娘就走过来了。她应该三十岁左右吧，当然比我、柴火都年轻多了。

年龄成了生命的分水岭，年轻本就是令人心动和骄傲的气象：是的，走上前的新娘用一种微笑而挑衅的目光看了我一眼说道，我猜出你是谁了，你应该就是那天下半夜给柴火打电话的女人吧！这个不友好的开始，让我调整好的情绪突然受挫，我不知道该说什么或不该说什么好。

就在这一刻，突然来了一个电话，是西部区域的电话。我走到一边去接电话，电话那边是一个男人的声音：我是西部警察，今天接到报警，你的女儿和几个人将车开到了可可西里的无人区境内……这是一个危险的区域，我们已经跟他们失去了联系，我们是在网络中搜寻到你的电话时，看见了你女儿和你的对话，也同时看见了你女儿发给你的诸多视频和照片……现在，我们西部警察需要你用最快的速度赶到西部，我们正在调集一切力量搜寻他们在哪里。

讲完电话才发现柴火就站在我身边一侧，他应该是听见了来自西部警察的电话。他说，我陪你去吧，你要相信我，在这样的时刻，我一定会陪你去西部寻找葵花的。我说，你先将你们的婚礼进行到底，我回去准备下，明早才会出发的。柴火点点头，我离开了。事情有如此之快的变化，其实昨天一早，葵花就发信息告诉我说：接下来有一段时间，他们的旅行队还会进入无人区，如果她失联了是正常的，让我不要担心。因为几天前他们就失联过。

　　失联，这个世界像是无人区那漫无边际的荒凉，我无法跟葵花联系在一起。但真相在哪里？柴火来了，他在楼下等我，我们将去西部世界，哦，柴火是葵花的父亲，我是葵花的母亲，在一个特定的时间里，我们的身体造就了胚胎，便有了生命线索。现时代，有很多关于失联的故事，因为这是一个互联网时代，因为身体亲密关系构成了胚胎，在这一刻我们奔往飞机场，我们沉默无语，如果中间没有葵花，我和他之间有何关系？他的手伸过来拉住我的手，我们已经登机，是的，我们已经登机，一切都是未知的。我的手是冰冷的，哪怕柴火的手拉住了也是冰冷的。我身体中越来越寒冷，尽管这是初秋的日子，还没有到冰雪茫茫的时令。我想着葵花，父亲在她生命中的缺席……我想着多少年来生活的荒谬，心情越来越荒凉，就像此刻葵花和几个人的失联……

　　飞机落地时，我们就奔往警方，终于有了结果，葵花和她的同伴们搞了一场恶作剧，在进入无人区以后，他们面对浩瀚无边的荒野，每个人都感觉手机就要没电了，如果再往前走，汽车也要没油了，所以他们非常理智地撤离了无人区后，抵达了另外一片靠近村寨的荒野，搭起了帐篷，又到村寨买了一些食物，同时产生了一个现代人荒谬的恶作剧，让手机的电池完全耗完后，处于休眠状态。同时，想出了一个更荒谬的恶作剧，想在这个荒野失联上几天时间……一种近乎完美而疯狂的快感使几个年轻人快乐地在荒野中生活了几天后，突然间向着不远处的西部县城奔去，他们的车油只够奔向附近的县城，而他们这时候最迫切的事情就是尽快给手机充电。

在上苍的护佑下，那辆越野车经历了从大西南到大西北的颠簸后，终于抵达了可可西里外的小县城。初秋的小县城已经开始寒冷，他们首先寻找到了一家宾馆住下来。此刻他们最需要的现实是，找一家宾馆，先给冰冷的手机充上电，再洗一个热水澡……就在登记住宾馆时，他们几个人的行踪终于被警方发现了。这也正是我们乘坐的飞机落地的时间：这奇妙的时刻，在同一架飞机上下来的好几个人都是失联者的亲人，我们同时奔向了警方。

面对结果，我们都释怀了，这是我们祈祷了无数次的结果。终于，我打通了葵花的电话，我的声音是哽咽的，我还是忍住了之前曾经崩溃的心绪，一遍遍地低语道：葵花，下不为例，千万别失联，请尽快回家。葵花安慰我道：

妈妈，放心吧，所有这一切都是经历，都是我们这一代人必须经历的故事，我们很快就会回家的，请放心，你先乘飞机回去，我们马上也会开车回家的。我本想让葵花跟她父亲柴火说几句，但葵花已经挂断了电话。这是葵花他们这一代人的特性，他们不喜欢任何多余的话，如果多重复一遍话，他们就会嫌你太啰唆了。

啰唆是我们年岁增加后的另一种语言，尤其是面对我们身边的亲人时，我们总是不经意间就开始啰唆起来了。过去，翅膀也不喜欢我啰唆，现在葵花也开始抗拒我的啰唆。哦，啰唆也是一种习惯，还是一种病。现代人患上了各种各样的病，都与外在的现实和心理有关系。

柴火站在我身边，他似乎一直在等待着我能把电话给他，但他却失望了。这个世界的真相是什么？我们释怀了。乘飞机回去后，我们就真的释怀了。新婚后的柴火有年轻的妻子陪伴，而且还有一个治理滇池的梦想，所以，我们都有各自的生活耗尽时光。回家后没几天，葵花也回来了，我想跟她交流下去大西北的感受，她说，太累了，睡三天觉再说。看上去她确实很疲惫，洗了一个澡就关门睡下了。中间我想叫醒她吃东西，她锁着门，低声恳请我让我不要去打扰她。我理解她，也想让她好好睡一觉。作为一个失眠者，我知道睡眠对人体的意义，人在入睡以后，肢体得到了多种元素的补充，以此在醒来后，有力量去接受各种教育和训练。不仅如此，睡眠的意义在于面对黑暗的赴约，这是一个更恒久而幽暗的守望和漫游，人在梦乡接受了上苍的启蒙，梦醒后，必然是一个新世界。

我站在阳台上，看着对面不远处的那座阳台，总是会看见一个女人站在阳台上往下看。那是一座没有封闭的阳台，那么高的楼层，应该在二十五层以上，阳台不封闭对于我来说会有眩晕症的。那个女人，总是站在阳台上往下看，哦，她在看什么呢？这好像是新住户，过去抬头时没有看见过她的影子，我每次看到她出现在露台上时，似乎都身穿睡衣。

有一次，我看见了一个男人走到她身边，男人也穿着睡衣：女人身穿肉色睡衣，男人穿灰色睡衣。

我有些焦虑。门，终于打开了，葵花走了出来，我迎上去。她看了我一眼，依旧睡眼惺忪的样子。她去浴室了，她喜欢洗澡，如果在家总是每天都洗澡，每次她洗澡后，看上去就完全清醒了。现在，我在等待她洗完澡后面对面地对话，她马上要去上大学了，我想问问她是否有什么想法。有时候，我发现跟他人的关系就像生活在一道道夹缝中。然而，我们在子宫中的时候，就已经产生了与母亲身体的关系，后来，我们被剪断了脐带后，就产生了与空气、更多人的关系，人活着，就是与时间、他人、社会产生关系的历史。

没有产生关系的个人，是不存在的。葵花走出了浴室，是的，洗过澡后的女孩，清新而又绚丽，就像一个花骨朵，等待着去绽放。我又迎向前，葵花说太饿了，她要去楼下吃东西，吃完东西要去找同学。哦，总是这样，她好像总有排斥你想跟她交流的机会。好吧，她出去了，像风一样飘出房间了。我的心在下沉，又一次感觉到了生活的无奈。我感觉到某种生命的意义在下降和上升。

灵魂日日新，是每天更换的衣服，是食谱的佐料，是诱饵之毒，是披荆斩棘的黑暗，是光明之书在等待着我们。我在焦虑或释放中，活下每一天，因为并非孤独一人，而是在他人和更多人世间的事，给予我神奇的力量。

那天晚上，葵花回来得很晚，我一直在等她。半夜三更的，她会去哪里？终于，她回来了，我送她到房间，她说，有件事想跟我商量后再决定。我心生喜悦，太好了，她终于想跟我交流了。我煮了安神的红枣桂圆汤水，各自一杯，坐在沙发上。她将客厅的全部灯打开，脱了外衣，将右手膀伸到我面前说：妈妈，你看我手臂上是什么？我看见了现在很流行的一种贴纸，表面上是文身，实际上是可以撕下的。我不以为意地说，过一会儿就撕掉吧，尝试一下就够了。葵花说：撕不掉的，这是真文身。妈妈，我想好了，去学文身，不上学了，文身也是一种艺术，但我现在需要一笔交学费的钱……

我愣住了，说道：葵花，你千万别吓我，别跟我开玩笑……这段时间以来，我一直失眠……葵花笑起来说：我就知道你会反对的，反正我已经十八岁了，我自己的事情自己做主。学费我会自己想办法去解决的，你好好睡觉，千万别为我失眠了，现在患抑郁症的人很多，我希望你远离抑郁症，健康快乐地活着。葵花说完就回房间锁上了门，我没有去敲门，我希望明天早晨醒来，今天的事是一个玩笑而已。因而，我喝完了那杯安神茶汤，是啊，还真有效，几分钟我就睡着了。

葵花要出门了，她把自己收拾得很干净，我问她去哪里，她说让我不要总盯着她不放心，她毕竟已经十八岁了，要有自己的基本自由度。我说，好的，只要你好好的就可以了。她出去了，她刚出门，柴火就来电话了，说他今天要跟葵花见面，问我是不是在中间做了工作？柴火说今天一早他就接到了女儿葵花的电话，说想念父亲，想单独交流一下。这事对于柴火来说当然很高兴了，他们约好了时间地点，在滇池边的咖啡馆见面。

我感到有些说不清楚的蹊跷，在过去的日子里，葵花对父亲的存在很冷漠也很排斥，为什么突然就跟父亲联系上要见面呢？突然间我有一种预感，葵花与父亲的约见是否跟她想学文身有关系？我马上打通了柴火的电话，但他没有接。我想，有可能是葵花已经到了那家约定的咖啡馆，不方便和我通电话。

我抬起头来，此刻，我正在露台上，我的露台是封闭的，尽管如此，还是可以从窗口看天气看白云变幻无穷，也可以看见对面的楼房。我又看见了那个女人，今天她身穿粉红色的睡衣，她好像刚起床，是啊，今天是星期六，很多人都会睡懒觉的。在现代人的生活中，睡懒觉已经不知不觉地变成了另一种时尚。

她有一个习惯，总是站在露台上扶着围栏。那是金属色的围栏，刚到她腰部以上，已经算高了，然而，每次她扶住围栏往下看的时刻，我总升起一种惊悚感。有时候，她的存在成为我站在阳台上的某道风景。

葵花回来了，带着欣喜地告诉我，她明天就要去职业培训班去住，她已经筹备好学费和生活费了。这一切都是她告诉我的，她的眼睛坚定清澈，用她年仅十八岁的声音对我说：妈妈，我选择的事，就是我喜欢做的事，请你别再给我讲任何道理。我只有找到我所喜欢的事，才可能做下去。我找到了，明天我就去学校了。

我确实不知道再说什么，她的选择太突然了，我想起咖啡馆中那些文过身的年轻男女，是的，只有在年轻人手膀上我看见过文身，尤其是夏天时，光着膀子的青年人身上都有奇奇怪怪的文身图案。从心理上来说，我是抵触的，我也不知道抵触什么？如果时间朝前推移，回到我的青春时代，那时候还没有文身术，所以，当我产生抵触的时刻，我感觉到我已经开始老了：我不明白那么干净的身体上为什么要文身？

现在好了，葵花竟然选择了学文身。我知道如果反对她，我与她的关系又将陷入一场僵硬的对峙，我害怕并逃避这种冲突。但我猜测到了葵花的学费是她父亲支持的……也许通过这件事，葵花与她父亲的关系会产生新的转机。有些事情，就那样吧，我早就发现这个世界已经不再是过去的世界，必须适应这个变幻无穷的世界：我嘘口气，又站在露台上，每次我产生室息感时，总会逃到露台，它是我身心的避难所。

突然间，我眼睛朝对面看过去时，看见对面露台上一男一女在对峙，那个身穿粉红色睡衣的女人扬起手来捆了男人的脸，男人朝后退去，他在说什么我听不见，他们指责对方的声音我都听不见。转眼间，男人已经走了。女人站在露台上在大口地喘气，看得出来她有一种室息的感觉。

她又来到了金属色的栏杆边看看天又看看地，天空上有一只鸟就飞在她头顶之上。那是一只翠绿红冠的鸟，女人看着那只鸟，看了好几分钟，后来，那只鸟飞远了。

鸟总是要飞走的，不过，我感觉到在她窒息的时刻，那只鸟是来陪伴她的。生命中有很多幻象是为了让我们从困境中走出来，刚才对面露台上的女人打了男人一巴掌，男人走了，我猜想在这样的情况下男人是非走不可的。鸟来了，这样的情况下的女人一定浑身颤抖。这只美丽的鸟飞到女人的头顶，它似乎转移了刚才所发生的骚乱。我的窒息感也开始转移了。

第二天中午，葵花将收拾好的箱子提出来，我主动要求去送她。葵花感到有些意外地问我：妈妈，你不反对我了。谢谢你，好吧！

葵花接受了我去送她，时间给予了我很多智慧，我知道，我主动去送葵花，就能寻找到葵花所在的学校位置。我想更深地融入葵花的生活，因为她才只有十八岁。在车上，葵花有些欣慰地看着我的双手，旋转着方向盘。看得出来，她开始松弛了，因为得到了我的支持。但我没有想到，葵花报名参加的那所培训学校那么远。出了郊外又走了一个多小时，终于抵达了。

这所培训学校是在一片废弃的工厂中建起来的，周围还有一些小作坊工厂。葵花拎着箱子，她的目光也有些恍惚，我猜想这所培训学校一定跟她所想象中的不一样。但已经选择了，葵花就会坚持的。在门口，葵花拉着箱子与我挥手再见，我有些忧郁，葵花在这样的学校里能学到什么呢？驾车往滇池方向走，我想去找葵花的父亲柴火，我有一种越来越激烈的愤懑，如果柴火不支持葵花学费的话，也许葵花就不会上这样的培训学校了。

我们总是要面对现实的，来到了滇池边，先给柴火打了电话，问他在哪里。他说在医院陪同妻子在检查身体，他的妻子怀孕了，他的声音很兴奋。我站在滇池边，我已经挂断了电话，在这样的时刻，我能跟葵花的生父说什么呢？站在滇池边，我突然发现被污染的滇池越来越清澈了。时光多快啊，当我抬起头来，竟然遇上了第一批从西伯利亚迁移过来的红嘴鸥，这场景太壮观了。

我似乎从天空中飞翔而来的红嘴鸥中，寻找到了我想转移的方向，我们在这个被各种碎片化所笼罩着的世界里，都需要寻找到各自的方向感。活着，是一幕幕人生的戏剧，寻找到自己的角色，将属于自己的戏剧演下去并寻找到自己的台词，这就是生活。

下部

雪山白

此情可待

　　母亲来电话说,搬迁房已经盖好了……我立即动身前往小县城。母亲已经撑上拐杖了,离母亲最近的就是我,妹妹经常出差,哥哥远在另一个国度。母亲的事我总是会在第一时间赶到母亲身边。这一次,母亲的动态显然不像过去了,我想说服母亲跟我去省城住,母亲摇摇头说在小县城有她的邻居们,大家都要搬走的,而且现在的房子有电梯……母亲的邻居们听说我回来都过来了,他们已都像母亲一样撑起了拐杖。

　　在省城,早就有人不断嘀咕:碎片化的时代到来了,老年化的时代也到来了。

　　一群撑上拐杖的老人,将走出古老巷道。在这些古巷他们世代居住,现在轮到他们迁移了。地球是圆的,所有人仿佛都在顺着圆的地球不断迁移，人类的文明就是一部迁移史。从个人到集体，我们都在迁移，望着这群絮叨的老人，从不愿意到顺从于大局意识，这也是需要一个过程的。待他们离开后，这片古老住宅区将开发新楼盘。这是地球旋转出的趋势，每个人都是过客，看见这些从古巷道走出的老人，我才真的再一次意识到老年时代降临了。

春天来了，已经有桃花李树绽放：只要看见花朵，老人们的脸上也会绽开笑脸。有一个老人走到母亲身边，伸手为母亲整理下衣领，老人看母亲的样子很是深情，母亲有些不好意思地笑了笑……我感觉到了什么，妹妹驱车赶到了，妹妹对我耳语了一下，暗示我，为母亲整理衣领的老人是母亲的老年伴侣，他的老伴早就过世了，无儿无女，看上去身体还算硬朗。

我点点头，妹妹还暗示我说，现在患老年痴呆症的老人太多了，他们能够相互陪伴也是好事情。我发现妹妹不愧是做传媒的，比我更敏感，思维也更前卫。妹妹一直是独身主义者，她似乎不停地谈恋爱，但从不将男朋友带到我们身边。我们虽然是生活在同一座城市，但却很少见面。每个人都在忙碌，你只可能跟眼皮下有限的几个人见面，我见得最多的是葵花，她现在又去学习文身了……

如果不是母亲的原因，我和妹妹基本上不见面。血缘关系只是幼年时代维系了我们，到我们离家出走以后，将会在不同的环境和人生中遇到更多的新人。但妹妹对母亲的事很支持，而且比我更了解。我母亲的房间和那个老人的房子都在同一层，这似乎也是上苍故意安排的。我和妹妹带着母亲和她的伴侣迁入了新宅，教会了两个老人上下电梯，还带着他们在小区的花园中走了走。看上去，他们是一对非常和谐的老年伴侣，看得出来，他们的关系已经存在很长时间了，我突然明白了，为什么母亲不愿意去省城生活，因为她身边有一个伴侣，会伸手牵住母亲的手。在上下电梯的时候，他的手就伸过来，牵住了母亲的手。这场景让我感觉到世界变了，母亲的生活却仍然在温暖有尺度地延伸出去。原来我以为母亲是孤独的，现在，是我羡慕母亲的时候了。母亲和她的老年伴侣住上了有电梯的房子，安顿好母亲以后，我们安心地离开了小县城。

翅膀结束了一段攀岩生活后又回到了咖啡馆，回到咖啡馆的那天晚上，金笛又不见了，那是一个下雨的晚上。是早春的雨，金笛不见了，他连夜寻找金笛，我也随同寻找。翅膀说金笛陪伴了他太长的时光，在大山里，每次攀岩，金笛都会寻找到崖顶的小路，穿过一片片野生灌木丛，跑到崖顶等候翅膀。在如此寂寞的时间里，翅膀和金笛仿佛内心已经融为一体。翅膀说的这些事实我通过视频都看到过。今晚，翅膀有些绝望，他说必须找到金笛，他的生命中不能没有金笛。在细雨中，我看见了翅膀，他已经长大了，我已经忘却或忽略了他长大的过程，但今天的翅膀似乎依然在成长，他如此忧伤，在忧伤中成长。

成长没有年龄之分，母亲那一代人仍然撑着拐杖在寻找生命的希望和太阳，我们这一代中年人，在经历了无数的焦虑和期待之后，同样在成长。在夜里，我穿过一条条小巷子，我们分头在寻找，又想起了葵花，她进职业培训学校已经好久了，看得出来，她是真的喜欢上了文身术，否则在那样破旧荒僻的城郊外的学校，她是无法待下去的。

在这件事上我没有再找葵花的父亲交流，许多看上去令人窒息的事情，只需要三天之后，就像冰河世纪遇到了上苍赐予的暖流，也就慢慢融化了。最重要的要熬过三天，有人告诉我说所谓爱情也只有三天。所谓三天，就是前世、今生或未来。所以，在生命中，无论你遇到什么事情，一定要守住自己的底线与无限的焦虑和疼痛，熬过三天，必然会迎来春暖花开。

许多次的沦陷期，我熬过了三天，是的，只要熬过三天，任何事都会像天空的云彩变幻出新的白云朵朵。我的中年时代也在成长，此刻，在半夜，我穿过了一条条小巷道，突然我看见了一条小狗在跟着我，事实上小狗已经跟着我很长时间了。小狗狗走得不慢不快，跟我走路的节奏保持一致，我的心突然间生起一种道不清的温暖。我回过头，蹲下身伸出手去抚摸小狗狗，它的身体湿透了。我伸手抱起狗狗，它好像是一只蝴蝶犬，耳朵大大的，就像一只蝴蝶的形状。我抱着蝴蝶犬穿过了小巷，像穿过了黑暗中的一条条神奇的隧道。

我走出了隧道看见了翅膀，他身后有三只小狗狗，因为养狗人身上都有狗味，所以小狗狗们都会走上来，以为寻找到了主人。翅膀对我说：妈妈，天快亮了，我们先回家休息吧！翅膀惊喜地发现我手中抱着一只小狗狗，他说：今晚，我在寻找金笛时发现了城里有许多流浪狗和流浪猫……我说，是的，我也发现了。翅膀说：妈妈，我产生了一个梦想。好吧，我们先休息，翅膀从我手中接过了那只蝴蝶犬说：妈妈，你回家休息吧，我会将这几条流浪狗先带到咖啡馆去。我点点头，翅膀这么做是必然的，他就是这样的人。

人是什么？人来到这个世界到底是为了什么？我看见翅膀怀抱蝴蝶犬，带着另外几只流浪狗沿着晨曦来临之际的黑暗，朝前走了。很多时间里，我都站在他身后，目送着翅膀的背影，他就像他的父亲那样高大，本性也像他的父亲执拗中充满了温情。这温情使他在生活中会产生许多关于人性的梦想，这一刻，我隐隐约约地预感到了翅膀刚才所说的那个梦……

生活不仅仅是白天晒晒太阳，夜里看看星光，还有更艰辛而神秘的人生动态，需要你独自经历并完成很多现实，就像孩子们在海边沙滩上嬉戏的场景，有海潮，也有沙漏，还有远方的孤岛，身后的田野村舍，回去的路。

天快亮了，我全无睡意，决定驱车去看翅膀的奶奶，这段时间发生了许多事，我竟然已经有三个星期没有去看翅膀的奶奶了。我说过，老年人也在成长，关于生的故事，从年少到暮光之眼，你如果亲临现场，就会发现，在被夕阳红所笼罩着的世界里，那同样是一个重生者的摇篮。

三个星期未见，翅膀的奶奶一见到我，就有絮叨的话题。她坐在果园中的老式藤椅上，桃花开了，奶奶看见粉红色桃花就很兴奋，她告诉我，桃花开了，她的脚手就不麻了，头也不晕眩了。她说，最近一位奶奶开始失忆了，她家里的人来看她时，她已经认不出来是家里人了。说到这件事，翅膀的奶奶有些忧郁，她说，她查过百度，失忆就是老年痴呆症的开始。百度上还告诉她说,要避免走向老年痴呆症,就要多说话,多跟人交流,还要跟小鸟们多说话,要多动脑筋,让血液循环,就会延迟老年痴呆症。

于是,奶奶就告诉我说,她吃完早餐后,就撑着拐杖在果园的小路上走三圈,每天走路也很重要。最近,又有一位老人完全不能走路了,只能靠推着轮椅朝前慢慢地挪动步子。这也是一件让奶奶害怕的事情,所以,她要每天早晨走三圈,晚饭后再走三圈……她要抵抗老年痴呆症,也要抵抗轮椅……奶奶说,早上这果园中会飞来很多小鸟,麻雀要多一些,也有燕子和喜鹊,每次看见喜鹊时,那一天就会最吉祥如意。

奶奶说着话,在她头顶就是粉红色的桃花,阳光照在奶奶的肩头,偶尔,阳光会掠过树枝照在奶奶的脸上。奶奶突然又想起了什么,她嘀咕说,翅膀和葵花有很长时间都没见到了。我说,他们很快就会来看你的。奶奶眯着眼睛笑了。在这笑意中我感受到了对亲情关系的期待。于是,我当场给葵花和翅膀分别打通了电话,让他们各自跟奶奶通上了电话。奶奶仍然在看微信,这使她能在微信中了解世界,我想,微信中那些属于碎片化的消息和观念,对于生活在暮光中的奶奶来说,也是另一个敞开的窗口。

她从桃花树下站起来，我们想沿着果园的小路走一走。奶奶告诉我，坐一坐就要走一走，血液是需要循环的，脚手是需要动的，大脑是用来思考人生的。

翅膀的奶奶在暮光之眼中，看见了走向人生尽头的许多生的希望。这一切也在鼓励着我，每一次从那座果园中走出来，我都会滋生新的感慨。奶奶的拐杖在她布满青筋的手中朝前移动……又到了告别的时刻，我们总要告别的。每次告别，我们都会相互拥抱。奶奶的身体越来轻，她比过去又瘦多了。

走出果园我就去开车。这一天我碰到了一件事。我刚把车停下来，想去买些物品，就看见了一个老人突然倒地不起，本能驱使我跑了上去。是的，我确实是跑过去的。我蹲下身，老人已经昏迷，我艰难地想扶起老人，但她的身体很沉很沉。旁边围了几个人，有人说快打120吧，有人说快报警吧！就是没有人走过来帮我将老人搀起来。我再一次用力想将老人搀扶起来，但连我自己都摔倒了。还是有人打了120的电话，救护车到了，很快就到了，真是太好了。同时，警车也到了，两辆车几乎就是在不同的时间中前后到达的。我嘘口气，警察走过来问我是怎么一回事，救护车上的人正在将老人扶上车……我对警察说，我看见老人摔倒了就跑上前想搀扶她，才发现老人已经昏迷了。救护车上的医生说让我尽快上车，送老人去医院……我说，我还有事……警察说，你还是先送她到医院吧，这件事，还需要笔录，但现在先救护老人，等老人醒来后我们再做笔录。

我完全蒙住了，就像突然间来了一场莫名其妙的大雾，这是为什么啊？我跑上前救人难道也要做笔录吗？还要让我陪同去医院？他们为什么不尽快寻找老人的亲人？围了好几层人都在观望，就没有人走出来说说话。警察安慰我说：先去医院，会有真相的，我们会弄清楚真相的。

这件事，需要真相吗？我在迷雾中上车，到医院，因救人急我还先垫付了医药费。老人进入了抢救室后，警察说你可以先走了，我们已经联系上了老人的家属，到时让家属将垫支的医药费打你，如需要笔录时请你再出场。好吧，让我先从迷雾中走出去吧！我太累了，这场救护人的个人行为让我体会到了什么。

我希望这件事就此结束吧，千万别再被传唤去做笔录了。我告诉自己：事情一定已经结束了，从迷雾中走出来吧！不过，今后做这样的事，我还会跑得那样快吗？

三天都没有传呼我，我认为我已经从雾中走出来了，是的，恰好翅膀来电话说要带上我去看一个地方。我说，看什么地方啊？翅膀说，我去接你吧，半小时翅膀就在楼下等我了。我没有告诉他三天前经历的那件事，我只是想知道翅膀要带我去的地方在哪里。翅膀诡秘地一笑说：妈妈，你会支持我的，我想你一定会支持我的。

穿过城市来到了郊外，汽车从一条小路上开过去，两边都是青麦地，微风中有各种花香的味道。出现了一座废弃的厂房，周围有围墙，我们下了车，翅膀推开了两道锈迹斑斑的铁大门，里边的院子有五百平方米左右。翅膀说这地方不错，他想租下来。我说，你想在这里开咖啡馆是不可能的，没有人会跑到荒郊野外来喝咖啡……

我不断地想用现实主义者的观念来提醒翅膀。哪知道，翅膀却告诉我说，他想成立一个收留流浪动物协会……刚说到这里，电话就响了，是警察来的电话，让我去派出所做笔录，翅膀说，去派出所？你为什么要去派出所？我说，因为救了一个老人，所以要去做笔录。翅膀说，我明白了，妈妈，你别急，我陪你去。这世道怎么了？救了人还要做笔录。派出所里已经来了老人的儿子，是警察介绍的。老人的儿子见到我后第一句话就问我，为什么撞倒了他的母亲？

又是一阵迷雾重重，警察说你们按照程序来做笔录。翅膀很理智，这是他长期攀岩培养出来的禀性，我也很理智,这是中年人历尽沧桑后的态度。尽管迷雾又再次升起在眼前,但我深信,所有事情都会说清楚的。于是,我慢慢地追索了那天下午的事情,我能够保证我所言说的每件事都是真实的。

轮到老人的儿子说话了,他同样也是一个中年人,他说母亲单独居住。每天他都会跟母亲通一次电话……好像就是这么简单,但他说,母亲虽然是八十多岁了,但从来未昏倒过,尽管她有冠心病,除非是被人撞倒惊吓后才昏迷的。这就是说,他母亲是我撞倒的。警察说,他母亲已经从昏迷中醒来了,接下来我们一块去医院做笔录。那个老人问什么都摇头,不住地摇头,说明不了任何情况。儿子替母亲说:她这么大年纪了,受到如此惊吓,能说什么呢?老人的儿子对着我说道:什么都不说了,事情既然发生了,是你在奔跑时吓倒了母亲,还好,母亲的手脚还没受损,你就赔一笔惊吓费和住院治疗费吧!

又是一场黑压压的雾霾,这是怎么回事?生活为什么开如此荒谬绝伦的玩笑?我说,我跑起来,是因为看见一个老人倒地了,我想去帮忙,你们怎么是如此的思维方式?怎么会想到是我跑起来后,撞倒了老人?这真是太荒唐了,你们是什么思维啊?我简直是在一场黑压压的迷雾中前行,明明是我第一时间的本能驱动下跑了过去的,现在却变成了我撞倒了老人？最重要的问题是老人问什么都只会摇头晃脑的，这真是一场人性的善与恶的玩笑。

老人的儿子说，你去找证人啊，如果有证人能说清这一切，那么我们就认了，有谁能证明你没有撞倒我母亲？是啊，证人，当时围了那么多人都是证人，也有人打110的，打120的，是啊，老人儿子的话突然间启发了我，打电话的人必然是目击证人。我将目光转向警察说，可以查询打电话的，医院的救护车和警察的110警车，都是前后差不多的时间内赶到的，打电话的人就是目击证人。

老人的儿子低下头来，好像很沮丧地说，好吧，你们做警官的去找证人吧，不过，眼下我的母亲还在医院里，需要继续住院，请你们再支付一笔住院费吧。我摇头，心里很无奈。翅膀走了过来，从包里掏出钱包，哦，翅膀还用钱包，是的，他经常去遥远荒凉的地方攀岩，那些地方是没有使用微信和支付宝的地方，只能使用纸币。翅膀走过来对我说道，妈妈，就这样吧，你需要冷静。相信警察会帮我们澄清事实真相的。他一边说一边将钱包里的一沓百元人民币掏出来，递给了那个老人的儿子说道：我的母亲，是一个非常善良的人，我相信我的母亲跑过去，是为了帮助你的母亲。好了，这笔钱你先去交你母亲的住院费吧！

老人的中年儿子伸出手来从翅膀手中接过了钱后，说了声谢谢！我看到了这个中年男子垂下头来眼睛一直不敢与我们的目光对视，刹那间，我感觉到了生活的无奈和前后左右间，人性背后说不清楚的东西。警察说，他们调查清楚后再联系我们。翅膀拉着我走了，在车里，翅膀说，妈妈，现在很多事说不清楚，因为说不清楚，很多老人跌倒，只有很少人站出去扶老人了，这是一个非常不健康的现象。妈妈，你是对的，我支持你，人间那么美好，值得我们去付出一切代价。翅膀就像长出了双翼的天使，他总是那么美好地善待人间。

几天后，警察通知我到派出所去，他们已经找来了打电话的两个证人，老人的儿子也来了。当着我们的面，两个证人如实地讲述那天他们所看到的真实场景：因为他们都在老人跌倒的地方开着不同的店铺，当时他们正站在店铺外聊天，突然间就看见一个撑着拐杖的老人跌倒了，再后来就看见我跑了过去想搀扶起老人，但怎么也无法搀扶起来，于是，他们就分别打了电话。事情终于说清楚了，正如翅膀所说，人间是有真相的。老人的儿子突然间哽咽起来说道：老母亲一直单独住在她过去的老房子里，父亲早就过世了。他跟媳妇经营着一家小小的烧烤店，生意时好时坏，能付清房租维持生计已经不错了，根本就顾不上照顾老母亲。母亲有冠心病，那么大年纪了都是自己照顾自己。他哽咽道，我给他们支付的住院费，只能慢慢还我了。我安慰老人的儿子说，付过的住院费就不用再提了，希望他有时间时能多去陪伴他的母亲。是的，人间果然还是有真相的，人在做，天在看。走出派出所，天空如此晴朗，老人的儿子一定要记下我的电话，我就把电话给他了。

他走了，中年男人的内心深处似乎有无数的枯叶起伏，他刚才在派出所的言说，是他的生活，也是他的真相。我看到了底层人的真相，为生活而生活的烟火。在无数混沌的烟火中人们生存的无奈和疲惫，不安和焦虑交织在一起。我告诉自己，下一次，遇到这样的事，我依然会跑过去的，这是本能和良知所选择的。

春天来了，翅膀租下了荒郊的那片废弃了的厂房，成立了流浪动物收养者协会。稍作收拾整理，打扫了废弃了许多年的工厂车间，这里就是一座天然干净的流浪动物的家园。他本想将咖啡馆转让出去，我阻止了他，这是他父亲生前的一个梦现场，无论如何，我们得将咖啡馆延续下去。

时间过得好快啊，葵花半年的培训班结束了。对于葵花学文身的事，翅膀是理解的，他说，人在某个阶段执迷于某种生活方式，都是命运中必然要经历的事情，多年以前，当他坐在咖啡馆里时，怎么也没有想到要参加攀岩者协会，而当他一步步往高高的危崖上攀登时，怎么也没有想到会租下郊区的旧厂房，创建流浪动物收养者协会。

如果不是金笛在那天晚上消失，也许我们就不会在城市的大街小巷中，遇见夜灯下那么多孤独无助的流浪狗。命运有时是无法抗拒的，冥冥之中，它就会安排你的明天，但所有这一切又都是有前因后果的联系。

葵花回家时，我并不知道。那天黄昏我回家时，看见浴室的灯亮着，以为忘了关灯就推开了门，葵花正在洗澡，水蒸气下我看见了她的脊背上有一片玫瑰花园，这是文上去的吗？我惊叹不已地看着她的背影，因为有水龙头下流水的声音，葵花并没有发现我已经打开门，正在看着她的脊背。当她移动身体时，突然间就看见了我，她低声说，妈妈，你为什么不叫我一声，吓了我一大跳。我解释说，我不知道你回家了，我以为忘了关浴室的灯。葵花说，你看见我脊背上的玫瑰花了吗？这是我设计的作品，是别人帮我文上去的。

葵花也变了，才半年时间，葵花开始接受我的存在了。更重要的是她走近我，让我欣赏她脊背上的文身作品，她自称是她所设计的作品。她将浴室的所有灯光打开，水蒸气下刚刚浴后的身体，是属于青春期的。她让我看见了从未见过的另一个陌生的世界，原来自己的身体也可以是画布，可以创造自我的幻觉。

幻觉可靠吗？在这个碎片化的时代，像葵花他们这一代人所追求的幻觉似乎变得更陌生而具体：初看，脊背上的玫瑰花园仿佛是真实的，它使我想起了绣花的手工艺品。葵花将文身也称为作品……我还是初次与这个新的时尚潮流交往，确实，它太陌生了。难道它会永远留在身体中吗？这才是我想追问的。我问道，这么好看的玫瑰花，能在脊背上留多长时间？经常洗澡就会消失吧？葵花说，可以留下很长时间的！她觉得我已经接受她身体上的文身了，因而很高兴。

问自己，我是从内心真的接受葵花脊背上的文身了吗？人，总是有两个，甚至是三四个自我的吧！只有这样我们才会克制住自己在别人面前的各种情绪。其实，我承认自己或多或少携带着忧郁症状，这就是为什么当我站在露台上，每次看见对面阳台上的女人朝下看时，我的身体仿佛有一种坠落感……这忧郁症好像在很早以前就开始了，但我说不清楚具体的时间。而且，我有掩饰感，从不在别人面前显示我的忧郁症状。

我的手伸出去触摸到了葵花脊背上的玫瑰花，那么美的花纹，说实话，我希望它就像真实的玫瑰花，绽放过后就凋零了。所以，我以为它会随时间慢慢淡化后消失，然而，葵花却告诉我会留下很长时间的。这事让我有些焦虑，是否会伤及皮肤，那些墨蓝色的液体仿佛将红玫瑰种植在皮肤深处，这是什么材质啊，会不会有溶进血液中去的等等问题。表面上我不质问，在后面我却在拷问有限的知识结构，但却没有最终的答案。接下来，葵花说她已经有文身师的证书了，可以去做文身师了，葵花说她先去一家文身店学习学习……然后呢？葵花没有再说下去。

很多事都是走一步再说。葵花回来后，看上去很忙，她早出晚归，晚到夜里的十二点钟左右才回家，她说，很多人都是晚上才文身的。是啊，这个世界完全变了，我看见很多年轻人晚上不睡觉，白天要睡到中午才醒，这也是葵花的生活方式。她晚上回来时，每天都要叫外卖。哦，年轻人都喜欢叫外卖，他们的生活在该正常的时候不正常，完全颠倒了我们这一代人的生活习惯。

她每天回家，我都还没有睡觉。等待葵花回家又成了我必须做的事情，尤其是一个女孩子在夜里回家的路线，也会让我的焦虑症中又增加新的内容：黑暗本身就是一个谜，一个隐患无穷无尽的尽头，走着一个青春期的女孩，她回家的路上会遇到什么？我想，这不是写小说，而是我抑郁症状的一部分触须，每天晚上，我在书房中写作读书，或者走到露台上伸伸手臂，以此缓解我内心的不安……幸亏有写作，是啊，语言表达出了我们生活的时代。除了语言外，四周都是黑压压的一片又一片，你看不见里边有谁在叫喊和挣扎，黑暗掩饰了所有人的痛苦和无望，尽管如此，希望仍然像天空的皎月和星宿照耀着人间。

葵花站在门外掏钥匙扣时，我的心终于释怀了，我走出去迎接她的回家，那一刻，我就像突然间看见了太阳下鹅黄色的春光。葵花似乎习惯了我迎向前，接下来，我可以去卧室了，我知道葵花接下来还要叫外卖，吃完东西后还要洗澡，等等。不过，只要在家里，一切都安全无忧了。

有一天半夜我在等待中又站在露台上，隐约中我看见了对面的女人，她手里握住一个东西，那应该是一个酒瓶吧。夜里我睡不着觉时，会启开一瓶红酒喝一杯，所以，我能够透过夜色灯光猜出那是一个酒瓶。不错，那一定是红酒瓶，突然间，她靠近了露台，她的上半身趴在金属栏杆上，哦，这个动作太极端了也太危险了。这些年，很多抑郁症患者都倾向于从高空中往下跳……

我被这些发生在不同人身上的个例所笼罩着，我想应该尽快报警,对面那个女人的动作也太危险了啊!于是,我拨通了110报警电话……哦,我目不转睛地盯着夜幕下的那幢高层建筑,将它缩小成一座露台和一个女人,她仍然是将上半身趴在金属条栏杆上,是的,太危险了啊,我希望警车尽快降临。突然,情况又变了,从露台上走出了一个男人,他走近了女人,伸出手臂将女人轻轻地抱了起来。哦,这一切就像电影镜头切换得那么快,简直太快了,男人抱着女人从露台上走进屋去了。

就在这时,我听见了警车的声音……警车已经到那幢楼下了……夜幕下很多人好像都没有睡,有人走到了自家的露台上往下看,他们似乎都在猜测到底发生什么事情。我的手机响了,是警察来的电话,他问我到底什么情况,没有看见我说的那个女人啊,我解释说,刚刚那个女人确实上半身趴在围栏上,很危险的,后来,出来一个男人将她抱进去了……

警察说好的好的,抱进去就好……警车走了,一场虚惊结束了。站在露台上看情况的人们回房间睡觉去了。刚才,我自己经历的一场荒唐的事件也都过去了。这件事情告诉我,事情并非像我所想象的那样阴郁,那个女人并非趴在金属栏杆上就想往下跳……第二天,是又一个阳光灿烂的日子,我像往常一样起得很早,每天太阳升起时,我都会站在露台上接受一束束温暖的阳光。

当最阴郁的时辰过去以后,总会有更新的与人世的关系,与你的现实生活相遇。有一天,翅膀告诉我说,他有女朋友了。哦,这倒是一个好消息,翅膀早就应该谈恋爱了,这也是我很关心的问题。翅膀幽默地说,他的女朋友是一个兽医,今后可以给狗狗治病了。我开心地笑了。翅膀太像他的父亲了,总是将希望和明天带到你面前,每当这样的时刻,我就像是一个在阳光下漫步的母亲。

翅膀又一次带上我去看他的动物收留所时,我看见了翅膀的女朋友。翅膀说,他们还开了一家宠物诊所,这样所收留的动物们就有健康保障了。翅膀的女朋友小米穿着白大褂,头上梳着一束高高的马尾辫,个子虽然小巧玲珑,跟小狗们在一起时,她就像是小狗们的守护神。翅膀这一段时间都在他的动物世界中,这也是我所希望的,我希望在未来的日子里,翅膀不要再去攀岩了。就目前来说,翅膀正将全部精力投入到他城郊外的动物收容所去,这对于年轻的翅膀来说,打开一个世界时,意味着要倾尽全力,付出所有的爱。爱是需要能力的,爱不仅仅是男女关系,爱更多的是我们与这个世界的联系。爱并非是唇齿相依,而是用你在人世间的关系,寻找到爱的方向。除了男女之爱，每个人的存在都与爱同行，产生了为爱而负载的所有艰辛探索的历程。爱，是需要时间的，只有在时间中我们找到了爱的魔力：我们失去的一切就是我们所得到的再现。

翅膀是另一个男人的再现，他再现出了他父亲的某些东西，激情和速度下的梦想，在他的世界里，每次我走进去，都会感受到人不是仅仅为了生存而生，而是为了关怀更多生命的存在。

咖啡馆保留下来了，我主动要求去管理咖啡馆，这让我拥有另外一个世界。我感觉到了坐在家里书房中写作的局限，并且会让我产生更多的焦虑症，上次我看见对面露台上的女人，害怕她往下跳，便打了110电话，当警察出现时，男人早就抱着女人回房间去了。这件事让我感觉到自身的问题，如果以此追索的话应该是幼年时代，那个女人跳井的记忆强烈地影响了我……我突然找到了源头，多少年已经过去了，那口后来盖上了石板的水井不知道是否还存在？这似乎成了一个强有力的渊源，我突然有了激情，便连夜驾车回县城。天亮以前，我抵达了小县城，来不及看母亲就去寻找那条老街，还好，人类已经越来越懂得捍卫自然和时间的历史，这让我感受到了欣慰，从前的那条老街竟然作为步行街保存下来了。

步行街首先是从大城市开始的，在省城，虽然拆除了许多原有的老房子，但在边拆边建中人类突然发现了大量的开发扩张是一种罪恶。还好，我们人类是清醒而智慧的，也是一个充满了信仰的、由各种版图和民族组成的掌舵者。当人类从盲目和愚蠢中突然间清醒的那一时刻，必然是一个群星璀璨夺目的、天地可鉴的伟大时刻的降临。城市的大部分老街终于得到了伟大的良知和智慧的守望，所以，许多老街变成了步行街，这显然是另一个文明的降临。

步行街的到来，禁止了现代化车辆的入侵，在这里，有古老的店铺和饮食，也有购物的大型超市，有形形色色的人间活动。步行街本就是让人放慢脚步声的地方……

因而，我寻找的那眼水井，在我充满了沧桑的记忆中，突然间就出现在县城的那条古老的街巷中。还在我年幼无知的时代，这条街巷就有烟火弥漫的气息，许多店铺古往今来一直存在，我曾经在烧饼店口站着，伸手去摸裤包里的硬币，那时候的硬币是我们手心中的月亮，也是我的母亲从不多的粮食中省出来的，以让我们在幼年时就感受到零花钱的趣味。但这一切都是需要时间等待的，隔了很长很长的时间，母亲才会给我们一次零花钱。

水井出现在步行街的中央，记忆深处的那块石盖板已经不见了……哦，有外地来的旅人们起得很早，旁边的老店还在，有些老屋做起了客栈。有一对年轻的男女走到了水井边去拍照。我小时候见过的许多老人都看不见了，从前他们总坐在门口晒太阳，做针线活计，取而代之的是更年轻的新人。是啊，已经过去很多很多年了，那时候我才上小学，而现在我已是中年了。我走到水井边，往水井里看了看，阳光照着井栏的雕花，幼年时代的恐怖感已经消失。我想，那个跳井的女人，早就应该又轮回于这个世界了。

我相信世间是有轮回的，因轮回而使枯萎的生命获得重生。春天来了，每当太阳升起来，我就感觉到春天又来了。人被阳光所笼罩时，是会缓解抑郁症状的，我建议所有患有轻度或重度抑郁症的患者，一定要走出你的小天地，每天都要寻找到你的太阳，并让太阳每天都能照在你的身上。这是我发现的太阳疗程，它会让你走出抑郁症的重围。

此刻，我重返小县城的老井，是为了寻找到我抑郁症的源头。当我看见了那一对年轻的男女，站在水井边拍照时，我感觉到了这个世界脱胎换骨的变化，除了人拥有记忆之外，我们的生命也会被未来所召唤。想去看看母亲，尽管时间很紧，城里人的时间总是很紧，但我还是走到母亲不久前搬迁的小区。

沿着小区的路径往前走,眼前出现了一个老年人的世界:几十个老年人正坐在阳光下晒着太阳,母亲的旁边就坐着她的老年伴侣,他们一边晒太阳,一边聊天……我悄悄地转身离开了,这是一个多么安详无忧的世界,我不想去干扰他们的宁静生活。我很快就离开了,我们每个人都建立了命运的小世界,除了生存外,我们这一生其实都在边走边唱,一边唱着老歌,另一边在寻找着新的潮流。

让我们谈情说爱

我又重返昔日的咖啡馆,这一切基于两个现实的原因:第一,基于翅膀忙于动物收容所的事宜,以他为核心的流浪动物收容者协会发出了一次又一次的善待流浪动物的倡议书,召唤每一个人都善待城市的流浪动物,所以,每天都有人打来电话,告诉他们在哪里又发现了流浪动物,也有人会将流浪动物送过来。他们每天的工作量很大,再没有精力管理咖啡馆。

第二,基于我对咖啡馆的原生情感,它的存在仿佛让我每天能回忆与周仆人在一起的美好时光。除此之外,我发现了每天生活在书房的写作,是有限的。我需要融入这个时代的另一种生活状态。于是,我主动要求重返咖啡馆,翅膀也很支持我的选择。重返咖啡馆,意味着我要改变以往的生活方式……

葵花有一天出现在咖啡馆，带来了她的男友……这一幕让我有些意外，葵花每做一件事，都会让我意外。男子看上去比葵花大好多岁……葵花把我首先介绍给了她的男朋友，又将她的男朋友介绍给了我。第一眼看上去，我就感觉到葵花看男子的眼神很多情而热烈，而男子坐在咖啡桌前，看上去若有所思，似乎有什么心事。坐了一阵，男子就先告辞了，葵花留下来对我说，如果有时间的话让我陪她去医院。我有些紧张，问她去医院干什么。葵花说，她要去找医生洗手腕上和脊背上的文身。我心底划过一阵阵波浪，葵花不是非常喜欢文身吗？称脊背上的玫瑰花园是她所设计的作品，而且还去参加过半年的职业培训学习文身，为什么在如此短暂的时间里就改变了自己的所爱？

葵花感觉到了我眼神中流露出来的质疑和拷问，她说，妈妈，你是作家，我现在很孤单，我相信你会理解我也会支持我的。是的，我当然会支持葵花的，原本，我就对现在年轻人的文身术没有多少兴趣，原来碍于葵花的青春期，没有反对她的选择，是因为我相信时间，只有无所不在的时间会改变一切。

葵花说，我其实是喜欢文身的，但现在我却想用最短的时间洗干净我身体上的文身。我还是问了一句，这是为什么？葵花骄傲而又忧伤地说了一句：因为爱情。

"因为爱情"，这是一首很流行的歌的歌词，我似乎听过这首歌曲，许多流行的歌曲，哪怕你不特意去聆听，它也会在空气中被风吹来，也会在商场、酒吧、过道、咖啡馆弥漫，这就是无法抗拒的流行罢了。"因为爱情"，所以我陪同葵花来到了医院，挂了皮肤科的号，便走进了皮肤科的门诊。刚坐在医生的面前，葵花就迫不及待地问她身上的文身能洗干净吗？医生在处方上填上了葵花的名字和年龄，医生说要检查一下再说，然后将葵花带进了里屋。我坐在外面等候，几十分钟后医生就带着葵花走出来了。

医生对我们说，可以洗掉的，但每个月洗一次，大约要洗五六次才能彻底洗干净。葵花说，医生，能不能稍快些？医生问葵花是不是要考公务员或民航空姐，这些职业是不允许文身的。葵花摇摇头说，都不是，医生说，那你就不要过分急躁，就按常规流程洗吧，只有这样才不会伤害你的皮肤。葵花点点头，无奈而有些沮丧地点点头，自语道：好吧，那也只能这样了。

葵花跟我商量说，她不想在原来的文身店工作了，让我把咖啡馆交给她来管理，我说我们两个人共同管理吧！

葵花想了想说道，让我白天管理，晚上她来接夜班，并告诉我说，现在很多店都是24小时都营业的。我觉得这建议不错，确实，我们居住区外面的许多店都是24小时都营业的。时代在变，我们也在变，不过，就像葵花他们这代人无论是心理还是身体择业，都以我们这一代人无法想象的速度在变化。葵花想来管理咖啡馆，我当然非常支持，包括她到医院"为了爱情"而洗过去的文身，都是出乎我预料的。以此为理由，而摆脱了文身，这顺应了我对于时间的信奉，无论生活中发生了什么，面临着什么样的困境，终有一天，时间都会改变一切的。包括我的抑郁症，都交给时间吧！而且，我已经明显感觉到，较之过去，我的抑郁症在不断减缓。随着葵花加入了咖啡馆，她的回来，让我感受人都是需要成长的……你知道吗？当我陪同葵花第一次在医院洗文身时，我坐在走廊上等待，尽管医院充满了来苏水的味道，走廊来来往往的都是病人，但我的抑郁症却在医院里的走廊里得到了一阵阵的缓解。这意味着当时葵花文身时，我是在用妥协的方式面对她的青春期，而现在，她在蜕变，像蝴蝶一样在美丽地蜕变。人活着，是有期待和希望的。

春花约我见面，她是在微信上留的言。我说每天从上午九点半到下午四点钟前,我都会在咖啡馆。春花说她来找我吧。中午后春花来了,她看上去又是满脸喜色,刚坐下就告诉我说,好像又怀上了,可这是第四胎了啊,养孩子真不容易啊,两个孩子一男一女,都已经进入了青春期,已经开始逆反了。我给她沏了热牛奶,她不习惯喝咖啡,早年就这样,现在依然这样。

我为她祝贺,喝了半杯威士忌。我好久没喝了,年轻时跟周仆人谈恋爱时喝过,那时候,他唱的歌真好听啊!我多少还能记得些旋律,他唱的歌都是英文歌,转眼他离开很多年了。人为什么要告别人世?这大概也是轮回的关系。

轮回不息,生命就不止,哪怕他已经走了,我每天依然感觉他的灵魂在陪伴着我们,所以,面对他的离世,我早就已经从悲伤中走出来了。悲伤也是一种滋养,就像快乐的循环,这是人身体中所共生的元素。接受一切该来临的,像一个母亲抱起婴儿,又像一棵树接受春夏秋冬。

三天后的下午,春花又来咖啡馆了。这一次,她的神态异常地恍惚不安,她刚走进咖啡馆我就感觉到她有事要告诉我。是的,一个人的表情最能证明生活的变化,春花往常都是极其幸福的人,这样说吧,是幸福感最强烈的人,虽然我们很少见面,但在她的微信里就能看见她的现实状态。她每天去花店，面积几百平方米的花店，所有名贵和时尚的鲜花和其他植物应有尽有，孩子们小时候在花店穿行，长大放学以后就在花店做作业。而且她喜欢在微信中晒鲜花、家庭生活，也晒她自己的容颜，等等。除此之外，她还自拍她和丈夫在一起的场景，这个从不辜负时光的女人几天前曾告诉过我，她又怀上第四胎了。而现在，才隔了三天时间，她完全是另外一副表情，她看上去遇到什么事了，为什么她的表情那样黯淡？

她说，她去医院检查身体了……哦，我问她是不是真的怀上第四胎了，她低下头时，我能感觉到她在逃避什么，我们一生中有很多时刻都在逃避生命中不堪重负的东西。当人仰起头来时，目光可以看见树枝和天空，如果恰好有一群鸟飞过来，那是一种多么美好的场景。而当我们在悄然间垂下头来时，是在寻找避难所的一种方式。我们为何要抬头仰望天空，因为那时候我们内心深处充满了希望和爱，还有生命中的好气象。我们为何又要低头，因为眼睛里充满了暗淡的光泽，只有寻找到最低处的场所，我们才能知道自己是谁。

我同样给她端来了一杯加糖的热牛奶，在这样的时代，大多数人都知道吃多了糖，会患糖尿病。但女性总是喜欢加糖，无论是咖啡还是牛奶都放上糖，用小勺子搅着杯子时，心里会有一种甜蜜感。只有女性会从细小的事物中，寻找到各种味道刺激日渐麻木的感官。甜蜜，沁入感由舌尖到味蕾，这世间，还有多少人正感受着味觉的甜蜜以后的苦涩？又有多少人选择了原味，哪怕是苦和酸涩都心甘情愿地接受？眼前的这个女人，搅动着牛奶，喝了一口后，平静地抬起头来对我说：我今天去医院检查身体时，医生告诉我说我患上了宫颈癌……

她的平静让我不相信这是真的。那么，什么是假的？什么又是真的？在真实和虚假之间有多少距离？她的平静之中根本看不清楚真实和虚假的答案。她还告诉我，已经怀上第四胎了，但医生建议她如果要进行身体治疗的话，最好先流产……我现在完全听明白了。我感觉到整个意识和身体都在发冷。她走了，她只是来告诉我事实的。她的朋友不多，除了几个孩子还有她的丈夫，再就是店铺里的新鲜花儿和其他绿色的植物。走到门口时，她说她要独自想一想，这事还没有别人知道；她说，她的男人每天都在花店送货进货发货等等，从早忙到晚；她说，男人对她说，你只管替我照顾好孩子们就行，花店里的事我会管理好的；她和她的男人都喜欢孩子，而且他们在一起太容易受孕了；她说她和男人在床上时男人总是很有激情，他白天太累了，在床上过性生活也是让他休息的方式；她说，每次同房后男人很快就睡着了，就像婴儿般睡着了；她说，他们往常都是采取措施的，但那一次他来得太快太猛烈，就忽略了避孕措施；她说，男人对她很好，男人有了好的性生活后，就有了安稳的睡眠，第二天待她和孩子们心情也很好，所以，她的心情也会很好，虽然性生活太频繁，她第二天也会显得疲惫，但看见自己的家庭幸福美满，她什么都愿意……

她走了，她说完了她想说的，她站在咖啡馆门外的那棵冬樱花树下，正值冬樱花怒放的时间，艳丽的花朵就在她头顶上不顾一切地绽放。她表达了想表达的一切，她内心的情绪和现实中的生活……她走了，我嘱咐她说，最好是遵循医生的建议先治愈身体，如果想好了就尽快去做流产的手术，我可以陪她去。她露出了一丝淡淡的微笑，我在这微笑中看到了隐藏在微笑后面的忧伤，春花脸上很少有的忧伤……

我目送着她，我似乎很少这样目送一个人。她要乘地铁回家，几百平方米的花店就是她和男人和孩子们的家。她习惯将她的婚姻伴侣称为男人，这样更接近地气和烟火，也更接近男女之别。我走上前几步，跟在她背后，她没有回头，她是那种不会回头的女人。我想起了很多年前，在她青春期的年华，因为一夜情而怀上了一个男人的孩子。

后来那男人消失了,她走出县城后来到省城,从一座小城走向大城。她来到我开的小花店,我陪她上医院堕胎。倘若当时能留下那个孩子,应该是跟翅膀差不多的年龄了。

再后来她继续开花店,花店越开越大,我们都在不同的遭遇中生活,很难有时间见面。现在,她遇到了生命中的厄运,我想,等待她的将是一场磨炼意志的游戏。人生本就是一场戏,我们是看戏人也是入戏者。是的,我不得不再一次承认生活就是一场漫长的游戏。看着她从地铁站的台阶走下去后,从那一刻起,我的手机就一直带在身边。从生命的意义上来说,我真的希望她能遵循医生的建议。面对生命的无常,我们要用科学和文明的态度去面对人生。

三天过去了,仍然没有春花的消息,这三天春花的事悬在生活的前缘,成了我无法放下的现实。我托朋友咨询了一个医院的妇科医生,又咨询了一个治疗宫颈癌的医生,两个医生都告诉我,要用最快的速度流产,才能得到最及时的治疗。如果保孩子,母亲的身体就失去了最佳治疗时机,因为癌细胞生长的速度是很快的。

我很纠结,两个医生给出的建议都是要放弃孩子,让母亲及时获得治疗的机会。如果再耽误的话……我不想追究到底,那天上午我没有开门,太阳升起来以后就直接朝春花所开的花店方向奔驰而去，又碰上了城市上班族的堵车阶段……每天早上从七点钟开始首先是家长在忙着送孩子，其次是上班族们在忙着上班。

从高空中航拍七八点钟的城市，就像一座魔幻之城，首先是交通工具：现在骑自行车的年轻人越来越多，高配置的自行车，凭着它的独特轮胎，似乎能从空中骑到月球上去；其次是骑摩托车的青年人，头戴黑色的头盔，穿一身皮夹克，以箭一般的速度穿行在各种车辆之间；之后，是不断改进中的电单车上的男人和女人，这部分人中有打工族，有家长送孩子上学的；之后，是各种星星点点的轿车越野车……历史上从来没有过的速度，因为交通工具的改换而变得越来越快，而一旦堵车时，车上的人都会变得越来越烦躁不安。

速度改变了世界，如果没有速度，我就不会旋转方向盘。因为速度的加快，咖啡馆同样也成了避难所，最近，咖啡馆的生意不错。好吧，车子终于可以朝前驱动了，春花的店在城郊区的斗南，那里形成了西南地区最大的花卉种植和批发市场，所以，有地铁直接到达斗南花园。最早一轮的花卉交易，在我到达时刚刚结束了。这个时代，人们为什么疯狂地需要花卉和盆景植物的陪伴？这同样是一个关于文明进程中的现象，除了身体财富之外，人们开始制造环境中的乌托邦世态，灿烂的鲜花绽放时，无论多么杂乱和忧郁的心灵，都会获得一种救赎。我相信美是新生的，也是绚丽多姿的，它们确实具有救赎我们身心的奇妙力量。

春花的男人正在忙碌着，两个孩子应该是去上学了。一大堆将要快递到全国各地的花卉正在装箱，春花也在忙碌，她将分类的鲜花和干花捆好，抬起头来看见了我，有些惊讶，她的眼神是在暗示我们出去说话。春花的男人看见我来就说，你们姐妹俩去里屋喝茶吧！男人的脸上充满了阳光，春花能为这个男人在十几年内生下几个孩子，离不开男人脸上的阳光。往常生活中，很多中年男人脸上已经很少有这样的阳光了。

春花将我引向二楼，这是他们一家起居的空间，每个孩子有一间房子，春花和她男人的卧房在最大的一间。每间房子光线都很好，所以，孩子们在充满了阳光的房子里，都会茁壮成长的。我认为，阳光就是最大的风水，有阳光穿过的房子，会带走妖魔和阴影的。

还有一间茶室兼会客房间，光线同样好，屋里有平安树和发财树，还有一只很大的鱼缸里有几十条红色的金鱼。哦，这是一个多么幸福的家庭环境啊！春花给我沏了茶，对我的到来她确实感到意外。我喝了一杯茶，应该是陈年的普洱，口感好，能让人变得清醒和理智从容，这正是我们所需要的。我把这两天跟两个医生咨询的答案告诉给了春花，想以此说服她，我说，等到你身体恢复健康以后，你还可以再生孩子的，现在你最好的选择就是舍弃孩子，如果你愿意，我们现在就去医院……

春花说，男人只知道她怀孕了，但并不知道她患上了宫颈癌……如果她流产了……春花没有再说下去。我说，如果他知道你患病一定会支持你舍下孩子的。要不，我们再去一趟医院？在医院你再作决定吧！春花说，好吧！有你亲自陪我去医院，也许我会选择我应该选择的。阳光真的很好，春花去卧室换衣服了，我站在二楼的露台往下看，快递公司的车已经在一楼院子里装货了。春花的男人抱着纸箱不断站起来又弯下身……生活的现场感充满了活力。如果春花的身体健康，再产下第四胎，那么，这座院子里将会有一个新生的婴儿在阳光下成长。

春花换了装，她只有年轻时化过妆，后来就不化妆了，尽管如此，春花的身材修长，颜值很好，不化妆更显得健康。不过，这次我看见的春花好像变瘦了。春花对男人说，我要带她去城里走一走。男人对我说，春花又怀孕了，他们真的很喜欢孩子……哦，我点点头，心里感觉到很苦涩，春花避开她男人的目光，她男人嘱咐我说开慢点，我知道他的意思。我们将车朝城里的医院驶去,这是省第一人民医院,也是很多年前春花在青春期时堕胎的那家医院。春花告诉我,前面的两个孩子都是在这家医院出生的。

我们挂了号先去妇产科,春花对妇产科的医生和环境都很熟悉。她走在前,我走在她后面,到了主任医室,将病历本和挂号单依次前后排列起来,我们就坐在过道上等待。医院从来都是人最多的地方,除了医院就是菜市场,人流量也很大。这说明了什么?医院并不是人们想去的地方,但人生了病都是要去医院的,而菜市场是我们每天都想去的地方,这两个不同的地方前者充满了生与死,后者充满了人间烟火。

医生在叫春花的名字,我陪同春花走进主治医生的房间,这个五十多岁的医生跟春花很熟悉,她说,上次我就看见了你的诊断书和病历了,我建议你既然今天来了,就把孩子做了吧,再拖下去,你会失去最佳的治疗时机。不能再拖延了,宫颈癌发展的速度是很快的,生命很重要,你的孩子和丈夫都需要你。

医生一边说一边已经开了做流产的手术单,春花不说话,但看上去已经默认了医生的建议。我们出了门,我让春花坐在过道上等我,我去交费,几分钟我就回来了。春花好像在发呆，我走上去坐在她旁边说，好吧，我们去吧，几分钟就会结束的。春花的目光很恍惚地自语道，他知道我已经怀孕了。我们对这个孩子的到来充满了期待。我想，这个手术我就不做了，我会配合医生保守治疗的。她的手在本能中抚摸着自己高高隆起的腹部，仿佛那是她希望的迷宫，是由她自己的血肉和爱建造的迷宫。她的信念越来越强大，她似乎再也不害怕所谓的癌细胞了，她要捍卫这座爱情的迷宫，她也要捍卫那个由血肉的胚胎构建的、正在长大的生命。于是，她转过身来，她是那么从容，仿佛什么负担都被她放下了。春花的头发有些乱，是被风吹乱的，刚才来的时候，突然起风了。

太突然了，春花的变化使我有些绝望，她看上去很固执，站了起来，就直接朝过道外面走出去了。我追上去，拉住了春花的手说：我们还是听医生的。春花平静地说道：我已经想清楚了，我一定会把这个孩子生出来的。到目前为止，除了医生之外，还没有任何人知道我的病，我的男人也不知道，所以，我恳请你不要告诉任何人。

这件事使我很崩溃，不知道怎么办。看上去，春花已经不愿意再听我的劝阻。她让我把她送回去，在车上她对我说，每个人都有命数，这件事任何人都无法改变她的选择，她的生活她自己做主，让我今后也不要再插手这件事。

我把她送到店门口,她说让我走,于是,我就开车离开了。我旋转着手中的方向盘回到了咖啡馆,打开门时,已经是下午两点半钟了,我为自己亲手磨了一杯咖啡,不知所措地坐在窗前。忧伤将风中的树叶吹进窗,我突然想起来,我们的青春,然而,我们已不再拥有青春。

一个女人走进了咖啡馆,这是开门后的第一个客人,她说要一杯手磨咖啡,不加糖。

女人三十来岁,从未见过,她走进来时已经是三点半钟了,再过一个小时,葵花就要来接班了。陆续又进来了几个青年人,他们带着笔记本电脑,好像在共同策划着什么,各自要了一杯手磨咖啡,还说要原味,不加糖。葵花来了,最近葵花也不住咖啡馆了,她说自己租房住。葵花说,值了一天夜班,又睡在咖啡馆,醒来又是咖啡馆,生活没有一点点变化。我问她脊背上的文身差不多应该洗干净了吧,她不吭声,我也没有再问。

葵花说要出门几天去旅行,下午就让咖啡馆的另外两个女孩帮助守几天。我趁机说,去吧,外出旅行要注意安全。我又问了句,是不是跟男朋友一块去旅行?葵花说,不知道他会不会去。妈妈,你知道的,现在的生活很多事都是不确定的。哦,葵花的眼睛里多了一种忧思和恍惚。

葵花来了，三十多岁的女人迎上去，问她是不是叫葵花。我感觉到女人的目光有些咄咄逼人，本来要走了，却留步，女人说，你跟我男人的事已经很长时间了，难道他没有告诉过你他有婚姻家庭吗？难道你就愿意做一个小三吗？难道你就愿意破坏别人的家庭吗？难道你就愿意像盗贼一样和别人偷情吗……葵花向另一个稍微隐蔽的角落走过去，看得出来，她是有意识地想寻找逃离之路，但就目前，面对一个目光挑衅的女人，葵花无法夺门而出，她只有向咖啡馆无人的角落逃离，但女人已经走了上来。葵花转过身，她的神态不再怯懦了。

葵花告诉女人，是的，我愿意，你说的这些事我都知道的，难道你愿意跟一个根本就不爱你的男人同床异梦吗？难道你就愿意被你的男人背叛吗？难道你就愿意一次次地让你的男人外出偷情吗？难道你就无法去改变你的男人吗？难道你就愿意做婚姻的失败者吗？

两者之间，就像角斗士彼此对峙，女人说，你知道他只是跟你玩玩而已，之前，他跟别的女人玩，现在又跟你玩。你相信我吧，你们之间不会处太长时间的，总有腻味的时候，而婚姻不一样，在婚姻里有他的女儿，这是我和他的血肉。等着瞧吧，吃亏的只是你，你还嫩，不知道男人是怎么一回事，我劝你早点回头，别执迷不悟。这个世界很大，你年轻漂亮，没有必要为这样的渣男去付出代价。你不用再说什么，我知道你想说什么。我只是为了孩子，在忍耐在煎熬，我也会走出来。小妹，请记住，我不是来跟你吵架的，我每天接受一个心理传播师的课程，我明白你和他是怎么一回事。我也清楚我和这个男人到底是怎么一回事。所以呢？现在流行听心理直播课程，我希望你也去听一下，过不了多长时间，你就会走出来的。

女人走了，我听完了两个女子的对话，开始时那个女人有些激动，后来平静了。葵花看上去也平静，刚才两人对峙，她忘记了我也在场。我站在后面，我也不知道为什么如此平静，站在离她们不远的地方。我似乎是一个局外人，又是一个目击证人，现在我明白了葵花所经历的生活。她突然看见了我，对我说，妈妈，你还在场啊，我们刚才的话你都听到了……我说，听到了，我想，你陷入了一个困境，现在咖啡馆恰好没人，我们可以喝一杯咖啡，心平气和地坐下来谈谈吗？

她点点头，并她去亲自磨咖啡了。葵花的平静说明她在成长，我的平静说明我在接受生活的冲突和隐形在后面的人性化。我是葵花的母亲，但我更愿意成为她的朋友，我不想给她施加任何公众道德的奴役。生活之所以美好向上，就是因为在太阳和月光轮回不已的普照之下，我们每个人都在创建属于自我的良知和道德。每个人的身体中，都有一个充满传说的故乡。

永远，是一个出发的地址，不断启蒙我们有在时间中遇见的梦乡，而所谓的抵达最终都是在原地生活，隐形无踪的灵魂，最终都会回到自己的身体。

葵花还很年轻，但她也在不断地成长中醒悟。我从来不给她施加任何压力，任何人的成长都需要时间。葵花端着两杯刚磨的热咖啡过来了……我想着这些来自怒江边缘山坡上的咖啡豆，是翅膀从怒江的咖啡园带回来的。咖啡和茶都给我们的生活带来了思考，生活不是单一的线条，我们的生活中有许多用肉身亲自体验过的经验和秘密，需要时间不间断地过滤和沉淀。

此刻，光线那么柔和，葵花的脸上有着青春期的绚丽，这个年龄还有更多漫长的时间去选择和经历自己的人生。葵花说，我会走出来的，我告诉我自己，我一定会走出来的，妈妈，我知道你睡眠不好，请相信我，我一定会用自己的方式走出来的。葵花从困惑中往外走，这就是成长之路。

我们品尝着没有放糖的手磨咖啡，葵花突然告诉我说，妈妈，我想离开咖啡馆，其实，我还是非常喜欢文身术的，我当初去读职业文身培训班，就是源于我的热爱，后来，毕业后，我遇到了他。他不喜欢文身，他非常不喜欢我身体上的文身，为了他，我才去医院洗背上的那片玫瑰花园……

葵花说，开始时我并不知道他有婚姻，这一点他是瞒着我的。而且他一直瞒着我，后来，我路过一家幼儿园，发现他站在幼儿园门口，当时我想走过去问他站在幼儿园门口干什么。后来，幼儿园大门敞开了，他奔上前，一个女孩扑到了他怀里。我想搞一场恶作剧，就选了一个他无法看见我的地方，给他打了电话，问他现在在哪里，他在电话中告诉我说，他正在办公室跟客商谈事……哦，我意识到了这个男人的另一面。当然了，人都有好几面，人有时候像鬼，有时候也是天使。有一天半夜，我又给他去电话，但接电话的却是一个女人，电话那边的女人告诉我，她丈夫正在洗澡，问我有什么事。而那天黄昏，她和他还共进晚餐，并计划去大理旅行。

葵花说，哪怕这个女人不来找她，她也会从这场困局中慢慢走出来的。现在，女人来了，会加速她尽快走出来。所以，她想去开一家文身馆，以此方式从咖啡馆失踪，她知道这个男人不会这么快就放过她的，他曾说过要离婚的事情……她说，只想尽快忘记和摆脱这件事……

葵花让我支持她去开一家文身馆，因为需要资金租房，如果我不支持她的话，她就去找她父亲。我不得不告诉她说，你父亲已经有自己的家庭，而且跟他新婚的妻子又生了孩子……葵花说，这个世界渣男怎么如此多啊！我现在几乎不再相信男人了，也不会爱上任何男人了。但我确实热爱文身，我想先雕塑皮囊，再雕塑灵魂。

　　葵花刚才说的后两句话深深感动了我，我决定帮助葵花去追求她喜欢做的事情。文身馆，是一个新的潮流，我必须慢慢去理解葵花的所爱。这之后，葵花就离开了咖啡馆，她一旦选择的事，就会去践行，这是葵花的优势。当然，我支持她的另外一个理由，是希望她尽快从那场男女之间的困境中走出来，我不喜欢她去爱上一个已婚男人。关于"渣男"这个说法，同样是目前所流行的一个词，因为人们还没有寻找到更好的词去表达对男人的失望。

　　男人，在某些时候，就像外星人，从另一个遥远的星球而来。那天以后，又一天下午，那个曾经是葵花男朋友的男人，又走进了咖啡馆，他显得很有礼貌地坐下来，要了一杯手磨咖啡后，点燃一支香烟。我看得出来他内心的焦灼，无论他是不是渣男，在这一刻，他表情中有一种想寻找到葵花的念头。不错，在作出了选择以后，葵花所做的第一件事情就是废弃了原来的手机号码和微信号。我想，她一定已经删除了与这个男人的联系方式。

这是一个每时每刻都在使用手机删除功能的时代，没有永恒的东西存在。如果说这个世界还存在永恒的话，就是保留在我们记忆深处那些美好的东西。只要你想清楚了不需要的东西，瞬间就会被我们从手机上删除。手机可以拍照、购物，在网上生活已经成为这一代人的习俗。但如果是删除了你，再去寻找这个人还是需要机缘的。男人吸香烟时，低头翻看手机，他抬头时，我与他的目光相遇了。我知道他想解开一个困扰他的结，无论是渣男也好，还是靠谱的男人也好，突然之间失去与葵花的联系，他还是会沮丧不安。所以，为了让他和葵花之间更快地结束曾经有过的关系，我主动走过去，坐在他对面。

他将已经燃尽的那支烟，掐灭在桌子上的烟灰缸。我的到来，仿佛能帮助他解开那个结。

他说，他跟葵花突然失去了联系，问我能不能告诉他葵花去哪里了。我很冷静，从冷静中突然就产生了一种虚无缥缈的念头，我微笑着告诉他说，葵花到另一个星球上去生活了。他也笑了，问我这是什么意思。我说，这个世界上很多东西是没有答案的。

他走了，他似乎获得了让自己释怀的答案。是的，有时候，我感觉到我自己也会从尘世到了另外一个星球上。是的，终有一天，由于地球的变幻，我们人类会到另一个星球上去生活，我不知道我会不会活到那一天的到来。

翅膀的流浪动物收容者协会获得了政府的支持，将面积扩大了。为了让更多人与流浪动物和谐相处，他撤掉了原来的围墙，用铁栅栏围起四周，久而久之，这里成了一个风景区。人们带着家人和孩子们周末会来到这个地方，也不断有人从收容所里领养了狗狗和猫咪，带回家去。如果人们的意识观念都以爱的理由出发，我想，那么，每个人都会在人世的苦厄中寻找到赎罪的良机，寻找到爱的源头。

翅膀和那个宠物诊所的女孩小米结婚了，但两人说好了不要孩子，因为对于他们来说，收容所里的这些狗狗和猫咪都是他们的孩子。面对这个选择，我不知道要如何去说服他们，除了收容所，翅膀还喜欢上了摄影，这是近期的事情，他告诉我说，这个地球上有很多东西都会慢慢消失，他选择用摄影来记录即将消失的那些东西。哦，这就是翅膀，他买了一辆越野车……看见这辆有高高底盘的越野车时，我感觉到翅膀生活在远方的那种梦想，又开始笼罩着他的现实生活。

从野外攀岩回来后，因为金笛的消失，在那天夜里的寻找中遇到了很多流浪狗，翅膀租下了那套城郊废弃的工厂，创建了流浪动物收容所，成立了协会……而现在，翅膀又热爱上了摄影，当人人都用手机拍照时，他却去配置了古老的照相器材。翅膀太另类了，他将独自一人驱车去野外拍摄。我问他去哪里，他神秘地一笑并安慰我说，他对野外的生活很有经验，让我放心。看着翅膀的越野车和摄影器材，还有车上的帐篷，等等，我突然发现自己老了，属于我们的那个时代已经慢慢地结束了。

另一个充满了新鲜活力的时代已经降临了。我默默守护着咖啡馆，就像守望着我和周仆人年轻时代的爱情。我深信，我们身置两个不同的世界，却时常在时间里相遇。这个过程虽然是看不见的，却像呼吸一样每天都存在，以此维系着我们与这个时代的梦想。每个梦都来自你生活的地方，就像在你的户籍档案册中有你的原乡、姓名、出生年月，但这是你存放于冰冷档案中的一条指令而已。人，活着最生动的痕迹就像雨落在地上，慢慢融进尘屑中的微妙而温柔的秘密。

任何人都无法改变你的心智或人生方向，因为从生命落地时，你身体下的水土就给予了你周游人生的权利。而我们倾尽全力所获得的最高境界，是一个梦见的世界，是你自己所经历的枯萎和绚丽，这不是告白，也不是遭遇，而是历史。

奔向一个新宇宙

春花的病情加重了，我去看她，虽然要守护咖啡馆，但我放不下春花的身体，还是驱车前往郊外春花他们的花店。春花的身体已经很笨重。几个月来，我遵循春花的叮嘱，没有告诉她的丈夫实情，虽然有很多次我都想约春花的丈夫见次面……内心的矛盾困扰着我，但我已经答应过春花，而且随着时间的推移，春花体内的孩子应该越来越大了。

春花，怀孕，隐瞒了自己的病情，为了爱。有时候当爱的力量激起你身体中全部的认知时，你再也不会害怕死亡。春花仍在协助她的丈夫忙碌着，她瘦多了，我知道癌症的状态就是身体会越来越清瘦。看得出来，春花一直在隐瞒着病情，她的丈夫依然在发货，他根本不知道春花身体中的癌变。

　　我走过去,春花说你来了,她陪我到二楼,空气中充满了煎中药的味道,她说一直在保守治疗,因为有身孕,她一直熬制中药延缓癌细胞扩散,她是明白人。炉上有一只药罐热气弥漫,男人问她喝什么药,她一直坚持说是保胎中药。男人相信她所说的话,因为要生活,男人没有任何时间去想更复杂的问题。每天晚上,男人躺在她身边时,都将头移过来,倾听从她腹部发出的胎音。

　　她很少去医院检查,胎儿已经很大了,如果现在去医院检查,就能知道是男是女。她害怕去医院检查时,医生又会告知她身体更多的真相。她说,已经熬过来了,快要接近分娩期了。面对春花,我感受到一个女人偏执的爱,面对这种爱,她身体中的癌细胞已经不重要了。她说,只要孩子健康地出生,她的生死有命,都是顺其自然的安排。她似乎早就已经想清楚了这件事,所以她平静地说着自己的想法,没有悲伤,也没有质疑。

　　只有我能察觉到她的病情在加重,癌细胞在她体内已经在扩散⋯⋯她在艰难地度过最后的孕期⋯⋯作为见证者,也作为春花的朋友,她的身体让我有一种难以放下的痛苦和悲伤,我知道那个最真实的时刻终将到来,一定会降临的。时间很快,有时候快得就像你刚看见一只巨大的黑蜘蛛在织网，而转眼间，那只黑蜘蛛日理万机中织出的网就消失了，它又迁移到另外的地方去织网了。

那天半夜我无法入睡，自从葵花离开咖啡馆以后，晚上营业的时间改到九点半关门。我回到家，平常在咖啡馆，多数情况下我在上面的小阁楼上写作：人世间有许多美好和忧伤的东西，对于我来说，只能在写作中完成。我洗澡后想坐在露台上呼吸下夜晚的空气，因为感觉到最近内心一直很闷也很堵，就像在城市上班高峰中开车时，内心的无奈。

我说过，我一直是一个抑郁症患者，追溯源头，我的抑郁症来自小时候生活的小县城，来自那个跳井的女子。直到如今，我都不清楚她为什么要跳井。关于她的死有种种的传说，但仅是传说而已。如今，那口水井似乎也是我身体中的深渊。人，生下来后，都应该有自己的深渊，有些人的深渊来自黑暗中的一束光，有些人的深渊来自海洋中的一道巨浪，有些人的深渊来自一团火，深渊并不都是黑暗的，看不到底的，有时候阳光明媚中也会有一道深渊。

有深渊相伴的人生也是丰富而复杂的，甚至深渊所带来的抑郁症状，如果面对现实和时间也是人生中的艺术。我坐在露台上时抬起头，又看见了夜幕那边的女人，我已经很长时间没有看见她了，因为这一段时间我也很少出现在露台上。电话响了,快午夜了,这个时段来电话,一定会有事的。果然是春花的男人来的电话,他告诉我,春花在医院里快生孩子了,她说生孩子之前一定要见我一面。我穿上外衣以最快的速度赶到了医院的妇产科,春花就快要进手术室了。春花拉着我的手低声说道:这可能是她最后一次见我了。她显出从未有过的虚弱感,她说,她知道自己已经坚持不下去了……她断断续续地继续说道,如果她走了,请我转告她男人,她不能陪他了,但她留下了生命的延续……她让我替她转告她的男人,她走后,一定再找一个年轻些、身体健康的女人,可以帮他带带孩子,可以陪伴他……

她的手很虚弱地从我手中脱离出去。她进手术室了,她的丈夫签了字。在她进医院后,她的丈夫才知道了春花的病情,医生找他谈过了话,他的眼神悲伤,但又含有期待……他从来都以男人的姿态为他的女人和孩子们在忙碌,每次我见到他时,他的身体都有动感,似乎就从来没有停下过手臂,脚在挪动,手臂在搬东西,四肢在不停地为生活而劳动。生活,就是使用每个人的身体来忙碌。你这一生做什么事、成为什么样的人,似乎是命定的,但最重要的还是你自己选择的,就像择偶。你出生以后身体落在尘土上时,无论朝哪里走都离不开地球。而每一个在地球上生活的人，都离不开自己的心跳，更多时候是心跳决定了你的命运。生活是枯燥的，命运中的人更多时候都在重复地劳碌，在重复中睡觉吃饭，在不停的重复中使用自己的心智和力气，这就是生活。如果你的身体缺乏劳动，那同样会枯萎凋谢。反之，劳碌者都在遵循时间的规律，跟上了黑夜和白昼的速度。

春花和那个男人的孩子顺利降生。四斤多重的婴儿发出啼哭声时，我眼眶里有热泪。我看见春花的男人在用袖口擦脸上的泪水。之后，护士抱着襁褓中的孩子出来了，递给了春花的男人让他抱一抱，男人在热泪盈眶中抱了一分钟孩子，护士又抱走了。之后，春花被推出来了，她将去接受肿瘤科的治疗，春花像是睡着了一样，其实是昏迷了。从生下孩子的那一天开始，春花就处于昏迷状态，三天后，春花的病情突然急速恶化，她大约不想惊扰她的男人，所以在昏迷中就离世了。

春花所历经的苦难，有很长时间，让我的脸上失去了笑容。我甚至不敢去面对春花走后的家，本来想去看看刚生下的孩子，顺便将春花在医院中拉着我的手说出的话，转告给春花的男人，但我始终没有勇气去面对一个失去母亲的孩子。直到半年以后，我才出发去春花的家。我给春花的孩子买了一箱奶粉，我知道，没有母乳的婴幼儿只能喝奶粉了。花店的门敞开着，阳光照着院子里各种颜色的花卉植物。因为是周末，城里的人喜欢乘地铁到斗南花园买花，院子里来了一群买花的女人，正在高兴地用手机拍照。一个二十五岁左右的女子怀里抱着一束红玫瑰花，举起手机来自拍，但好像没有找到好的角度，就走到春花男人的面前，请他帮忙拍一下。男人说好的，姑娘，我帮你拍吧，在我花店拍花的人很多……他一边说一边走过去，从年轻女子手上接过了手机，这一拍就拍了几十分钟，因为年轻女子看上去非常喜欢花，不时地抱着各种颜色的花束在拍照。拍完后，女子说，我太喜欢花了，今后我也去开一家花店吧！

我看见了这一幕又一幕，花店里的另一种风景，似乎我听见有婴儿的哭声。春花的男人正忙着呢，他好像并没有听见，因为人来得多，他也没有看见我。此刻，我循着婴儿的哭声上了二楼，便看见了一张婴儿床，婴儿睡在床上，他醒来了正张开手找人，看见我，婴儿马上停止了哭声，还笑了起来。接下来，我抱起婴儿，他看着我笑，我也看着他笑，已经有很长时间了，我发现我已经不会笑了，但这一刻，我又找回来了我的笑脸。

我抱着春花的儿子下楼时，突然感觉到春花并没有离去，她还在这个花店里走来走去的，难道是春花的灵魂又回来了吗？孩子的父亲抬起头来看见了我们，他高兴地说，鸢尾花，你是什么时候来的，对不起，今天买花的人太多了，所以我没有看见你……他从我手中接过孩子，现在店里突然就安静下来了，买花的人大都离开了。

我们坐在院里的两把塑料椅子上，孩子不断地抓他的衣领，他就把手机掏出来递给了孩子，哪知道孩子玩着玩着手机就掉地上了。他拾起手机说道，这个时代，连半岁的孩子都喜欢玩手机，有一次我背着孩子卖花，那天的人很多，孩子又不睡觉，实在不行，我只能将小家伙背在肩上，他还是不安静，又哭了起来，我就把手机从肩头递过去，他抓住手机突然就不哭了……几分钟后，手机从肩头掉下来摔碎了……我又去换了新手机……这就是春花离开后，花店里的一个现实问题，面对这一切，我将春花在生命最后的时刻，嘱咐我的话，转告给了春花的男人。他听完我的话以后，沉默了半天不说话。我把车里的一箱奶粉抱下来，递给了他。又来人买花了，他将孩子背上肩，孩子笑着看着走进花店的人，孩子在用世界上最纯真的眼睛看着这个世界。我离开了，回过头时，那个孩子正带着笑脸目送我。我笑了，是啊，真好，我的笑脸又回来了，我相信春花在天上也会看见我们的笑脸的，一定会看见的。

当我的笑脸重返人间，我体内那些抑郁的斑点似乎剥离了很多很多，在路上或者夜里，我能感觉到自己身体上的剥离声，新的春天又到来了。四个季节中，春天是最令人期待的，因为春天的降临，意味着寒冷和枯萎的日子结束了。当我等待春天时，我的身边人的故事也在向前递增着。时代在前进，每个人以不同年龄和身份也在前进。

翅膀的奶奶告诉我说，她一直在跟鸟说话。也许是春天来了，果园里飞来的鸟也越来越多了，为了让自己远离失忆和脑萎缩，她找到了与鸟群对话的空间。我去看她时，她撑着拐杖带着我去果园里看鸟群。她说，麻雀最多，每天都成群成群地在果园中飞来飞去，其次是燕子，还有喜鹊……啄木鸟也飞来过但又飞走了。奶奶的老年生活因为鸟的世界，从而增加了很多乐趣和话题，也同时增加了她撑着拐杖行走的时间。从城市到乡村，老年人越来越多了，尽管如此，广场舞却很热烈，在咖啡馆不远的地方就是东风广场，每天我都从车窗中看见跳舞的人们。这一天，因为堵车在东风广场，从车窗外突然就看见了许多跳广场舞的男女，中间放着录音机，围成圆圈的人们在跳着民族舞蹈，好像是在跳藏族舞，也有很年轻的人在外面跳……在年轻的人中我看见了芳草也在跳舞。堵车的时间很长，我电话了芳草，她说，阿姨，我们的青年旅馆就在旁边，我每天来这里跳跳舞,也是一种锻炼……有许多年没有看见芳草了,李点的女儿,曾经在我咖啡馆工作过很长时间的姑娘,在广场上跳着舞,我觉得广场舞越来越年轻化了。车子走动了,广场上的人还在跳舞。我离开了,车子朝前驱动,路过的都是风景。车子朝前驱动时,广场舞就消失了。

那天中午,我在咖啡馆写作时接到了翅膀奶奶养老院的电话,告诉我,奶奶不见了,他们找遍了果园也没有看见奶奶的踪影,我通知了翅膀,几天前他刚从外地拍照回来。翅膀听后开车到了咖啡馆,带着我往果园养老院奔驰而去……翅膀说,还是让奶奶回家住好,我们可以请保姆陪伴奶奶,因为现在失踪的老年人很多……我心急如焚,不知道奶奶去哪里了。这是一个不断有人失联的时代,但是我怎么也没有想到翅膀的奶奶也会失联。

我们都心急如焚,但必须循着果园养老院外的路径去寻找。翅膀说报警吧,我突然间就想起来,几天前我去看奶奶时,她撑着拐杖带着我走过的路线,而且奶奶寻找到了与鸟对话的空间。现在,我带着翅膀在往前走,我突然发现了偏离开果园的一片荒地上,有一根粉红色羽毛,翅膀说这好像是火烈鸟身上的羽毛……我说,奶奶一定在不远处,我们循着这片荒地往前走,翅膀用手机导航附近是否有湖水。翅膀说,前面两公里之外有一个湖泊……哦,我有了信念,从手里捏着的那根粉红色羽毛中,我似乎看见了翅膀的奶奶……

是的,我猜测出了这样一幅画面,奶奶今天早餐后,像往常一样在果园中行走,她一边走一边寻找着树枝间飞来飞去的鸟群,并于此跟鸟儿们对话。之后,她走着走着突然就看见了一只火烈鸟,或者是一群火烈鸟从眼前飞过,奶奶就朝着火烈鸟飞走的地方往前走,就这样她越走越远……前面快到湖边了,翅膀跳上了一块石头上,他高兴地说,湖边有一群火烈鸟,奶奶一定就在湖边。我们开始跑了起来,翅膀跑在最前面。翅膀朝前跑过去,因为奶奶就坐在湖边的一块石头上,看着水边的那群火烈鸟。这个场景看上去太美了,一个满头白发的老人坐在湖边的石头上,她手里还握着拐杖,不远处的湖水边,一群火烈鸟正在梳理着羽毛,看上去,火烈鸟们在休整,似乎就要开始起飞了。

我们悄然站在奶奶身后,陪伴着八十多岁的奶奶经历了这壮丽的一幕:那群火烈鸟开始起飞了,起初,它们飞得很低,沿着湖边的田野花香,慢慢地拍击着红色的翅膀,之后,火烈鸟的翅膀越飞越高,渐渐地在云层中消失了。我们来到了奶奶身边,她刚刚经历了这美丽壮观的一幕,神情中充满了老年人的宁静，转而又看见了我们，她笑了。

回去的路上，翅膀弯下腰背起了奶奶，他坚持一定要背奶奶回果园养老院。奶奶起初坚持要自己撑着拐杖走回去，最终还是被翅膀背了起来。

哦，彻底而迷人地活着，像奶奶的晚年生活，撑着手中拐杖，被一群火烈鸟所召唤的奶奶，竟然步行了三公里，这是一个苹果还是一只蝴蝶的故事？我们将奶奶送回了果园养老院，翅膀改变了当初想说服奶奶回家养老的念头，因为我们都又一次发现了，这是一个离自然更近的地方，也是空气最新鲜的地方，最重要的是奶奶热爱上了每天坐在果园中晒太阳，与老年伙伴们在一起生活，还有每天可以跟果园里的鸟对话——这些生活就像奶奶所言，能让手脚有锻炼的机会，能抗拒老年痴呆症！我从奶奶身上看到了生命的奇幻能量，它使我对未来有一种习惯性的幻觉，那些从大地深处涌出的光亮，就像是这个世界上最热烈的言语。这让我不再害怕人的衰竭和苍老，并深信翅膀他们这一代人也会从奶奶身上感受到生的意义。

我们告别时，奶奶撑着手中拐杖，在岁月的流逝中，奶奶的年龄将慢慢向着九十岁挺进。这个年龄对于我来说就像是一个在山岗之下抬起头来时，看见的山顶灯塔。奶奶的手背上布满了青筋，就像一张布满人生走向的生命图纸，如果细看，仿佛又像黑暗中看见的星月弥漫的色彩。

柴火的博物馆建起来了，开馆前一周他给我发来开馆的邀请函，葵花也收到了同样的邀请函，她来电话问我是否去参加父亲的开馆仪式。我没有作出肯定的回答，葵花说还是去参加吧！葵花的态度让我有些意外。她的文身馆开在金鹰商业大厦的五楼，我一直没有心情去面对她的文身馆，虽然我早期支持她走出咖啡馆，去开文身馆，但说实话，那个阶段我是为了让她尽早离开那场婚外恋情。尽管她有自己开文身馆的宣言：先雕刻皮囊，再雕刻灵魂……这个宣言很美！

葵花真的从那场婚外恋摆脱出来了，自此以后，那个男人也没有再出现在咖啡馆里，我也就像是结束了一场纠缠不清的梦。从梦中走出来，我们还将面临更多时间的磨炼。

在葵花的鼓励下我们朝着滇池边的博物馆走去。滇池越来越清澈了，一个三十多岁的女人牵着一个女孩子，正在滇池边一边走，一边召唤着红嘴鸥。她们手里拿着面包，母亲将一块面包举在手中，一只红嘴鸥飞来用嘴叼走了。女孩笑着，双手朝上空举起来，大声叫着：妈妈，你看那边，有那么多的红嘴鸥，我们去买面包吧！女人便牵着女孩的手，朝前面不远处的红嘴鸥面包店走过去了。

天空上有许多风筝,我还看见了有年轻人乘着热气球往滇池那边飘过去了,速度不快也不慢。这是我喜欢的速度,如何保持不快也不慢的速度,这也是一种掌控力。绿色的热气球飘在滇池的上空,我又想起了与柴火乘坐热气球的时光,很多事好像刚刚发生就结束了。

任何关系的组合,就像一支乐队,需要各种乐谱……不同的演奏者隐现在乐器中间,每个人表达的都是自己。所有没有唱出来的声音,是永恒的秘密,所有可以放下的,都是过往。

经过几十年的治理,滇池越来越清澈了,朝前走时,我们看见了有一台无人机盘旋在天空中,就像一只巨大的神鸟环绕着滇池的水岸线飞翔。不远处手里端着无人机遥控器的那个青年人站在那片茂密的苇草中,远远看上去,那个青年人很像翅膀。是的,我们朝前走时,那场久远爱情的记忆重又回来,那个青年人手持无人机遥控器伫立的地方,就是许多年前我和翅膀的父亲相亲相爱的地方。那里有一片片蓝色的鸢尾花,在早春时节鸢尾花才会开放,而现在是冬天。翅膀说,他也接到了博物馆揭牌的邀请函,因为时间早就带着无人机来拍拍滇池。

在博物馆的揭牌仪式上,我们又见到了刚刚在滇池边喂红嘴鸥的那一对年轻的母女,后来才知道,这个女子就是柴火的妻子，而那个小女孩就是他们结婚以后生下的女儿。不管怎么样，柴火实现了他的一个梦想，首先是眼前的滇池越来越清澈了，另外，在面朝滇池的地方，爷爷的博物馆诞生了。在揭牌仪式中，柴火和他年轻的妻子、女儿站在一起时，他好像忘记了葵花的存在。是的，刚才他和葵花见面时，他的目光也很生硬，因为旁边就站着他年轻美貌的妻子和孩子。

爷爷的博物馆展出了很早以前柴火的爷爷收藏的以及他亲手拍下的系列老照片。翅膀看得很认真，因为翅膀也喜欢摄影。在我们看老照片时，我发现葵花已经走了，我隐约感觉到今天前来参加开馆仪式，葵花的心灵又经受了一场小小的拷问。回去以后的第三天的那个黄昏，葵花约我在一家酒吧见面。我到时，她已经在酒吧里边了，一个人要了很多啤酒，让我陪她一块喝。我感觉到葵花内心有情绪，便陪同她喝酒。她举杯时问我，父亲为什么对她那么冷漠？还问我她到底是从哪里来的。

这些问题我在喝酒时都找不到答案，因为我和葵花面对面地干杯时，我内心的距离和思想已经融入了又一个漫长的长夜。我只想陪伴葵花度过她迷茫的时刻，她突然又告诉我说，她对现在的生活很厌倦，对文身馆也很厌倦，她想尽快将文身馆转租给别人，她目前最想做的事是到梅里雪山的雨崩村去生活。葵花在酒后吐出的都是真心话吗？我也不知道如何去跟葵花交流。当葵花约我到酒吧来的时候，我自己也很迷茫，一个中年女人的迷茫和一个年轻女子的迷茫有什么不同？我以为这场酒事以后，我们睡醒以后，生活又会回归常规。有时候，我已经习惯了接受常规，我害怕无常和变化，也许这就是因为我已经进入了中年，我在以一个中年女人的身体和追求在生活。有时候，我很想试一试在广场上的人群中跳跳舞，活动一下筋骨和肢体，让我的社交圈更陌生化也更接近世俗的现状。我非常羡慕广场舞中的生活，多数都是中年向老年过渡的男男女女，他们带着乐器、录音机，把自己穿戴得漂漂亮亮的，出现在广场舞的人群中，这是多么幸福的生活状态。

  然而，我不是孤立的，我跟这个时代和世界还保持着联系。我以为梦醒时分，人们都会围绕着原地日复一日地转圈，然而，生活永远超出了你所想象的故事。葵花酒后吐出的真言，并没有在酒醒以后就消失，她果然将文身馆转租给别人了。接下来，她告诉我，将去梅里雪山的雨崩村……她的眼睛里又闪耀着新的人生光亮，看到这光亮，我又在不知不觉去接受了她的选择和追求。这就是我的中年妇女的生活，一个女人和母亲的生活。我为什么不能走进去呢？也许是时间，因为我一直在守护着咖啡馆；也许是习惯了孤独,哦,这致命的孤独从青春期就开始了,人都是孤独的。从孤独中朝前走,总会寻找到真正属于自己的方向。人生的各种苦涩的滋味,都有一阵阵回甘的时候。

噢,梅里雪山的雨崩村,就是葵花即将去的地方。翅膀听说后安慰我说,雨崩村很美,让我放心,他会将葵花送到雨崩村的……我没有想到,葵花拒绝了翅膀的护送,她说她的选择和人生,都属于她自己,所以她要为自己的生活做主。这是青春期的告别和宣言,是的,我理解葵花,就像理解我十八岁那年乘着李点的大货车离家出走的时候,那时候,我一无所有,但我拥有青春。

青春期很快就过去了,它就像是一片绿枝上的嫩芽,等待着绽放;就像葱绿的青麦地,等待着烈日灼心的照耀;也像一只花瓶,等待着你往花瓶里插上什么样的花束。花都会枯萎的,那些热爱鲜花的女人,无论到了什么样的年龄,总会从花瓶中取走枯萎的花枝,再抱着新的花束插进花瓶。

葵花走了,她之前就退了出租房。她告诉我,过了十八岁,如果还住在家里,尤其是跟母亲住一块,时间长了,就会被母亲所笼罩。她希望成为能够通往自我的女性,就必须从家里走出去。这就是她当初租房子的理由。是的,她走了,不需要她哥哥护送,她说有网友在梅里雪山的雨崩村等她……她说到梅里雪山时眼睛亮了，但她说到网友时，我的心开始了又一轮的不安。现在社会上传播的消息中，关于网友，特别是未曾见过的陌生网友，正是多种骗局的源头。然而，我也相信，葵花是一个有判断力的女孩，她不会进入骗局的。而且，我深信，在充满了神性的梅里雪山的雨崩村，抵达那里的人们都是在追索美好的生活。

葵花离开出租房后的几天都是在家里住的，在她洗澡时，我从门缝中有意识地偷窥了她的脊背，在水蒸气弥漫下的脊背上的玫瑰花园好像并没有消失。可见，她终止了上医院的皮肤科清洗文身。对于她来说，当时是为了那个男人才洗文身的，离开了男人后，这一切都不重要了。她的身体保留下来了属于她青春期的一件作品，我的理念开始转变了，甚至我觉得脊背上的玫瑰花园也很美，如果我是葵花现在的年龄，我也许也会去文身，留下一种青春期的记忆，只不过，我们那个时代，还没有文身术。

理解万岁，因为理解，我的心情好起来了，有一段时间，我想去看心理医生，现在我发现了我自己就是我的心理医生。每次抬头看见阳光时，那一线线涌过来的光波，也是我的心理医生，我现在明白了，为什么上了年纪的人都喜欢晒太阳；母亲带婴儿时，总是抱着孩子晾脊背和小屁股，这一切不仅仅是为了补钙，更为重要的是要在人的身体中注入阳光的能量。

葵花到梅里雪山脚下了，她给我发来了梅里雪山上的金光。天气真好啊，我听说过只有心灵虔诚者，才会遇到梅里雪山打开神殿大门的时刻……葵花是虔诚的也是幸运的，我也不知道是什么声音在召唤着葵花。离开父亲滇池边博物馆的仪典后，她似乎就听到了来自宇宙的另一种声音的召唤。是啊，召唤，那些令我们不安的过去的时光，终有一天总会寻找到宇宙之声的召唤的。我看到雪山下通往雨崩村的山路，这是一条凹凸不平的路，车辆是无法开往雨崩村的。这条路上有马帮走过，雨崩村的生活用品也都是靠马帮运载过去的。这条路就像好几个世纪前的路，在路上看不到交通工具的速度，看不到汽车胎下的辙印，但看得见马蹄脚印和进入雨崩村的人的脚印。

简言之，从葵花发到手机上的视频中，我看见一条古老的用脚走出来的小路。哦，这条小路要走几十个小时才能抵达传说中的雨崩村。在葵花发来的一条视频中，整个画面上都是朝前移动的脚，穿着各种颜色、款式的旅游鞋，都在朝着雨崩村奔去。虽然走得并不快，但我感觉到了走路的速度，远远超过了飞行的速度。这种感觉无比神奇，仿佛我也在走，我的心跳和身体、我的性别、我的中年生活都在朝前行走。葵花这一次的选择虽然突然，但我想，她和她的网友应该是蓄谋已久了。

在夜里，走出房间。每当我从咖啡馆回家，都会在洗完澡后，穿上睡衣，今天这套睡衣是我前不久生日，葵花在网上买来送给我的。像我这样的中年女人，早就已经忽略了自己的生日，但葵花今年却想起了我的生日，给我从网上订了一套绵白色的睡袍，她知道我喜欢穿纯棉的衣服。我坐在露台上时，总想透过夜幕看看天空，这一次，当我抬头时，又看见了对面露台上的女人。她也看见了我，这一次她伸出手来向我招手，透过夜色我感觉到她的手势是在召唤我去她身边……我想，她是不是遇到了什么事？便毫不犹豫，身穿睡衣凭感觉找到了她所住的那幢楼，又凭感觉确定了她所住楼房的楼层……感觉这东西，有时候非常精确。恰好有一个人进电梯，我就跟着那个人上了电梯。

我已经站在了她的门口，她打开门，仍然穿着那套粉红色的睡衣……我们虽然是陌生人，没有说过一句话，但却似乎已经认识了很久很久。她将我迎向露台，很直接地告诉我说，你知道吗？每一次我想从露台上往下跳的时候，抬起头来总会看见对面露台的你在看着我，这是为什么？

只要被你看见就会动摇我往下跳的念头，这又是为什么？

我平静地聆听着她的声音，对于她来说，当她想表达内心的感受时，我绝对是她最好的聆听者。其实，在我从对面的露台上看见她时，就已经在夜幕中聆听到她无语的声音，现在她继续说道，我相信你的感觉，你的善良，上次警车进小区时，我就知道是你打的电话……你一直在默默关注我，只有你意识到了我内心的崩溃……好吧，我们坐下来，我家里有红酒，我们好好喝一杯。她进屋，然后带着两个高脚杯、一瓶红酒出来了。

两个女人坐在露台上，我们举着两杯红酒，在夜幕那神秘广阔的笼罩着的光线中，我看出了她三十五岁左右的年龄。她敞开了自己疼痛而无助的另一个世界，她告诉我说，因为青春期时的一次意外，她怀孕了，几个月后经历了种种迷茫的冲突后，她最终选择了流产，但没有想到这次流产对她身体影响很大。几年后，她结婚了，她的丈夫非常喜欢孩子，她也想要孩子……但几年过去了，她怎么也无法怀上孩子，于是，医生让两个人都去检查身体。从检查的结果看都没有问题，他和她依然充满希望地想怀上孩子，但一次次的总没有结果。现在流行做试管婴儿，他们又开始将财力和时间投入到做试管婴儿上……但很长时间过去了，还是没有怀上孩子……她说，面对身体的危机，她患上了抑郁症，每次走到露台上来，总想往下跳，而且她还发现了她丈夫有外遇……

她提出离婚，她丈夫同意了，并把房产留给了她，净身出户。转眼之间，她丈夫就跟另外一个女人结婚并有了孩子。面对这一切，她本想一次次解脱出来，但总是一次次地被障碍物所挡住。她想去努力地工作，以此忘记这一切。于是她白天上班，开了自己的文化传媒公司，她把自我湮没在忙碌中想忘却一切痛苦。就在这时候，她却又遇到了大学时的初恋，他突然从茫茫人海中出现在她面前时，她有些不知所措。男人说，他依然爱着她，这些年都在外为生存奔波，因为父母年龄大了，就回到了这座城市，父母现在最希望的就是他尽快结婚。

他开始与她约会，并在向她庄重地求婚时，将一枚钻戒戴在了她手上。她喜欢男人的稳重，每当她与男人约会时，她感觉似乎又回到了大学时代，那时候他和她每个周末都喜欢去看一场电影，吃一次烧烤，坐在烧烤摊上喝两瓶啤酒，那时的初恋轻松而又快乐。

自从他把钻戒戴在她手上时，她承认她的内心又充满了对一个男人的爱。然而，每当他带着她去家里见他的父母时，她的内心又升起了新的矛盾和冲突。他的母亲每一次都会慈祥地拉着她的双手，希望他们快快结婚，尽快生孩子，他们都老了，最希望的事就是尽快抱到孙子……这时她的身心总是上升着新的不安和焦虑。

我鼓励她说，他是爱你的，你们尽快结婚吧，生活总是会产生奇迹的，相信我，放下所有的不安和焦虑，生活一定会产生奇迹的。在那一刻，我不知道为什么说出了上面的这几句话。她点点头说，谢谢你，我想我们一定会尽快结婚的。我想邀请你来参加我们的婚礼，你会来吗？

我说，我一定会参加你们的婚礼的。就在那一刻，在这神秘而辽阔的夜幕中，我看见了她脸上的笑容。我同时也看见了我脸上的笑容，这一刻，我不再相信她是一个抑郁症患者，因为有新的爱情在等待着她。我离开了，那一夜，我回到卧室，夜已经很深了，我却又收到了葵花发来的一个视频：在雨崩村的夜幕之下，葵花和一群旅游者正围着篝火在手牵手地跳舞。我睡着了，这一夜我没有失眠，而且睡到了自然醒。

让我们相爱吧

妹妹说要结婚了。哦,我有些突然,她多少年来一直坚守着独身主义者的信仰,而且她不停地忙,我们很少见面。她的生活独立自主,从来不去打扰别人的生活,也从来不需要别人去打扰她的生活。所以,这部书很少有她的镜头,也少有关于她的故事出现。但当她告诉我要结婚了,让我去看她准备结婚的新房时,我去了,带着惊喜和好奇。在郊区的一幢别墅里,有两百多平方米的花园全都种上了植物和花卉。我站在花园中,她说让我在她即将结婚之前,陪她回趟县城,说服母亲迁到省城来跟她一块住,母亲年龄大了,旁边一定要有自己的亲人陪伴。这花园很适合母亲居住的。我说,母亲身边有一个老人,他们都在相互照顾的,不知道母亲是否会到省城来住。妹妹说,我们尽力说服她吧，这么大的房子，只有她和男人两个人住，太可惜了。我说，你们可以生孩子啊⋯⋯妹妹说，是啊，是啊，男人也说让她结婚后就尽快生几个孩子。妹妹说，她这样的年龄才结婚，又要生孩子，这些生活都是她过去从来也没有想象过的⋯⋯

我在妹妹的脸上看见了一丝丝忧郁，但很快就消失了。这时，有人进来了，是一个中年男人。妹妹将中年男人介绍给了我，原来这个中年男人就是她要结婚的男人，妹妹也同时将我介绍给了中年男人，这样，也就算认识了。过后，在我们回县城见母亲的路上，妹妹开着车，问我对即将跟她结婚的男人的印象，我说，中年男人嘛，多少都有一些油腻的味道⋯⋯妹妹笑了，说道，尝尝婚姻家庭也好，反正不适合就离婚，而且这个男人原来有过婚姻，有两个孩子都上大学了。这些事情在我看来都是情理之中的，必然的，充满戏剧性的。只是，对于妹妹这样宣言独立自由的女性来说，当她一旦进入婚姻生活，就意味着要来一场从身体到心理的蜕变。这些话，我在车上已经告诉了妹妹，她说，就看自己的身心是否经受得住走进围城以后，婚姻在现实中的存在了。如果不行的话，她也会走出来的⋯⋯时间的冲突和对于生活的追求，有扑向波涛的勇力，也有妥协和撤离的选择和方向。这是上苍给予个体的智慧和信念。我们的车奔向县城，奔向母亲身边，奔向出生地，奔向生命的渊源，奔向记忆和青春，也奔向母亲的暮光年华。

到县城时也是吃晚饭的时间。我们再也不可能回到出生地的房间和那条小巷道，时代在变幻，以改变自己和他人的命运的安排，同时也在改变着我们生存的环境。上了电梯后，我和妹妹都有钥匙，我们打开门，两个老人坐在被夕阳红所笼罩的餐桌边，三菜一汤，哦，他们正安静地吃饭。看着这番场景，这平凡人生的安详和生活的美好，我们的到来以及妹妹的那个想法，似乎是多余的，不合时宜的。我们不忍心将这对老人拆散，我们再也无法劝说母亲离开县城，他们正过着我们这一代人没有的平静而幸福的生活。第二天我们就离开了县城，我们有我们这一代人的生活方式。是的，我们释怀了，妹妹想通了，她说，人生中没有一次婚姻也不行，就试一试吧。她说，其实她早就预感到了跟一个有婚史的男人、一个油腻的中年人结婚，将是一种冒险，她已经做好了种种心理上的准备。首先，她和他都去公证处，公证了各自的财产，尤其是这套新买的别墅，花尽了她上半生的积蓄，所以，她得学会捍卫自身的财富，这样她活得才有底气。

妹妹小我八岁，却具有现代人更清醒的立场，与她相比，我要更脆弱和容易焦虑。妹妹结婚了，没有设宴席，两个人去悄悄领了结婚证就算结婚了。

有一天，我站在咖啡馆门口，阴雨绵绵了几天，太阳突然就升起来了，所以，我想站在门口晒几分钟太阳。这时我嗅到了从空气中飘来的一股味道，这熟悉的味道，已经消失很长时间了。我膝头旁边有一阵温热，一阵阵毛茸茸的温热，我低下头，天啊，金笛又回来了，消失了那么长时间的金笛突然又回来了……我弯下腰去拥抱金笛，它好长时间没洗澡了，在它消失的这些日子里，我完全无法想象它经历了什么事，它的皮毛上有伤疤，身体上有枯干后的泥巴。它去了哪里？又是从哪里回来的？这一切都是谜。

所幸的是金笛仍然寻找到了回到咖啡馆的路，是的，金笛回来了，回家来了，我打开车门，它就跳上去，我将带着金笛去见翅膀。翅膀正在为收容所的狗儿们洗澡，他已经被学动物医学的年轻妻子小米，培养成了一名最优秀的驯狗师，他还学会了为狗狗剃毛、剪趾甲、洗澡等等事宜。金笛扑向了翅膀，他和它在收容所紧紧地拥抱在一起。翅膀为他亲爱的金笛亲手洗澡时，我离开了。突然间，我想起来，昨天晚上做梦时梦见了春花，我想，是春花在托梦给我，让我替她去看看她在人间的家庭生活。

春花在天上生活，当年父亲离世时，母亲让我们不要哭泣，如果父亲回头看见我们的泪光，会走错路。母亲告诉我们，父亲去天上生活，那个地方丰衣足食，有鲜花、青草地、泉水，让我们要安心地送父亲离开人世。

我又来到了春花从前的家，她冒着生命的危险生下的那个男孩已经会走路了，看见男孩走到院子里，边走边看父亲的手机时，我想春花一定在天上看见了这一幕：她的儿子已经会走路了，是啊，男孩长出了几颗门牙，一边玩手机，一边叫着妈妈……一个年轻女子走向男孩说：大宝，妈妈在这里，千万别摔爸爸的手机啊！他们看见了我，是大宝的爸爸看见了我，他高兴地迎上来说，好久没见到你了，好吧，我给你介绍介绍，我又结婚了，这是大宝的妈妈……我明白了，春花告别人世之前嘱托我转达的事情，现在已经变成了现实。那女子很年轻，好像在花店里见过，突然间我想起来了，不久前我来花店时，曾看见过一个用手机自拍照片的女子，那个年轻貌美的女子看上去非常爱花。后来，大宝的爸爸还从她手里接过手机，帮她拍过照片的。

大宝的爸爸说，今晚留下吃饭吧，让那年轻的妻子去楼上做几个菜。那女子很热情地说，好的好的，我就去做饭了，还把大宝也带走了。花店里的人现在很少，因为已经是下午了。大宝的爸爸抬起头来看了看天，又看了看地，对我说道，上次你来将春花的嘱咐转达给了我，我也在梦里托梦给春花说，太想念她了，尤其是晚上枕头边没有花花的日子真是煎熬啊，再加上又要照顾大宝，我感觉到身体从来也没有这么疲劳过。花花从梦里托梦来告诉我说，让我尽快找一个女子结婚吧，这样，她在天上也会安心的。就这样，经常到店里来买花的女子也喜欢他，他们来来往往，就开始谈起了恋爱，女子也愿意为他抚养孩子，做几个孩子的母亲，两个人就领了结婚证生活在一起了。

我不时地仰望着天空，总感觉到生活在天上的春花已经看见了我，也看见了花店里的孩子们的母亲。我想，这正是春花所期待的事情，这一切算是圆了春花的梦。三个上学的孩子一前一后地背着书包回家来了。他们回家首先就跑到厨房去，看看今晚能吃上什么好吃的东西，大宝的爸爸带我上了二楼，从厨房中传来了炒鱼香肉丝的味道，还有鸡蛋炒西红柿的味道，还有水煮肉片的味道……哦，这就是春花在天上看见的人间烟火，春花一定会高兴的。我感受到了年轻女人对大宝和其他孩子的爱，也同时看见了她看大宝父亲时的眼睛里，充满了女人对男人的那种烈火般的挚爱。

我该走了，从城郊区花店的烟火中走出来。我再一次知道了男人不能没有女人，而有了男人的女人更会体贴这大地上的骨骼。我该走了，春花在天上走得更远了，她已经了却了对人间的牵挂，所以，自此以后，我的梦中再也没有见过春花。在远逝的天边尽头，春花带走了她的肉身，至于她的灵魂是否还在人世间周转不息，这是另一个梦了。我回到家，洗了澡，每次洗澡以后，总想在夜幕下游荡。一个中年女人的游荡，只有带着尘土的肉身，是的，只要肉身还在，我们都必须融入尘世。我睡了，很多年前，我就不会梦见周仆人了，他应该转世了吧？但我不知道在哪里会遇见他的灵魂。

我收到对面露台上女人的结婚请柬时，是九点半钟我去咖啡馆的时间。每一天真正的生活都是从咖啡馆开始的。对于我来说，守望咖啡馆，就是守望我年轻时代的恋情，就是守望那个时代的激情和忧伤。我总得有一个小世界是属于我自己的，咖啡馆就是这样的地方。一个令人怀旧的地方，必然也是诞生希望和梦幻的地方。我每天往返之地，会见到许多陌生人，也会看见许多见过的人，这就是咖啡馆，这就是为了活着这一简单而复杂的现实，我习惯了与他们互相理解和相见的地方，也是我作为人，一个女人，用来维持生活的地方。

翅膀来电话说,金笛生病了,也许是年龄大了,最近以来,胃口小了,总是趴在地上,跳跃的能力越来越弱,让我有时间去看看金笛,也许它在人世的时间不会太长了。听到这个消息,我的心绪一下子就变得阴沉沉,刚才还照在咖啡馆的太阳消失了。也许是天气冷的原因,从滇池边飞来的红嘴鸥又飞进了咖啡馆。一个喝咖啡的男人,一边用手机发短信,一边拍了一组飞进咖啡馆的红嘴鸥的小视频,发在了微信上。这组小视频突然间就火了起来,来咖啡馆的人比往常增加了好几倍,还有记者也来了,将话筒递给我,让我讲几句,我真的不知道该说什么。记者问我是用什么魔力,将红嘴鸥引进咖啡馆的?我说,也许是召唤吧,从我内心来说,每年红嘴鸥从西伯利亚飞到这座城市的天空时,我的内心都很激动……记者说,红嘴鸥进咖啡馆,说明人与自然正和谐共生,你高兴吗?我当然高兴了,然而,在人与自然的故事中,金笛病了,我摆脱了记者的包围,急速奔向翅膀的动物收容所。

金笛病了,小米告诉我说,金笛没有生病,它只是老了,它正在度过在人世间的最后时光。金笛趴在草地上,旁边的狗狗正在奔跑和嬉戏,还有的狗狗们正在相互求偶。金笛一动不动地趴在草地上，目光中有着即将离开人世的那种平静。我坐在金笛旁边的草地上，伸出手抚摸着它的皮毛，它抬起头来看着我，目光突然变得清澈起来。翅膀也来了，坐在它旁边。我知道金笛是一条流浪狗，是许多年前翅膀把它抱回来的。时间过得真是太快了，翅膀那时候正值逆反期，他一定要坚持将流浪狗留下来。如今，许多年过去了，翅膀已经从少年进入了另一个人生阶段，而我已经是中年妇女了。

小米是学动物医学的，她了解狗的特性。她走过来安慰我们说，金笛很累，而且中间它又消失过很长时间，它的身体上有许多来历不明的伤疤，不知道在它消失的那段时间里经历了什么。我们能做的就是多陪陪它，也许它下午或者晚上，好一点的话也许是明后天就会离开我们。翅膀低下头，我知道他忍住了泪水。我朝天空往上看，这样我的泪水就不会流下来。

是的，金笛要离开了，比我们预期的还要快一些。这一切都是生命的规律，当它的头垂下地时，它的身体开始渐次冰凉，一切都是那么快就结束了。翅膀抱起金笛说，他要将金笛葬在这片土地上，这样金笛就能跟他在一起，永不分离。翅膀比我们在场的所有人都更忧伤。他说，头痛得厉害。抱着金笛的翅膀，沿着草地走了好几圈，将金笛轻轻放在那片有阳光照耀的草地上，翅膀说，这片草地是金笛最喜欢的地方……我看见翅膀在摇头，他说，头痛得厉害，头为什么会突然间就痛了起来……我走过去说，你别太难受，要让金笛好好地离开……就这样，金笛被翅膀亲手安葬在了那片草地上。金笛走了，翅膀像变了一个人，除了忧伤之外，翅膀的头开始不间断地痛了起来。

这件事让我必须亲自带翅膀去见医生，因为我想起了翅膀的父亲生前的头痛症状。我几乎来不及想更多的事情就去找翅膀，他正带着狗狗们在草地上奔跑。他回过头停止了奔跑走向我，我说我们还是去看医生吧。翅膀说，头痛症状是因为金笛的突然离世产生的，用不着去看医生。我说，这件事你必须听我的。翅膀说，他不喜欢没有什么大病就去上医院，而且他很快要带我去梅里雪山看葵花，等到回来再去看医生吧！

翅膀说服了我，因为之前我们商量过要去一趟梅里雪山的雨崩村看葵花。我想，也许是金笛的离开让翅膀产生了短期的头痛症，有时候我们真的只有把很多事情往好的方面想，才能够战胜内心的焦虑。

葵花已经去雨崩村很长时间了，尽管经常会看到她发来的视频，但我还是牵挂她。说到这件事时，翅膀就说他也想去看看葵花在雨崩村到底是怎么生活的。于是，我们就出发了,这是第一次乘着翅膀亲自开的越野车出发。昨天晚上刚下过一场大雨,空气很潮湿,路上遇到了一场泥石流,在被泥石流所阻隔的时间里,高速公路上的车看不到头也看不到尾。就在我们缓慢地朝前行车,并想走下车往前看看泥石流疏通得怎么样了时,高速公路上出现了一条狗狗。这是一条白色的秋田犬,看上去它也是走失的,它的目光在游离中寻找着什么。翅膀说,狗狗走在高速公路上太危险了,是谁丢失的狗狗啊?他走近秋田犬,那只狗突然不再往前走了,它站在翅膀面前,嗅着翅膀身上的狗味……突然间,道路开始疏通了,堵塞中的车流慢慢开动了。我们回到自己的车子前,翅膀刚把车门打开,那只狗就跳到了副驾驶座上。

　　翅膀说,只好先带上它走吧,让小狗独自在高速公路上乱跑,实在是太危险了。我坐在了后座上,就这样,车上增加了一条狗,就像又多增加了一个旅伴。这就是翅膀的生活,我们的车已经抵达了梅里雪山脚下。我们朝圣着这晶莹剔透的圣境,想象中的那条通往雨崩村的小路已经在眼前。雨后的小路上到处是泥浆,我们的鞋子很快就变成泥浆色了。下车时,翅膀带上了秋田犬,这是必然的,翅膀是不会将狗独自留在车上的。

　　走在这条路上时突然接到了妹妹的电话,她问我在哪里，我说正在和翅膀走在通往雨崩村的路上……我感觉到她有事要告诉我，但又咽回去了。她说，雨崩村很美，她去过的，但是现实中的生活却很混乱。不知道是她挂断的电话，还是网络不好，电话断了。

秋田犬走在翅膀身边，它好像天生就是翅膀的旅行伴侣。它和翅膀之间有着不需要训练的友好和默契。我们的鞋和裤子上都是泥浆，翅膀好像早就已经习惯了走这样的路。是的，这是一条艰辛的小路，通往的却是传说中的雨崩村。来之前，我们没有告诉葵花，想让她有一个意外的惊喜。

肉体的秘密去得很遥远，人寻找着艰辛的路行走，只有冒险的理想才能激荡起生活中的一场场游戏。我们越来越接近了葵花所投奔的地方，近些年来，葵花在时代的浪潮中不断寻找自我，从可可西里的失联之路到开文身馆，这一代人在变幻无穷的时间中，不断篡改自己的梦想。此刻，太阳越过了空气中的薄雾，将通向雨崩村的那条山路映照得越来越明亮，海拔越来越高，离天空似乎就更近了。

葵花走了出来，从雨崩村的一座客栈中走出来时，她旁边站着一个青年人，看上去是一位来自江南的青年男子。在不长的时间里，葵花和她的网友在不同的时间抵达了传说中的雨崩村，恰好一对青年夫妇因为要回家陪伴父母，正在转租这座客栈，葵花和那个来自江南的青年男子就租下了这座客栈。这个男子就是葵花的网友，他们从网上认识，那曾经是一个让我内心焦虑了很长时间的网友。我问过翅膀，他安慰我说，葵花的青春期虽然易变，很情绪化，但她会朝着内心的判断和方向走过去的，其中有失误，也应该让她独立地去思考人生，每一个她所遇见的人，都会让她体验生命的过程。

网友，这个词很潮流，很多年轻人都围绕着自己朋友圈内的朋友去思考人生。这个时代瞬间就会产生无数次的你无法改变的变化，那你自己也在变化，那不变的到底是什么？我们应该建立以追梦而生成的体系，我想，在智能时代，这一定是一个现代人投身的精神摇篮。

我看见了地球上小小的雨崩村，如果你想通过地球仪的标签寻找雨崩村是困难的。很多人在一生中可能会去过许多地方，但也不一定会从梅里雪山寻找到通往雨崩村的路线，这需要勇气和信仰，也需要缘分。如果葵花没有在雨崩村，我也许不会这么快就踏上通往雨崩村的山路。这条路的泥浆和不断上升中的海拔，考验着走进来的每个人的身体。我们终于抵达了雨崩村。葵花的合伙人，也就是她的网友，这个来自江南的青年男子，看上去要比葵花略大一些，因为他的眼神要更沉稳些。我想，也许正是他从网上将开文身馆的葵花召唤到了雨崩村。我们走向了雨崩村中他们转租下来的客栈。在来雨崩村以前，我以为葵花仅仅是一个旅者，想在雨崩村住一段时间而已，这也是现代人的某种生活方式。

找一个地方住下来，对于很多青年来说，是旅行，也是追踪诗与远方的标志，现在流行诗与远方的生活。我曾问过一个著名诗人，所谓的诗与远方，对于诗人来说到底是什么？对我而言，那是在我所生活的城市的菜市场，我每周都要为自己的日常生活买一次菜。我不喜欢规整的农贸市场，我更喜欢逛离我很近的一条老街上的菜街子，窄小的街巷两侧摆摊的人们，水淋淋的新鲜蔬菜，还有各种颜色的花束，走在这样的菜街子，我的身体会像舒朗的小渠流水，轻快地流动着。

我会走上前问价讨价，这个过程非常愉快，它使每一个小摊上的鲜品突然间就变为了商品，而在几个小时前，这些蔬菜鲜花还生长在泥土中。这才是一条真正疗伤治愈的菜街子，在人来人往中你找到想带回家的味道，找到了新鲜的食材，还会抱着一束鲜花回家，这个习惯一直在陪伴着我。好了，让我回到雨崩村，除了我们之外，陆陆续续的旅人都来到了雨崩村。他们都是走进来的，想进入雨崩村，是没有任何交通工具的，简言之，你的脚就是你的交通工具，你的灵魂会给予你走路的力气。我就是靠双脚或灵魂走上来的，还有幻觉，在日日夜夜的过去、现在或未来，有一种东西叫幻觉，它就是你看见或未看见的，让你身心激荡的东西。

两层楼的客栈，总共有八间房，每间房都有露台，推窗就可以看见雪山……我似乎梦见过这样的场景。翅膀有些激动，他对我说，几年前他也有过这番梦想，后来……他没有说下去，我替翅膀说下去吧，后来，在他攀岩回来的夜晚，金笛突然消失了，我们从夜色中出发去寻找金笛的路上，在夜色朦胧中遇到许多条流浪狗……再后来，翅膀就建立了流浪狗收容所和协会。人的命运是说不清楚的，永远无法说清楚的。我们唯一能做的事，就是遵循内心的召唤，去做该做的事。

我站在窗口看见了白色的雪山，哦，葵花那天走得突然，她原来早就与网友谋划了这个理想。我明白了，这是天意的安排，所以，有些事我们真的用不着预支焦虑，时间会改变一切的。

该发生的事是你无法阻挡的，就拿葵花的青春期来说，她和朋友们驱车去西部旅行时，我想伸手阻拦，但我的手上生不出钢铁铸造的栅栏。哦，你们都知道栅栏是怎么一回事，公园深处有栅栏，居住的小区内也设有栅栏，还有高山牧场上的栅栏，动物园里也有栅栏……人类为什么要设置栅栏，就是为了设置戒律，让人有尺度，有选择的眼睛。但我的手代替不了栅栏，所以，我眼睁睁地看着葵花走了，等待我的是葵花和那群人的失联。还好，有惊无险，这群赴西部的青年人还没有盲目地去历险，最终，他们回来了。

该选择的事情，是你无法代替别人去选择的。青春期的葵花如同饱满的花骨朵，等待着绽放。她的样子，总让我想起过去，但我已经回不去了。她说不上大学了，要去职业培训学校学半年的文身术，天啊，我当时听了后头都要晕了，我好像中了魔，在这个人人都在择业求学的青春期中，她喜欢的是文身。当我犹豫时，身不由己地头晕目眩时，她已经转身跑到父亲面前。直到如今，我都不知道，她是如何说服了她父亲，给了她一笔培训住宿费用。这事我也不想去了解了，因为生活变了，角色也就变了。当我第一次看见葵花后背上的文身时，这对于我的人生来说，真的是一场魔幻或熔炼。不过，我走出来了。

该走的时候就走，这也是你无法阻挡的行走。这世界上没有万能的钥匙，何况，我手里也只有打开咖啡馆或回家的钥匙，我无法锻造一把通向神秘星际的新钥匙，赠送给葵花姑娘。她走了，临走时告诉我，她要去梅里雪山之上的雪崩村，在那里，她的网友已经在等她。也许，她手里已经有钥匙了，她一个优美的大转身，就将文身馆转租出去了。这动作像游戏一样快。我的焦灼、想象力都是多余的，笼罩的只是我自己的身体，葵花青春期的身体早就已经去创造梦想了。

客栈的房间迎来了今天的旅人，现在都是在网上订房间。还好，好像是上苍安排的，还有我和翅膀住的两间房。推开窗就看见了雪山，两个青年人合伙开的客栈，就像是我在疲倦焦虑的城市中所向往的生活……黄昏，我们围坐在面朝雪山的三楼餐厅，这里也是咖啡馆和酒吧。葵花取来了一瓶红酒，说今晚一定要开瓶干杯。当我们四个人端起高脚酒杯时，雪山就在眼前：白色的雪山被熔金色所覆盖，葵花说，请母亲和哥哥作证，我和他将在这里经营客栈，也会在雨崩村生儿育女，永不分离……

这是真的吗？我和翅膀对视了片刻。来自江南的青年人站起来，拉住了葵花的手说道：是的，我们起初仅仅是网友，但我们同时发现了梅里雪山和雨崩村，就这样我先来到这里，等待葵花的到来。起初，我们只是旅行者，后来，我们见面后，就喜欢上了雪崩村，我们租下了这座客栈后就相爱了。我们将在这里守望雪山，守望雨崩村，也会在将来的日子里相亲相爱，生儿育女……

如果你不亲临现场，一定会感觉到这只不过是一个风花雪月的故事而已。然而，我是见证人，也是葵花的母亲，我保证这个故事是真实的。举杯间，雪山正被茫茫无际的夜色笼罩。明天醒来，推开窗户，又会见到雪山。两天后，我们离开了雨崩村，我们是沿进来的路走出去的。这一对年轻人，本来要送我们出山，但被我们拒绝了。这次，葵花很听话，乖乖地和那个青年人站在路口目送我们又走上了那条回去的路。翅膀将那只雪白的秋田犬留下来了，因为两个年轻人看上去都很喜欢那只秋田犬。而且我们离开时，秋田犬就站在我们身后的客栈门口，似乎早就已经选择了自己的命运，留下来。

我们终将走上这条回去的路，我们谁也代替不了别人走自己命运中将走的那条路。在路上，翅膀的头在隐隐地痛，他说，进来时不痛，他还以为自己对高海拔没有反应，回去的路上，头开始痛了，但走到梅里雪山脚下时，头痛感又消失了。他驱车要赶回去，说收容所的三条母狗要生育了，这是一件好事，他一定要亲自护理好狗妈妈生孩子的事。于是，他说，天亮以前一定会赶回省城的。翅膀说话做事就像他父亲，天亮以前，我们真的就抵达了省城。在路上，他的头又痛过，我看见他从包里掏出来的是药瓶，他一边开车，一边吞咽了几颗白色药片。我问他服什么药，他说是医生开的头痛药。我有一种阴影，自从翅膀第一次头痛时，那团阴影就过来了。

所有的阴影来了后又被风荡开了。对面露台上的女人突然来到了我的咖啡馆，很久前，我曾经去参加她的婚礼。她是跟她过去的同学结婚，两个人本来要低调结婚的，但男方的父母一定要为他们亲自操办一场热闹的婚庆。确实，来的人很多。在婚礼上，她和新婚的丈夫看上去很恩爱，牵着手去每一桌举杯感恩亲朋好友们。时间过得太快了，转眼又过去了多长时间？我只记得自此以后，她好像没有住在原来的房子里了，是的，我坐在露台上时很长时间没看见过她了。像一阵风般的轻盈，她第一次走进咖啡馆，看上去满脸喜色。

这喜色是从第二次婚姻延续而来的，过去的她是一个趴在高高的水泥钢筋建筑楼群露台上的女人。她曾对我坦言过，因为不育症以及为了怀孕而经历的磨难，她经常想往下跳……那时候，我看见她时，也能感觉到她想往下跳。为什么许多抑郁症患者都想从高处往下跳？这不仅是一个医学问题，也是一个心理学的问题，也许还关系到神秘学的问题……

她告诉我结婚后就住在男方父母家了，今天她刚从医院出来就来找我了，她说，她怀孕了……哦，她说，是真的，她真的怀孕了，她还说，她和新婚的丈夫没有为怀孕做过任何努力，就怀孕了……我给她冲了一杯新鲜的橙汁，祝贺她怀孕了。她来，不仅是要告诉我"怀孕了"的喜事，也想告诉我她的感受：你越是放下的事，就越会朝着你内心的愿望奔去；你越是在意的事，总难得到；再就是男女之间的事，包括生孩子，全靠缘分……

她走了，她再也不是那个患抑郁症的女人了，她再也不会想从高楼往下跳了……她的故事让我相信命运和因果的联盟，该有的时候，想得到的愿望就实现了。所以，所谓人生的修行，就是修你在广袤大千世界中你的心灵，修你对于无常的接受和融入；所谓人生的修行，就是修你对于太阳和黑暗交织在一起的梦想和现实问题，就是修你的等待和耐心；所谓人生的修行，就是修你在时间中的觉醒，修你在泥沙和阳光灿烂中行走往返的方向。

在她的微信上，我看见了怀上孩子的孕妇，她每天都在晒自己，一个迷恋自我的女人，我相信已经摆脱了抑郁症的笼罩，因为只有自恋的女人，才有时间和能力去爱别人。自恋是一种从平常生活中发现的美感，它焕发出多姿多彩并将世界重新拥抱：一个女人终于不再趴在高高的围栏上，终于挣脱了被黑暗和阴郁所笼罩的生活，她的身体有了动感，她的腹部越来越隆起，她在等待那个孩子，因为那个孩子就是她的未来，就是她的幸福。

令人意外地，小米怀上了孩子。尽管翅膀和小米不想要孩子，而且还为避孕做了种种的措施，然而，小米还是有了孩子，这似乎是天意安排。我陪小米去的医院，因为翅膀又外出摄影去了。那是一个早晨，我走到了露台上，我每天都通过仰望天空预测今天的天气，再走向衣柜选择衣服。天边又出现了粉红色的光泽，小米来电话说，她感觉到身体有些异常，她猜测自己是不是怀孕了……这个时代人们已经很少通电话了，除非有急事，人们已经习惯了视频和微信。

今天第一件事就是陪小米去医院检查身体。小米，几乎就是上苍送到翅膀身边的天使，当翅膀正在寻找流浪狗的医生时，小米来了，一个身材小巧玲珑的女孩，竟然是学动物医学的。她来了，喜欢上了翅膀的流浪动物收容所，喜欢上了动物们的诊所，因为有了她，翅膀可以做他喜欢的事情，去大自然摄影。医学是准确的，正如小米所预测的那样，她真的怀孕了。她有些忐忑不安，她说，翅膀现在又加入了野生动物摄影者协会，经常去原始森林拍照片，所以，他跟小米商量这些年先不要孩子，因为人的精力太有限了。

她本来是喜欢孩子的，但她更理解翅膀的追求，所以放弃了想要孩子的愿望。而且，她的诊所非常忙碌，要不断为流浪动物治病。尽管动物收容所对外开放以后，不断有爱心人士从收容所里领走了流浪狗或流浪猫，但也有人不间断地将新的流浪动物带进收容所。

　　如果你来到这座城市，恰好又读过这本书，请一定要搜寻去流浪动物收容所的路线。我想，这条路线，就像新宇宙中的某条线路，它是人类文明史上的一条并不宽敞的路线，却会引领你往前走。是的，我们已经朝前走了很远很远，但一旦你走入这条线路后，你就会进入翅膀的动物收容所。这是一座如迷宫般的流浪动物的天堂，里边有绿色的草坪，有供动物们奔跑嬉戏的跑道滑梯，还有训练动物们跳高的栅栏。在这里，你会情不自禁地爱上这些人类的伙伴，如果有激情，真的就会从收容所里领走你喜欢上的狗狗和猫咪。

　　有一天，翅膀竟然在城市里遇到了一群流浪的绿孔雀。这是不久之前发生的事情，在午夜后的城市，他刚从外面摄影回来，就看见了一群正在朝前行走的绿孔雀……他走过去，跟孔雀们说话，问它们是从哪里来的。我知道，翅膀会使用另一种语言，他有与动物们交流的独特语调，这使他很快就明白了这群绿孔雀是从天边尽头走来的。就这样，他把一群孔雀带进了绿草地……这太美了，实在太美了，尤其是当绿孔雀们开屏的时候，这世界实在太美了。

小米说，翅膀昨晚还来电话，他们在一座野象谷中扎起了营地，最近翅膀他们都是去野生动物们的原始森林拍摄照片，所以，很多事她都不愿意给翅膀增加负担。现在，我终于明白了，翅膀为什么喜欢上摄影，为什么经常待在野外，回来时越野车上都是泥浆和灰尘。站在医院里，小米说，如果翅膀知道她怀孕了怎么办？她现在如果堕胎的话，是最简单的，因为还没有形成胚胎。我说，为什么要堕胎，这是上苍给你们的爱的结晶。小米很犹豫。我说，这事我来做主，如果孩子生下来，你们没有时间照顾，就把孩子交给我吧！小米惊喜地看着我说，这是真的，你真的能帮我们带孩子吗？

我告诉小米，同时也告诉自己，这当然是真的，这不是一场儿戏，当我说出这个决定时，我知道我真的很勇敢。一个中年妇女，并且喜欢写作，我当然知道带一个婴儿成长，在我的生活中意味着什么。然而，当我终于明白了翅膀喜欢的事，以及他现在置身于野生象谷中拍摄照片时，我产生了一种新的勇气。我似乎不再焦虑翅膀的头痛症以及他出入之地的危险……我有爱的责任，因为，这个世界上任何一个生命体的形成诞生，都是人间的奇迹。这件事就这样定了，小米也产生了勇气，她说，这件事先不要告诉翅膀，让他在野外安心拍摄。我认同了，我和小米达成了美好的契约，接受这个孩子的到来。

妹妹来到了咖啡馆，她说家里乱套了，我问怎么了，她数落着婚姻生活的琐碎，就像她所预测的那样，跟一个有过婚史的中年男人生活，意味着你要去接受或融入他的历史所给你带来的一系列生活方式的变化。就目前，她郊区的别墅，除了是他们生活的地方，也是他的两个女儿不断出入之地。他在床上说服她，这些房间空着没有人气，风水会不好，就让两个女儿都住进来吧！因为她和他刚亲密过，这些枕头边的话她都答应了。就这样，两个女儿各自都有了自己的房间，是的，正如他说的枕边话，人气来了，年轻的女儿们将男朋友们也带来了，还在花园中搞生日派对等等活动。

她说，就这样她逐渐被他们改变了原来的自我……她想回到过去的自由独立的时光篇章中去，但发现自己越来越妥协，问我怎么办。

她虽然迷茫着，看上去却又流露出一种幸福的元素。我提出了一个问题，如果现在那幢别墅里没有那个男人，也没有他的两个女儿居住，他们都以各种方式撤离出去，她是否能习惯从前的生活，她一个人住在那幢大房子里是否会孤独不安？她理解我的意思，她说，她已经习惯了枕头边有一个中年男人的带着油腻味的气息……她还神秘地告诉我，男人很喜欢她的身体……她说，她已经习惯了妥协，就先这样生活下去吧！

她已经为自己寻找到了答案：面对自我的生活被一个男人所改变，倘若你的身体你现在的生活，又无法改变轨道，那么，你只能回到现实中去生活。她还说，这个看上去虽然油腻的中年男人，还会烧一手好菜，还会陪着她喝酒，还喜欢旅行，他和女儿们策划着要带着她，在近些年中走遍全世界那些著名的景点。她的眼睛又从迷茫中亮了起来。

哦，生活，这就是生活的原样。妹妹离开了咖啡馆，她的身上终于有了烟火味。妹妹是一个会独立解决问题的女人，也是一个像所有的女人一样会因为爱学会妥协的女人。尽管男女之爱，除了床上的那些事，最终留下的是习惯。是习惯，延续了婚姻的生活；是习惯，培养了女性生活的隐忍；是习惯，达成了婚姻的契约；也是习惯，让男女维持着婚姻的世俗化。

母亲又摔了一跤，因为妹妹出差了，所以我奔往小县城，这才知道，母亲身边已经没有她的老年伴侣了。那位老年人走了，他走得很幸福，在一场睡眠中再没有醒过来。母亲撑着拐杖，还好，摔得不重，没有伤到骨骼。现在，我再一次跟母亲商量离开县城，跟我去省城生活的事情。摔了一跤后，母亲比之前又衰老了很多，她说话的语调很低，她说，她已经请人帮她找了一个农村的女人来照顾她，并说，楼上的老人们都是这样做的。哦，习惯，这就是习惯，无论我怎么劝说，母亲仍然是那样固执。我突然明白了，母亲已经习惯了在小县城的人情世态中生活，这里就是她的原乡。

从农村来的女人到了，她五十岁左右，有小学文化。她是从离县城一百多公里外的乡寨来的，她说，儿女们都到广州、深圳打工去了，男人会泥瓦活也到城里打工去了，剩下的土地就租了出去。这些现状我都知道的，女人看上去话很少，很厚道，说一句是一句的，也是一个明白人。她说，她会照顾好我母亲的，我教会了她使用煤气、冰箱和洗衣机，还有电梯等等设备。她的脸是被乡村火塘边的烟熏过的，她还带来了在火塘边被烟火熏过的几条腊肉，让我带到省城去。

一切安排也许都是合理的，正常的。我离开了小县城的头一天晚上，才知道李点已经在半年前因为脑梗过世了……这些来自死亡的消息，也是告别人世者的终曲。我再也看不到青春期时带着我离家出走的那辆大货车,我再也看不见那个开大货车的青年人。很多人都悄无声息地离开了。我去看了下李点的新墓,给他送了一束黄色的菊花,还有他喜欢喝的啤酒。当我打开一瓶啤酒倒在墓前的草地上时,我嗅到了麦芽的味道……之后,我又去看了下父亲的墓地,时间好快啊!我给父亲点燃了一根香烟。父亲喜欢喝包谷酒,我启开了一瓶酒,同样地,我将包谷酒洒在了墓前的草地上,香味在风中弥漫……我离开了。

活着,醒来,看鸟,天亮以后,举头看见的不是明月,是精灵们在树上筑梦的巢,似乎在每一个新的日子里,疲惫已修复,疗伤已告一段落,如同乐音,寻找到了喧嚣后天籁般的寂静。

活着,语言,柴火,在慢慢为食谱而燃烧,虚无永恒不变,身体为某个词而弯弯曲曲,不再被自我放逐,拾到的倒影下,将勇气继续熔炼,如同矿藏,等待一场场旭日再现。

翅膀回来了,因为野象群突然走出了山谷消失了,这像一个谜,守望了半个多月后他们回来了。翅膀说,野象群走出了山谷会到哪里去?他和他野生动物摄影协会的朋友们陷入了更深的地球人的追索。在他回来的时间里,他都守望着流浪动物收容所。有一天半夜，他突然发起高烧，头痛难忍，在小米的劝说下终于去了医院。这一次，医生让他住院治疗。但办好了所有住院手续后，突然不见了翅膀的身影，打他的电话也不接，最后他终于给我和小米发来了短信，他说，他之所以发烧，是因为在寻找野象群时淋了一场大雨，关于他的头痛症结，他之前已经做了一次全面的检查，问题基本不大，但医生告诉他说，这可能是遗传基因所造成的。医生说，很多病都来自遗传，只要他坚持服药，热爱生命，活三十多年是没问题的！让我们放心。

他走了，他是去追踪他们的团队了。因为野象群走出了原生山谷，是地球上一个奇妙的事件。我读着他留在微信上的文字，又想起了他的父亲周仆人，他就是因为头痛症状而告别人世的。啊，遗传基因，我是相信的。我驱车沿着越来越清澈的滇池往前走，我想寻找到青春期时，周仆人骑着黑色的摩托车，带着我去滇池的场景。我看见了一个女孩站在滇池边画画，旁边站着一个男人。哦，世界真小啊，我竟然在这里遇到了柴火和他的女儿……画架上支着一个油画框，里边出现了蔚蓝色的滇池，柴火说，女儿喜欢画画，也许是因为她从小在滇池边长大……这也是记录，他希望女儿能画出滇池被治理后的蔚蓝世界。他似乎有话要告诉我，暗示我移步向前，于是我们便慢慢地往前走。他问起了葵花的情况，他说葵花自上次博物馆揭牌后的晚上，就已经把他从微信中删除了。他说，当时的情况他只能表现出那样的表情，因为他的妻子是一个好嫉妒的女人，他也是因为有了现在的小女儿，才没有离婚，生活总有说不清楚的冲突和矛盾……他说，他人生中最欣慰的事就是作为个体加入了滇池的治理，再就是在滇池边为爷爷建造了博物馆……他的目光回过头又看了下女儿画画的背影，我想，这个面朝滇池画画的女儿也应该是他的欣慰。他突然又想起了葵花的事，我告诉他说，葵花去梅里雪山的雪崩村了，她寻找到了自己所爱的男子，共同经营着一座客栈，那座客栈很美，每天早晨推开窗户，就能看见雪山……

我走了，我想我该走了。他目送着我，但很快就又回到那个站在滇池边画画的女儿身边去了。是的，我们也许曾经有过某段美好的时光，但都已经过去了，每个人都要朝前走，也要朝后走。我走到了和周仆人的身体发生亲密关系的滇池边，我看见了一群白鹭在水岸上行走，突然又飞走了。

被忘却或铭记，都是漫长修行旅记。在这个杂芜丛生的世界，这一生最大的修行，就是爱自己，爱那个在人世变幻无常中的自我意识、生活常态、世俗之体、烟火之颜。所以，女人，需要衣饰、口红，也需要羽毛、红尘。

尽管中年，我还是涂上了红色的唇膏，作为女人，应该有好几种自己喜欢的口红，对于女人的容颜来说，口红就是光泽、语言和天气。我重返咖啡馆，在这里见陌生人走进来，他们选择靠窗的地方，又安静，又能往窗外看世间幻象。要一杯手磨咖啡，加糖不加糖，都是个人的口味选择。这个小世态，总能让我平息人世间的焦虑症状，比如，近些时间里翅膀长时间在野外的生活，他们一直追索那群野象走出山谷的踪迹。我牵挂的是他的头痛症状，是他父亲留给他的遗传基因。除此之外，虽然置身于咖啡馆，我的身体和力量都在陪同这一代人的追求和理想生活。每个人，都是唯一的，不可替代的基因和遗传，也许这就是历史的一部分传说。

隐约中我的身体又跃起，在这个互联网的时代，它最大的功能就是搜索那些用肉眼短时间内无法看见的真相。是的，从互联网里终于传来了那群走出山谷后的，想漫游世界的野象群的消息。最初看上去，野象群就像一群群逆反期的青少年，它们不顾一切地往前走，它们要走出原乡出生地，走出天远地僻的原始森林，去探索这个地球上旋转的时代。它们狂野，如同奔向风暴和急流的少年派探索者，慢慢地，野象群走向了人类的村庄再从乡野奔向高速公路……我看见的野象群越来越具有神性，它们仿佛穿越了好几个世纪的时光，想继续往前走，从山谷走向河流走向村庄再走向高速公路再走向城市……

我的焦虑症突然消失了，突然被这神秘宇宙的梦想治愈了。我似乎看见了在野象群身后的翅膀，他和他团队的伙伴们一直跟在野象群出入的路线上，他们跋涉着山水间的版图，探索着这人类的秘密。野象群终于从滇池边进入了城市，那天早晨，所有人都从梦中醒来了，所有人都走出钢筋水泥铸造的高楼大厦，站在街道两侧，在野象群的后面，我看见了翅膀。是的，好几个月的野外行走，翅膀像是变成了另外一个男人，他好像突然间就从青年变为了男人。我叫着翅膀的名字，我的声音被湮没了，两边的人群都在欢呼着这真实而又虚幻的场景。

野象群走出了城市，继续往前走，再后来，野象群又从高速公路走向乡野村舍，再后来，野象群又从河谷朝上走又回到了原始森林……是的，野象群又回到了出生地。之后，翅膀终于回来了。他带着宇宙的气息回到了这座城市，回到了他的流浪动物收容所。那天黄昏，我陪着小米等待他的归来。他回来了，小米站在路边，她挺着腹部。他看见了小米身体的变化，走上去情不自禁地拥抱着小米。我告诉他说，你快要做父亲了，前几天小米刚检查过，她怀着的是一个男孩。他蹲下身，轻柔地抚摸着小米的腹部，又将耳朵贴近腹部，他说，他听见了胎儿的声音。

不远处，绿茵茵的草地上，是流浪动物们的世界，那一群绿孔雀也在优美地漫步。在阳光下的草地上，孔雀们开屏了，仿佛在问候这个神秘美丽的人间。

我去看翅膀的奶奶，她用孩子般的语音告诉我说，那群火烈鸟又来过了，她又去湖边了。她已经熟悉了从果园走出去，通往火烈鸟在湖边休整的那条小路。她激动而自信地告诉我说，她一定不会患上老年痴呆症的，因为她又发现了通往火烈鸟的那条小路，每一次，当她从湖边重新走回到果园时，她仿佛又战胜了自己……我们一次次地面对自我，面对生命的脆弱，从年华流逝起的每一天，都在找寻自我的存在。勇敢的奶奶，就像一个童话故事，被她述说着。

美好的事，犹如露台上盆景里粉红色的山茶花，有一种满足你感官的香味，不腻而又雅致。与生俱来的就是有一个自我的宇宙，不随波逐流，也不被时间所瓦解，可以留住的始终是清澈的眼神，深邃的灵魂。

我喜欢看窗帘上的一道道不规则的皱褶，它像是离我们最近的海洋，也是每天被你拉开的迷障。世界很大，浩瀚天涯，远或近就像是白云和大地，每一支长笛下演奏的都是漫长的遗忘和开始。

葵花发来了视频，打开窗户，就看见了白茫茫的雪山……我靠近了雨崩村的雪山，我们的生活状态，就是在时间变幻无穷中一次次找到那个迷茫的自我，只有在自我回到身边时，你才能带着回忆和现实慢慢地走向未来。从早晨又到夜幕，此安静，是水的虚度，犹如沐浴后的空旷，听见雨声，感觉到春天已在路上。我突然发现我变了，将所有看似复杂的生活，变得越来越简单，慢慢地成了我的天性。雨来了，白天看见的喜鹊、麻雀、红嘴蓝鹊们在夜里会在哪里过夜？晚安，我合上了窗帘，进入了梦乡：让我们相爱吧！